新潮文庫

犬の心臓・運命の卵

ミハイル・ブルガーコフ
増本浩子
ヴァレリー・グレチュコ 訳

新潮社版

10364

目次

犬の心臓　7
運命の卵　217
訳者あとがき

犬の心臓・運命の卵

犬の心臓

I

ウォウォーン！　ぼくを見て。死にそうだよ。門扉《もんぴ》のすきまから吹き込んでくる吹雪の唸《うな》り声が、まるでぼくのために臨終のお祈りを唱えているみたいだ。ぼくも一緒になって唸り声を上げる。ぼくはもうおしまいだ、おしまいだ！　汚らしい帽子をかぶったあの悪党、中央国民経済議会の職員に通常栄養食を提供する食堂のコックのやつに、煮えたぎったお湯を浴びせられて、ぼくは左の脇腹《わきばら》を火傷《やけど》してしまった。ひどいやつ。あれがプロレタリアだなんて！　ああ、すごく痛い！　熱湯が骨まで達しているよ。ぼくは悲鳴を上げる、悲鳴を上げる。でも、そんなことをしても何にもならない。

ぼくがあいつに何をしたっていうんだ？　いったい何を？　ぼくがゴミ溜《た》めを漁《あさ》ったら、中央国民経済議会の食べ物が減るとでもいうのか？　ケチなやつ。あのしかめっ面《つら》をご覧よ。背の高さよりも横幅の方が広いくらいのデブちょこだ！　赤ら顔の悪党め。本当に人間ってやつは。あの帽子野郎が熱湯をごちそうしてくれたのはお昼だったけれど、今はもう暗くなってきた。プレチステンカ通りの消防署から玉ねぎの臭《にお》いがしてくるところをみると、夕方の四時頃かな。知ってのとおり、消防署員たちは夕飯にお粥《かゆ》を食べるからね。お粥なんて最低さ。きのこと同じくらいまずい。プレチステンカ通りに住む知り合いの犬の話では、人間たちはニェグリンナヤ通りのレストラン「バー」で、日替わり定食一人前三ルーブル七五コペイカのきのこ料理ピリ辛ソースかけをガツガツ食べるんだって。でもあれはゲテモノ好きのための料理だね。まるでゴム靴をなめたときのような味がするんだから……ゲーッ。

脇腹が痛くて、我慢できないほどだ。自分の行く末が手に取るように見えるよ。明日になれば潰瘍《かいよう》ができるだろう。で、教えてほしいんだけれどもね、それをいったいどうやって治せばいいのさ？　夏ならサコルニキ公園に出かけることもできる。あそこにはとてもいい、特別な草が生えているんだ。それに、ソーセージの端っこをタダでおなかいっぱい食べることもできるし、みんなが脂《あぶら》のたっぷり染《し》みついた紙を捨ててくれるので、それを舐《な》めることもできる。月夜にどこかの変なおばさんが芝生の上で「いとしいアイーダ」をぞっとする調子で歌いさえしなければ、あそこはとてもいいすてきな場所なんだ。でも、今みたいな季節にどこに行ったらいい？　みんなは尻《しり》をブーツで蹴《け》られたことはないの？　ぼくはあるよ。あばら骨に煉瓦《れんが》を投げつけられたことはあるかい？　ぼくはいやというほど喰らったよ。ぼくはありとあらゆる目にあってきた。ぼくは自分の運命を受け入れている。今泣いているのは、あくまでも肉体的な苦痛を感じるからなんだ。それに寒いし。精神的にはまだ参っていないからね……犬の精神は強靭《きょうじん》なのさ。

でも体のほうは、殴られてボロボロだ。人間のやつらにたっぷり虐待《ぎゃくたい》されたせいだよ。いちばん困るのは、あいつが煮えたぎったお湯を浴びせかけたとき、熱湯が毛皮をものともせずに皮膚まで届いたので、左の脇腹がむき出しになってしまったことなんだ。きっとすぐに肺炎になってしまうだろう。ねえ、みなさん、肺炎になったら、飢え死にする他はないんだよ。肺炎になったら、正面玄関の階段の下で横になっておかないといけない。ひとり者のぼくが階段の下に寝ているあいだ、いったい誰が代わりにゴミを漁って食べ物を探してきてくれるというんだい？　肺炎がひどくなったら、ぼくは腹ばいになってどんどん弱っていくだろう。そうしたら、ブルジョワの残党なら誰でもぼくをステッキで殴り殺すことができるだろう。名札を下げた門番たちがぼくの脚をつかんで、荷車の中に投げ捨ててしまうだろう……

門番は、プロレタリアのなかでも一番いやらしい悪党どもだ。人間の屑《くず》で、最低のやつらだ。コックにはいろいろなのがいる。たとえばプレチステンカ通りの、いまは亡《な》きヴラスは、何匹の犬の命を救ったことか！　病気になったときには、ちょっとひと口やるってことが肝心だからね。年寄りの犬が言うことには、ヴラスの投げてくれる骨に、肉がまだたっぷりついていることがよくあったそうだよ。彼の魂が天国で安らかに眠っていますように。ヴラスは本当に立派な人だった。トルストイ伯爵《はくしゃく》にお仕えするコックだったんだ。中央国民経済議会の職員に通常栄養食を提供する食堂のコックなんかじゃなかった。あいつらが通常栄養食で何をどうしているのかは、犬の理性にはさっぱりわからないね！　というのも、あの悪党どもは腐った塩漬け肉でキャベツスープを作ってるんだから。哀れな職員たちはそんなこと、夢にも思っていない！　彼らは食堂に駆け込んで、スープにがっつき、皿をなめ回すんだ！

タイピストのひとりは九号棒で、月給はたったの四五ルーブル。愛人が上等なストッキングをプレゼントしてくれることもあるけれど、彼女はそのせいでとんでもない屈辱に耐えなければならない。その愛人は普通のやり方はしないで、フランス風の営みを強いるんだ！　ここだけの話、フランス人ってやつらはくそったれだ……食べるものは豪華で、赤ワインつきだけれどもね。そうだねえ……タイピストは食堂に駆け込む。四五ルーブルの稼ぎでは「バー」に行ったりはしないからね。映画にだって行けやしない。映画は女性にとって人生で唯一《ゆいいつ》の慰めだというのに。

彼女は身震いし、顔をしかめるけれど、ガツガツ食べる……考えてもみてごらんよ。二品で四〇コペイカするんだけれど、その二品というのが本当は両方合わせても一五コペイカの値打ちしかないような代物《しろもの》なんだ。残りの二五コペイカは経理部長にぼったくられたも同然さ。こんな食事が彼女の体にいいものだろうか。彼女は右肺の上の方がやられていて、そのうえフランス風の事情で婦人科系の病気にもかかっている。わずかな給料からさらに天引きされ、食堂では腐ったものを食べさせられ、それから、それから……彼女は愛人からもらったストッキングをはいて通りを歩く。足元が寒くて、冷たい風が骨身にしみる。彼女のコートがぼくの毛皮くらい哀れな様子になっているからだ。それにズロースもすけすけのレースでできた形ばかりのものなので、スースーする。こんな穴だらけの代物が愛人のお好みなのだ。ネルの下着を身につけようものなら、「この田舎っぺが！」と愛人は叫ぶんだ。「おれは田舎娘にはもううんざりなんだよ。ネルの下着にはさんざん悩まされてきたんだ。今はおれの時代なんだ。今はおれが役職者で、私腹を肥やした分は全部、女とザリガニのパテとアブラウ・デュルソ[1]に注ぎ込んでいるんだぞ。若い頃にもういやというほど腹をすかせてきたんだからな。もうこれ以上はごめんなんだよ。死後の世界なんてものはありゃしないんだから」

なんてかわいそうな女性だろう！　でも、ぼくの方がもっとかわいそうだ。こんなふうに言うのはエゴイズムじゃない。そんなんじゃないんだ。生活環境が全然違うからなんだよ。彼女の場合、少なくとも家の中は暖かい。でも、ぼくの場合ときたら！　ぼくはいったいどこへ行けばいいんだろう。殴られ、火傷させられ、唾《つば》を吐きかけられる。どこへ行けばいいんだろう？　ウーウーウー。

「おいで、こっちへおいで！　コロ、コロ！　おいで。なんで鳴いてるの？　かわいそうに。誰かがお前に悪さしたの？」ウゥ……

乾いた雪の嵐《あらし》が魔女のような勢いで門扉をバタバタさせ、手にしたほうきでこのお嬢さんの耳をぶった。嵐はスカートを膝《ひざ》の上までめくり上げ、クリーム色のストッキングをはいた脚をむき出しにし、ちゃんと洗濯されていないレースの下着がちらっと見えた。吹雪のせいで言葉がのどにひっかかり、犬は雪まみれになった。

「まあ、なんてひどい天気でしょう。ああ……お腹《なか》が痛いわ。きっとあの塩漬け肉のせいだわ、塩漬け肉の！　何もかもいったいいつになったら終わるのかしら？」

お嬢さんは頭をかがめて攻撃体勢をとり、勢いよく扉に向かって突進していった。

通りに出ると彼女は強い風にあおられてくるくる回り、それから姿を消した。
犬は奥の中庭に通じる門のところにとどまって、脇腹のけがに苦しみながら冷たい壁に身体《からだ》を押しつけた。彼はあえぎながら、もうどこにも行くまい、この門のところで死のうと固く決心した。彼は絶望感にうちのめされた。心痛があまりにも激しくて苦々しく、またあまりにも孤独で不安な気分だったので、鳥肌のブツブツのように小さな犬の涙が目にわき上がってきたが、すぐに凍りついた。だいなしになった方の脇腹から毛や血のかたまりが凍って突き出ていた。そのかたまりの間からは、赤くて恐ろしい火傷のあとが見えていた。コックというものはこんなにも思いやりがなく、鈍感で、残酷なのだ。彼女はぼくのことをコロと呼んだね……いったいぼくのどこがコロなんだ！　コロっていうのは丸くて、コロコロ太っていて、おばかさんで、オートミールを食べるような犬のことだよ。親も毛並みがよくってさ。でもぼくは毛がもじゃもじゃで、ひょろのっぽでヨレヨレしていて、やせっぽちの宿無しなんだ。でも、やさしい言葉をかけてくれて、どうもありがとう。

1南ロシアで生産されていた有名なスパークリング・ワインの銘柄。そのワイン工場はロシア皇帝の持ち物として一九世紀後半に設立され、宮廷にワインを提供した。

通りの向こうにある、明るく灯のともった店のドアがバタンと閉まる音がして、そこからひとりの市民《グラジュダニン》が出てきた。まさに市民だ、同志《タバリシ》ではない。それもおそらくは紳士《ガスパディン》と言ってもいいような人だ。[2] だんだん近づいてきて、はっきり見えてきた——うん、間違いなく紳士だ。みなさんは、コートのせいでぼくがそう判断したと思うの？　そんなばかな。近頃はプロレタリアもおおぜいコートを着ている。もちろん、襟はあんなのじゃない。それは言うまでもないことだ。けれども、遠目にはごまかしがきくんだ。そうじゃなくて、目だ。こればっかりは近くで見ようと遠くで見ようと、ごまかされはしない！　そう、目はほんとうに重要なんだ。バロメーターみたいなものだ。目を見ればなんでもわかる。誰の心がすさんでいるか、誰がわけもなくブーツの先であばら骨に蹴りを入れるのか、誰がありとあらゆる人に対して恐怖心を抱いているのか。そういうへーコラしたやつのすねにかみつくのは大好きなんだ。怖がってるやつがいたら、ガブリさ！　怖がっているということは、怖がるだけの値打ちしかない人間だということさ。ウー、ワンワン！

　紳士は吹雪のただ中で通りを自信に満ちあふれた様子で横切り、門の方にやって来た。うん、うん、あの人のことは見ればすぐにわかるよ。あの人は腐った塩漬けの肉なんか食べない。どこかでそんなものが出されたりすれば、あの人は大騒ぎを起こして、新聞に投書するだろう。吾輩《わがはい》フィリップ・フィリーパヴィチにとんでもないものを食べさせようとした、と。

どんどんこちらに近づいて来る。この人はたっぷり食べることができて、人のものを盗んだりなんかはしない。この人は誰かのことを蹴ったりなんかしないし、誰に対しても恐怖心なんか抱いていない。誰のことも怖がらないのは、いつもおなかがいっぱいだからだ。頭を使って仕事をしている人だ。いかにも洗練された、先の尖《とが》ったあごひげをはやしている。口ひげは白髪まじりで、ふんわりしていて、フランスの騎士みたいにおしゃれだ。けれども、吹雪の中に漂ってくるにおいは嫌な感じだ。病院みたいなにおいと葉巻のにおいがする。

中央国民経済議会の店に、いったい何の用事があったんだろう？　すぐそばまで近

2革命後、呼びかけに使われる「ミスター」にあたる言葉は、「ガスパディン（紳士）」から「タバリシ（同志）」と「グラジュダニン（市民）」に変わった。「グラジュダニン」は中立的な呼びかけとして用いられ、「タバリシ」は共産主義の信奉者が用いた。つまり、ある人が呼びかけにどの言葉を用いるかで、その人の革命政権に対する立ち位置がわかったのである。現在のロシアではかつての呼びかけ「ガスパディン」が復活した。「タバリシ」はめったに用いられることがなく、用いられる場合は皮肉な意味が込められる。

寄って来た……何を待っているのかな？　ウー。あんなとんでもない店で、何を買ったんだろう？　アホートヌィ・リャド市場では足りないのだろうか？　え、何!?　ソー、セー、ジだ。だんなさん、このソーセージがどんな素材からできているか知っていたら、あんな店なんか避けて通ったでしょうよ。だから、ぼくにください！

犬はわずかに残っていた力をふりしぼり、必死になって、門扉のところから歩道まで這《は》って出た。吹雪は頭の上で鉄砲のようにピューッと音を立て、「若返りは可能か？」と大きな文字で書かれた横断幕をまくり上げた。

もちろん、可能さ。ソーセージのにおいがぼくを若返らせ、腹ばいの状態から立ち上がらせたんだ。焼けつくようなけいれんが、二日間何も食べていないぼくの胃を締めつける。ソーセージのにおいが病院のにおいに勝ったのだ。ひき肉にされた馬とにんにくと胡椒《こしょう》の、天国のようなにおい。ぼくは感じる。ぼくは知っている。ソーセージは彼の毛皮のコートの右側のポケットに入っている！　彼はぼくのすぐそばに立っている。おお、だんなさま！　ぼくの方を見てください。死にかけているんです――ああ、犬の奴隷《どれい》根性。いまいましい運命だ！

犬は涙を流しながら、蛇のように這って行った。コックのやつの仕業を見てくださいよ。でも、ぼくには何にもくれませんよねぇ。おお、ぼくは金持ちのことはよくわかってるんです！　そもそも、どうしてそんなソーセージがいるんです？　なんでそんな腐った馬が必要なんです？　モスセルプロム以外のどこにも、そんな毒のような食べ物はありませんよ。[3]あなたは朝ごはんを食べたでしょう。あなたは男性の性腺《せいせん》のおかげで、世界的に著名な人物になっている。ウーウーウー。

この世界ではいったい何が起こっているのか。死ぬのはたぶんまだ早すぎる。絶望は本当に罪なことだ。彼の手をなめなくちゃ。他にやれることは何もない。

謎《なぞ》めいた紳士は犬の方にかがんで、眼鏡の縁を金色に輝かせ、右のポケットから白くて細長い包みを取り出した。茶色の手袋をはめたままで包みをほどくと、包み紙はすぐにつむじ風に吹き飛ばされてしまった。紳士は「特製クラクフ風」と名付けられたソーセージをひとかけちぎった。そして、それを犬にやったのである！　おお、なんという太っ腹なお方だろう。ウーウーウー！

紳士は口笛を吹いてから、威厳のある声で付け加えた。「さあお食べ、コロ！」

3モスセルプロム（モスクワ食品加工企業共同体）は一九二二年から一九三七年まで存在した。「モスセルプロム以外のどこにも、そんな毒のような食べ物はない」というのは、詩人のヴラディーミル・マヤコフスキーによる有名な広告コピー「モスセルプロム以外のどこにも、そんなおいしい食べ物はない」のパロディーである。

またコロか！　ぼくはそういう名前になったみたいだな！　まあ、何とでもお好きなように呼んでください……こんなにもありがたいことをしてくださったのだから……犬は素早くソーセージの皮を食いちぎり、唸り声を上げながらクラクフ風にかみついて、あっという間に食べてしまった。ソーセージと雪にむせて、涙が出そうになった。あまりにガツガツと食べたので、ソーセージについていた紐《ひも》まで飲み込みそうになったからである。もっとください、もっと。あなたの手をなめてあげましょう。ご主人さま、あなたのズボンに接吻《せっぷん》しましょう！

「まずはここまでだ」紳士は命令するような口調で、てきぱきと言った。彼はコロの方にかがんで探るように目をのぞきこみ、それから思いがけないことに、手袋をはめた手でコロの腹をやさしく親しげになでた。

「ふふん」と意味ありげに彼は言った。「首輪をしていないな。すばらしい。まさにお前のような犬が必要なんだよ。ついておいで」彼は指を鳴らした。「おいで！」

ついておいでですって？　世界の果てまででも行きますとも！　たとえあなたのフエルトの靴で蹴られたとしても、ぼくは何も言いませんよ。

プレチステンカ通りにずらりと街灯がともった。脇腹は我慢できないほど痛んだ。けれども、コロはときどきその痛みを忘れた。ひとつの考えに集中していたからである。毛皮のコートを着た、この世のものとは思えないお姿を群衆の中に見失うまいと必死だったし、何とかして自分の愛情と忠誠を示そうとしていたのだ。実際にコロは、プレチステンカ通りからアブホフ小路までの間にその気持ちを七回示すことができた。つまり、靴に接吻したのである。ミョルトヴィ小路では、ご主人さまのために道をあけさせようとして遠吠《とおぼ》えをしたので、あるご婦人などはびっくり仰天して車止めの杭《くい》の上にすわり込んでしまった。さらに二度ほど遠吠えしたが、それは同情の気持ちを自分の方にひきつけておくためだった。

どこぞのろくでもない野良猫《のらねこ》がシベリアンのふりをしながら樋《とい》の裏から出てきて、嵐が吹き荒れているにもかかわらず、クラクフ風ソーセージのにおいを嗅《か》ぎつけた。コロは、怪我《けが》をした犬を門のところから連れ出してくれるようなお金持ちの変人が、この泥棒猫まで連れていくのではないか、そしてモスセルプロムの製品をこいつと分けなければいけなくなるのではないか、という考えで頭がいっぱいになった。コロは脅すように歯をガチガチ噛《か》み合わせたので、猫はまるで穴のあいたホースのようにシューッという音をたて、樋を伝って二階まで駆け上がっていった。フーッ！　ワンワン……失《う》せろ！　モスセルプロムの製品は、プレチステンカ通りにいるどんな野良でももらえるほど、たくさんあるってわけじゃないんだよ！

紳士は犬の忠誠心を評価したようで、窓から気持ちのいいホルンの音色が聞こえてくる消防署の横を通り過ぎたときに、ごほうびとして二切れ目のソーセージを犬に与えた。ほんの二〇グラムほどで、一切れ目よりも小さかった。

ああ、なんて変わったお方。この人は自分を誘おうとしているんだな。どうぞご心配なく、ぼくは逃げたりなんかしないから。どこへだって、行けと言われるところについて行きます。

「おいで、こっちへおいで！」

アブホフ小路へ行くの？　喜んで。この小路のことならよく知ってるよ。

「おいで！」

こっちへ？　よろこ……え、ちょっと待ってください。いや、ここはだめです！　守衛がいるから。この世にこれ以上ひどいものはない。門番よりもずっとたちが悪い。こんなに憎たらしい人種は他にはいない。猫よりもいやらしい。お仕着せを着た犬殺しなんだ！

「心配しなくていいから、こっちへおいで！」

「ご機嫌うるわしゅう、フィリップ・フィリーパヴィチ」

「こんにちは、フョードル」

なんという大物なんだろう！　まったくたまげた、いったいどんな犬の運命がぼくをこの人のところに導いたんだろうか？　道端の野良犬を連れて守衛のところを素通りし、住宅組合の建物に入ることができるような人とはいったい何者なんだろう？　あの守衛野郎を見てごらんよ。何も言わず、身じろぎひとつしないじゃないか！　実際のところ、あいつは陰険な目つきをしているけれど、それ以外は金色の飾りのついた帽子をかぶって、無関心な様子をしている。まるで、それが当然とでも言わんばかりだ。あいつはこの紳士のことを尊敬しているんだ、それもものすごく。そうさ、ぼくはこの紳士と一緒なんだし、この紳士の後をついて歩いているんだ。ぼくに手を出せるかい？　ざまあみろだ。これまでさんざんぼくたち犬を虐《しいた》げてきたお返しに、あいつのまめだらけのプロレタリアらしい足をかじってやったら、さぞかしスッとするだろうな。いったい何回ぼくの顔をデッキブラシで殴りつけたか覚えているか、え？

「こっちへおいで」

はいはい、わかっていますよ、どうぞご心配なく。ご主人様の行くところへなら、どこへでもついて行きます。道筋さえ示していただければ、脇腹がひどいことになっていても、後れをとったりはしませんから。

階段の上から声がした。

「私宛《あて》の手紙があるかね、フョードル？」

下からうやうやしく返事をする声がした。

「ありませんです、フィリップ・フィリーパヴィチ」それから親しげに声をひそめて付け加えた。「三号に住宅組合の連中が入居しましたよ」[4]

堂々とした、この犬の篤志家《とくしか》は、階段の上でさっと振り返り、手すりから身を乗り出してぞっとしたように尋ねた。

「なんだって？」

彼の眼はまん丸になり、口髭《くちひげ》が逆立った。

階下にいる守衛は頭をぐっとのけぞらせ、手を口元に添えて肯定した。

「そうなんですよ。それも四人も」

「なんてことだ。あの住まいがどういうことになるか、容易に察しがつくよ。で、そいつらは何をしているかね？」

「何もしておりませんです」

「で、フョードル・パヴロヴィチは？」

「ついたてと煉瓦を買いに出かけました。仕切りを作るそうで」

「本当にまあ、なんてことだろう」

「すべての住居に誰かが引っ越してくることになっているんです、フィリップ・フィリーパヴィチ、あなたのお住まい以外はね。ちょうど集会があって決議が下され、住宅組合の新しい幹部が選出されたところなんです。古い幹部は追っ払われました」

「まったくいろいろなことが起きるものだなあ。やれやれ……さあ、こっちへおいで……」

参りますとも、急いで参ります。脇腹のせいでちょっと遅れただけですから。あなたの靴をなめさせてください。

階下では、守衛の金ぴかの飾りが見えなくなった。大理石でできた踊り場の床の上では、暖房装置から暖かい空気が噴き出していた。もうひとつ踊り場を越えると、そこがベレタージュ[5]だった。

---

4 革命後、政府の工業化政策により農村部から都市部に大量の人々が流入したために、大変な住宅難が生じた。この問題を解決するために、政府は大きな住居の住人に強制的に何部屋かを供出させ、そこに他人を住まわせるようにした。（俗に「詰め込み政策」と呼ばれる。）このようなやり方で、ひとつの住居に何世帯もが同居するいわゆる「共同住宅」が生まれた。「共同住宅」はソ連の生活様式の典型のひとつで、現在でもまだ残っている。

文字の読み方を学ぶ必要なんて全然ない。だって、肉は遠くにいてもにおいでわかるものだから。けれども、もしもモスクワに住んでいて、曲がりなりにも脳みそを持っていたら、好むと好まざるとにかかわらず、何の講座に通わなくても、文字を学ぶことになるだろう。モスクワにいる四万匹の犬のうち、文字を組み合わせて「ソーセージ」と綴《つづ》ることができないのは、よっぽどアホなやつだけだ。

2

コロは色を使って文字の読み方を学んだ。生後四カ月の頃に、モスクワでは青緑で「MCHO」、つまり「精肉店」と書かれた看板が掲げられるようになったのだ。もう一度繰り返すが、こんな看板を出すことには何の意味もない。そこに肉があるということは看板がなくてもわかるからだ。あるとき、勘違いが起きた。車の排気ガスのせいで鼻がきかなくなったコロは、毒々しい青い色をたどっていくうちに、精肉店ではなく、ガルビズネル兄弟がミャースニツカヤ通りに出している電器店に行ってしまったのである。この兄弟の商店でコロは絶縁ケーブルをしたたかに頂戴《ちょうだい》した。これは御者の鞭《むち》で打たれるのよりもひどかった。この忘れがたい瞬間からコロの修行が始まったと言っていいだろう。店から歩道に出る頃にはもう、青い色が必ずしも肉屋を意味するのではないということをコロは悟っていた。燃えるような痛みのために尻尾《しっぽ》を後ろ足の間にはさんで鳴き声を上げながら、コロはどんな肉屋でも、一番最初にある左側の文字が、金色か赤い色で書かれた、まるで橇《そり》みたいな形のグニャグニャしたものであることを思い出した。つまり「M」だ。

そこから先はもっと簡単に覚えることができた。「A」という文字はマハヴァヤ通りの角にある「中央鮮魚店（ГЛАВРЫБА）」で覚えた。それから「Б」も覚えた。この店には看板に書かれた文字の後ろ側から行く方が便利だったからだ。と言うのも、看板の頭にある「中央（ГЛАВ）」のところには人民警察の警官が立っていたからである。

モスクワでは四つ角のところに建っている、四角い陶製のタイルを飾りつけた店はいつも必ず「チーズ」を意味していた。そのうちの一軒に掲げられた看板の最初にある、サモワールの黒い注ぎ口の形は、かつてその店の主人だった「チーチキン

5邸宅などで最も良いあつらえになっている階で、通常は二階の部分。建築用語では「ピアノ・ノビーレ」とも呼ばれる。

(ЧИЧКИН)」を意味していたし、さらにオランダの赤いチーズの山、犬のことを忌《い》み嫌っているけだもののような店員、床にまかれたおが屑《くず》、むかつくような臭《くさ》いにおいのするバックシュタイン・チーズのことを意味していた。ガルモン[6]が演奏されて──それは「いとしいアイーダ」と似たり寄ったりのひどさだったが──ゆでたソーセージのにおいがしたら、白い紙の上に並んでいる最初の何文字かがぴったりと組み合わされて「乱暴な……」というひとつの単語になり、それは「乱暴な言葉遣いは禁止、チップも禁止」という意味だった。ここではときどき突如として殴り合いが始まった。人々はげんこつで相手の顔を殴った──とはいえ、そんなことはたまにしかなかったが。でも、犬はいつもテーブルナプキンやブーツで殴られた。

窓辺に古びたハムがぶら下がり、みかんが置いてあったら──デリ、デリ、デリカテッセンのお店だ。変な液体の入った濃い色の瓶が並んでいたら、ワン、ワン、ワイン屋さん。昔はエリセーエフ兄弟のお店[7]だった。

犬をベレタージュにある自分の立派な住まいに引っぱって行ったこの謎《なぞ》めいた紳士は、玄関のベルを鳴らした。犬はすぐに目を上げて、薔薇色《ばらいろ》の波打つガラスがはまった幅広い扉の横に、黒地に金色の文字が光っている大きな表札が掛かっているのを見た。

最初の三文字をコロはすぐにくっつけて読むことができた。П-Р-О、「プロ」だ。けれども、そこから先には、左右両側にまるいお腹《なか》を突き出した変な形があったので、それが何を意味するのかはまるでわからなかった。

「ひょっとしてプロレタリアってこと？」とコロはびっくりして考えた。「まさか、そんなはずはない」コロは鼻先を上に向け、もう一度毛皮のコートのにおいを嗅《か》ぎ、確信をもってこう思った。「いや、ここはプロレタリアのにおいはしないよ。きっと、学問のある人が使う難しい言葉なんだ。だからぼくにはわかりゃしないよ」[8]

薔薇色のガラスの向こう側で、心地よい灯りがぱっとともり、黒い表札がくっきりと浮かび上がった。扉が音もなく開き、白いエプロンとレースのカチューシャをつけた若くてきれいな女の人が、犬とその主人の前に姿を現した。犬は神々《こうごう》しいまでの暖

6 アコーディオンに似たロシアの民族楽器。
7 「エリセーエフ商会」はロシアでも有数の食料品店で、モスクワとペテルブルクに非常に豪華な店舗を構えていた。
8 「左右両側にまるいお腹を突き出した変な形」の文字はロシア文字の「Ф」のこと。ラテン文字の「F」にあたる。「プロレタリア」と同じように始まるが、コロが読めずにいる単語は明らかに「プロフェッサー」である。

かい空気に包まれた。女の人のスカートからすずらんの香りがした。

「こいつはすばらしい、気に入ったぞ」と犬は思った。

「中に入っていただいてもよろしいですかな、コロさん」と紳士は皮肉たっぷりに言った。コロは尻尾を振りながら、うやうやしく中に入った。

豪華な玄関には、ものすごくたくさんの物がぎっしり置いてあった。コロを驚嘆させたのは、床まで届く大きな鏡だった。その鏡にはもう一匹の、疲れきってぼろぼろになったコロが映っていた。壁の上の方には鹿《しか》の恐ろしい角が飾ってあり、無数の毛皮のコートとオーバーシューズが並んでいて、天井からはオパール色のチューリップ形シャンデリアが下がっていた。

「その子、どこで見つけたんです、フィリップ・フィリーパヴィチ？」にっこりしながら女の人は尋ねて、紳士が重い、青っぽい光沢のあるこげ茶色のキツネのコートを脱ぐのを手伝った。「まあ、なんてこと、疥癬《かいせん》にかかっているじゃありませんか！」

「ばかなことを言うんじゃないよ。どこが疥癬なんだい？」はきはきした、厳しい口調で紳士が言った。

紳士は毛皮のコートを脱ぐと、イギリス製の布地でできた黒いスーツ姿になった。腹部には金の鎖が穏やかに輝いていた。

「待て。あちこち動くんじゃない……動くんじゃないってば、おばかさん。ふーむ。これは疥癬じゃない……動くなって言ってるだろう、ばかもの……ふーむ。ああ！　火傷《やけど》だ。どこの悪党がお前にこんな火傷を負わせたんだい？　ええ？　じっとしてるんだ！」

「コックです。あのやくざ野郎のコックですよ！」犬は哀《かな》しげな眼で訴えかけ、少しばかり吠《ほ》えた。

「ジーナ」と紳士は命令した。「すぐに診察室に連れて行きなさい。それから私に白衣を！」

女の人は口笛を吹き、指を鳴らした。犬は一瞬ためらったが、彼女について行った。彼らは薄暗い灯りのともった狭い廊下に出た。ニスが塗られた扉をひとつ通り越し、廊下の突き当たりまで行って、左手の暗い部屋に入った。そこは不吉なにおいがしたので、犬には気に入らなかった。カチッと音がして、暗闇《くらやみ》はまぶしいくらいの明るさに変わった。部屋中がキラキラ、ピカピカ輝いていた。

「いやです」と犬は心の中でつぶやいた。「申し訳ありませんが、お断りです！　ソーセージをえさに、とんでもない所に連れてこられたのがわかりましたよ！　犬の病院におびきよせたんですね。ひまし油を飲ませて、脇腹《わきばら》をナイフでずたずたにするつもりなんですね。ちょっと触られただけでも痛いってのに！」

「ちょっと、どこへ行くのよ?!」ジーナと呼ばれた女の人が叫んだ。

犬はすばやく身をかわして、はずみをつけるためにかがむ姿勢をとると、さっと飛び上がり、火傷をしていない方の脇腹で扉に力いっぱい突っ込んでいったので、家じゅうにものすごい音が響いた。はね返された犬は、一カ所でくるくると独楽《こま》のように回った。その拍子に白い容器を床に落としたので、丸めた脱脂綿が散らばった。犬はくるくる回っているあいだ、ぴかぴか光る道具の入った戸棚のある四方の壁が自分の方に向かってきて、白いエプロンと女の人の歪《ゆが》んだ顔が飛び跳ねているような気がした。

「どこへ行くのよ、この毛むくじゃら！」ジーナは絶望して大声を上げた。「悪魔にでもとりつかれたんじゃないの！」

「裏階段はどこだろう？」と犬は考えた。その部屋のふたつ目の扉であることを願いながら、犬はふたたびはずみをつけると、運を天に任せてガラス戸に飛び込んだ。すさまじい音を立てて粉々になったガラスが飛び散った。赤くて気持ちの悪いものが入っている丸い瓶が飛び出して、あっという間に床を濡《ぬ》らし、嫌なにおいが広がった。

本当の扉が開いた。

「やめろ！　このけだものめが」白衣に片腕だけ通した紳士は大声で叫び、犬に飛びかかって脚をつかんだ。「ジーナ、こいつのえり首をつかみなさい！」

「ああ、なんてことでしょう、この野良犬《のらいぬ》が」

扉が勢いよく開かれ、白衣を着たもうひとりの男性が駆け込んできた。この人物はガラスの破片を踏みながら、犬ではなくて棚に突進した。彼が棚を開けると、胸の悪くなるような甘いにおいが充満した。その後でこの人物は上から腹で犬を押さえつけた。犬はここぞとばかりに、くるぶしの上の方に嚙《か》みついた。この人物は「わぁ」と言ったが、負けてはいなかった。吐き気のするような気持ち悪さが、突然犬の呼吸を止めた。頭の中ですべてがぐるぐると回り始め、足に力が入らなくなった。犬は脇の方へよろめいた。

「ありがとよ、これでもうおしまいだ」とがったガラスの破片の中に倒れ込みながら、半分夢の中で犬は考えた。「さらば、モスクワよ！　もう二度とチーチキンの店やプロレタリアたちや、クラクフ風ソーセージを見ることもないのだ！　犬らしく長いこと辛抱してきたのだから、きっと天国に行けるだろう。なあ、兄弟、犬狩りたちよ、なんでぼくをこんな目にあわせるんだ？」

ここで犬はついにばったりと倒れ、死んでしまった。

＊　＊　＊

彼が生き返った時、頭がまだ少しくらくらして、胸がむかついた。けれども、脇腹はもうなんともなくなっていた。脇腹に痛みがないのは気分がよかった。犬はだるそうに右目を少し開けた。胴体が包帯でぐるぐる巻きにされているのが目の端に見えた。やっぱりぼくを台無しにしたんじゃないか、悪党め、と彼はぼんやりと考えた。でも、うまくやったってことは認めるよ。

「《セビリアからグラナダまで……静かな宵闇の中で》[9]」上の方で、調子っぱずれの歌声が聞こえてきた。

犬は驚いて両目を開け、自分から二歩ばかり離れたところにある腰かけの上に、男性の足が載っているのを見た。ズボンとズボン下の裾《すそ》がめくり上げられ、むき出しになった黄色い足首は乾いた血とヨードで汚れていた。

「なんてこった」と犬は思った。「ぼくが噛んだんだ。ぼくの仕業だ。きっとお仕置きされるぞ」

「《セレナードが響き、剣が鳴る！》こいつめ、なんでドクターを噛みやがったんだ？　え？　なんでガラスを割ったんだ？　え？」

「ウー」犬は情けなさそうに声を上げた。

「まあ、いいよ。目が覚めたのなら、そのまま寝ときなさい、おばかさん」

「こんな神経質な犬を、いったいどうやっておびき寄せることができたんですか、フィリップ・フィリーパヴィチ？」と男性の快い声が尋ね、メリヤスのズボン下をおろした。煙草《たばこ》のにおいがして、棚でガラス瓶の鳴る音がした。

「やさしくしたのさ。それが生きているものを扱う時に可能な唯一《ゆいいつ》の手段なんだ。テロなんかでは動物には何もできない。その動物が進化のどの段階にいようともね。私はこれまでそう主張してきたし、今でもそう主張しているし、これからもそう主張するだろう。彼らはテロが役に立つと考えているが、それは間違いだ。とんでもない、役になんか立ちはしない。どんなテロでも。赤かろうが白かろうが、はたまた褐色であったとしても[10]！　テロは神経系統を完全に麻痺《まひ》させる。ジーナ！　私はこいつに一

9 アレクセイ・K・トルストイ作詞、チャイコフスキー作曲の「ドン・ファンのセレナード」。
10 「赤いテロ」は一九一八年にボリシェヴィキ政権が宣言し、市民戦争の時代に実行した恐怖政策で、赤と白は、市民戦争で対立していたふたつの党派の色である。興味深いのは、ブルガーコフがここで褐色を挙げていることで、褐色はその後ナチス・ドイツを象徴する色になった。

ルーブル四〇コペイカでクラクフ風ソーセージを買ってやったんだ。吐き気がおさまったようなら、食べさせてやりなさい」

ガラスの破片が掃き寄せられてガチャガチャ音をたて、女の人の声がいたずらっぽく言った。

「クラクフ風ですって！ まあ、なんてことでしょう、彼には二〇コペイカでソーセージの切れ端を買ってやれば上等でしたのに。クラクフ風ソーセージなら、私が自分で食べますわ」

「とんでもない、そんなことをしてはだめだよ！ 今どきの店で売っているソーセージは、人間の胃には毒なんだ。君はもう立派な大人なのに、まるで子どもみたいに何でもかんでも口に入れたがる。だめだよ！ 今から言っておくけれどもね、もしも君のおなかが痛くなっても、私もドクター・ボルメンタールも何もしてあげないよ……《他の娘もお前と同じくらい美しいと言う者がいれば……》」

このとき短く穏やかに呼び鈴が何度か鳴らされ、その音がマンションじゅうに響いた。かなり離れたところにある玄関先から声が響いてきた。電話が鳴った。ジーナは姿を消した。

フィリップ・フィリーパヴィチは吸いかけの煙草をゴミ箱に投げ入れ、白衣のボタンをかけて、壁に掛けてある鏡に向かってふんわりした口ひげを整えた。それから犬の方に向かって言った。

「さあ、おいで。診察に行こう」

犬はまだしっかりしていない脚で立ち上がり、少しの間ふらついたり震えたりしていたが、すぐにしゃんとして、フィリップ・フィリープヴィチのひらひらしている白衣の後についていった。再び狭い廊下を横切ったが、今回は上から明るく照らされていた。ニスの塗られた扉が開くと、犬はフィリップ・フィリープヴィチと一緒に書斎へ入った。書斎の調度類が犬の目を射た。部屋の中にあるすべてのものがぴかぴかに光っていたからである。浮き彫り装飾のついた天井には照明器具が輝いていた。机の上にも壁にもランプが灯《とも》っていた。棚のガラス戸もきらきらと輝いていた。あふれる光が書斎に置いてある種々雑多な物を照らし出していたが、その中で最も興味をひいたのは、壁に取り付けられた枝に止まっている巨大なフクロウだった。

「伏せ」フィリップ・フィリープヴィチは命じた。

彫刻をほどこした向かいの扉が開いて、足を噛まれた男が入ってきた。明るい光のもとで、彼はハンサムな若い男性で、とがったあごひげを生やしているのがわかった。彼はフィリップ・フィリープヴィチに紙を一枚渡して言った。

「さっきの人のです」そしてすぐに音もたてずに姿を消した。フィリップ・フィリーパヴィチは白衣のすそを広げ、巨大なデスクに向かってすわった。するとたんに、彼はものすごく立派で堂々とした様子になった。

「いいや、ここは病院なんかじゃない。どこか別の所に連れてこられたみたいだな」犬は混乱しながら考え、どっしりした革製のソファの横の、模様のついた絨毯《じゅうたん》の上に腹ばいになった。「あのフクロウのことは後でよく調べてみよう」

扉がゆっくりと開いた。中に入ってきた人を見て犬はびっくり仰天したので、ためらいがちに一声吠えた。

「うるさい！　おやまあ、おやまあ、すっかり見違えるようじゃありませんか」入ってきた男はどぎまぎした様子で、畏《おそ》れ多そうにフィリップ・フィリーパヴィチにおじぎをした。

「ヒヒ……先生は魔術師ですよ」男はばつが悪そうに答えた。

「ズボンを脱いでください」とフィリップ・フィリーパヴィチは言って、立ち上がった。

「こりゃたまげた」と犬は思った。「なんて変なやつだろう！」

この変なやつの頭の上には完全に緑色の髪の毛が生えていた。うなじの毛は錆《さび》のような煙草の色だった。顔はしわだらけだったが、赤ん坊のような薔薇色をしていた。左脚は曲がらず、絨毯の上を引きずって歩いていた。右脚の方はまるであやつり人形の脚のようにピョコピョコ動いていた。上等のブレザーの前身頃には、まるで目玉のような宝石がついていた。

好奇心のあまり、犬は吐き気を感じなくなっていた。

「ワン、ワン」犬は小さな声で鳴いた。

「うるさい！　よく眠れますか？」

「へへ。他には誰も聞いている人はいませんよね、先生？　すごいことになってるんですよ」患者は当惑した様子で言った。「誓ってもいいんです《パロル・ドニョール》がね、二五年もこんなことはありませんでしたよ」男はズボンのボタンにさわった。「信じていただきたいんですがね、先生、毎晩若い娘が大挙して押し寄せる夢を見るんですよ。まったく感動ものです。先生は魔法使いだ」

「ふむ」フィリップ・フィリーパヴィチは患者の瞳孔《どうこう》を調べながら、心配そうに言った。

男はようやくボタンをぜんぶはずし終わって、縦縞《たてじま》模様のズボンを脱いだ。すると見たこともないようなズボン下が現れた。クリーム色で、絹糸で黒猫の刺繍《ししゅう》がしてあり、香水のにおいがした。

犬は猫には我慢ができず大声で吠えたてたので、患者は驚いて飛び上がった。

「わぁ！」

「たたくぞ！　怖がる必要はありませんよ、その犬は噛んだりしませんから」

「ぼくが噛んだりしないって？」犬はいぶかしく思った。

患者のズボンのポケットから小さな封筒が絨毯の上に落ちた。封筒の上には髪の毛をほどいた美しい女性の絵が描かれていた。患者はまた飛び上がり、前かがみになって封筒を拾い上げ、真っ赤になった。

「気をつけてくださいよ」フィリップ・フィリーパヴィチは脅すように指を立て、不機嫌そうに警告した。「やり過ぎは禁物です！」

「やり過ぎなんて……」患者は服を脱ぎながら、うろたえて口の中でもぐもぐとつぶやいた。「先生、ちょっとした実験なんですよ」

「で、その結果は？」厳しい口調でフィリップ・フィリーパヴィチは尋ねた。

患者はうっとりして腕を振った。

「神様に誓って言いますがね、先生、こんなことは二五年間もなかったんですよ。前回は一八九九年のパリでした。リュ・ド・ラ・ペ[11]でした」

「で、なんで髪が緑色になったんです？」

男の顔が曇った。

「いまいましい〈ホネアブラ〉のせいなんで。あのいんちきな店が染髪料の代わりに何を売りつけたのか、先生には想像もつかないでしょうよ。見てくださいよ」と男は鏡を探してきょろきょろしながら、ぶつくさ言った。「ひどいでしょう！　あいつらの顔に一発お見舞いしてやらないことには、気が済みませんよ」だんだん怒りをつのらせながら、男は言った。「どうすればいいんでしょう、先生？」ほとんど泣き声になりながら、男は尋ねた。

「ふむ。丸坊主《まるぼうず》にしたらどうですかな」

「先生」患者は哀れっぽく言った。「そんなことしたら、また白髪が生えてくるじゃないですか。それに仕事に行くこともできなくなってしまいますよ。もう三日も仕事を休んでるんですよ。運転手が迎えに来ても、追い返しているんです。ああ、先生、髪の毛まで若返らせてくれる方法を発見してくださっていたらよかったのに！」

11 Rue de la Paix はパリ中心部にある通りの名前で、ファッションや宝飾品を扱うシックなブティックが建ち並んでいる。

「まあまあ、そうあせらずに」フィリップ・フィリーパヴィチは小さな声で言った。

教授は屈《かが》み込み、注意深い目つきで患者のむき出しになった腹部を診察した。

「いいでしょう。どこも問題ありません。正直言って、ここまでの結果が出るとは期待していませんでした。《多くの血、多くの歌……》さあ、服を着てください」

「《最も美しい女性に捧《ささ》げよう……》」フライパンがギーっと鳴るような声で、患者は続きを歌った。そして喜び勇んで服を着始めた。すっかり着終わると、ピョコピョコ歩いて香水のにおいを振りまきながら、患者は大量の紙幣を数えてフィリップ・フィリーパヴィチに渡し、教授の両手をやさしく握って振った。

「二週間後にいらしてください」とフィリップ・フィリーパヴィチは言った。「けれども、お願いですからくれぐれも慎重にね」

「先生」扉の向こうから陶酔したような声が響いた。「どうぞご心配なく」男は好色そうにヒヒヒと笑って、立ち去った。

短い呼び鈴の音がマンションに響きわたり、ニスが塗られた扉が開いて、犬に嚙まれた男が入ってきた。彼はフィリップ・フィリーパヴィチに一枚の紙を渡して言った。

「年齢をごまかしています。たぶん五四歳か五五歳くらいです。心音があまりクリアではありません」

彼は姿を消し、入れかわりに、帽子を粋《いき》な様子で横っちょにかぶった女性が、さらさらと衣擦《きぬず》れの音をさせながら入ってきた。しわだらけのしなびた首もとにはネックレスが輝いていた。目の下には真っ黒で醜いたるみがぶら下がっており、ほっぺたは人形のような薔薇色だった。

婦人はとても興奮していた。

「年はおいくつですか、奥様？」フィリップ・フィリーパヴィチは厳しい口調で尋ねた。

婦人は驚いて、厚化粧の下で顔色を変えた。

「私はですね、先生……誓って申しますけれどもね、私がどんなすごい目に遭ったか、先生がご存じでしたら……」

「おいくつなんです、奥様？」フィリップ・フィリーパヴィチはもっと厳しい口調で繰り返した。

「誓ってもいいんですけれどもね……ええと、四五歳ですの」

「奥様」とフィリップ・フィリーパヴィチは大声を出した。「他の患者さんたちが待ってるんです。時間をかけさせないでください。患者さんはあなたひとりではないんです！」

婦人の胸は大きく波打った。

「先生にだけお教えしますわ。学問的な権威のある方ですもの。でも、誓って申し上げますけれどもね、ひどい出来事でしたの……」

「何歳なんですか？」怒りを爆発させ、金切り声でフィリップ・フィリーパヴィチが尋ねた。眼鏡が光った。

「五一歳です」婦人はおびえて身をよじりながら答えた。

「ズロースを脱いでください」フィリップ・フィリーパヴィチはほっとして言い、部屋の隅に置いてある白くて背の高い診察台を指差した。

「誓って申し上げますけれど、先生」婦人は腰の部分についているスナップを震える手ではずしながら、もぐもぐと言った。「あのモーリッツが……先生には、懺悔《ざんげ》をするように告白いたしますわ……」

「《セビリアからグラナダまで……》」それには耳を貸さずにフィリップ・フィリーパヴィチは歌い、大理石でできた洗面台についているペダルを踏んだ。水がザーッと流れた。

「神様に誓いますわ！」と婦人は言った。厚化粧の下から本物の血の気が彼女のほっぺたに染《し》みのように浮かんだ。「これが最後の恋だってわかってますの。彼は本当に悪い人なんです！ ああ、先生！ 彼はトランプのいかさま師なんです。そのことはモスクワじゅうが知っていますわ。彼はぱっとしないファッション・モデルの誰ひとりとして放っておくことができないんですの。何と言ってもまだものすごく若いんですもの！」婦人はぶつぶつとつぶやき、衣擦れのするスカートの下からレースでできたしわくちゃの布切れを投げ捨てた。

犬はすっかり混乱して、頭の中がひっくり返ったようだった。

「好きにしてくれ」犬は頭を前足の上に載せ、気恥ずかしい思いでうつらうつらしながら、ぼんやりと考えた。「何の話なのか、理解する気にもならないよ。どっちみち理解なんてできないんだし」

金属の音で目を覚ました犬は、フィリップ・フィリーパヴィチが洗面器の中にピカピカ光る筒状の物を投げ入れたのを見た。

ほっぺたに染みを浮かべた婦人は胸を両手で押さえて、期待に満ちたまなざしでフィリップ・フィリーパヴィチの方を見た。教授はしかつめらしく眉《まゆ》をひそめ、デスクに向かって何かを書き留めた。

「奥様には猿の卵巣《らんそう》を移植しましょう」と教授は言って、まじめな顔で婦人を見た。

「ああ、先生。本当に猿の？」

「ええ」断固たる口調でフィリップ・フィリーパヴィチは言った。

「手術はいつですか？」婦人は青くなり、弱々しい声で尋ねた。

「《セビリアからグラナダまで……》ふむ。月曜日です。午前中にクリニックに行ってください。私の助手が手術の準備を整えますので」

「クリニックには行きたくありません。先生のところで手術していただくわけにはいかないんでしょうか？」

「私のところで手術するのは、例外的な場合だけなんです。値段も高くなります。五〇〇ルーブルになります」

「お支払いしますわ、先生！」

再び水の流れる音がして、羽根飾りのついた帽子が揺れた。それから皿のようなはげ頭の男が入ってきて、フィリップ・フィリーパヴィチを抱擁した。犬はうつらうつらしていた。吐き気はもうしなかった。脇腹の痛みが消えたのも暖かさも気持ちよかった。一度短くいびきをかき、心地よい夢をちょっぴり見ることさえできた。フクロウのしっぽの羽根をすっかりむしりとる夢だった……興奮した声が頭上でがなりたてた。

「私は社会的に名声のある大物なんですよ、先生！　いったいどうしたらいいんです？」

「お願いしますよ」フィリップ・フィリーパヴィチは憤慨して叫んだ。「いい加減にしてくださいよ！　節度は守らないといけません。彼女は何歳なんです？」

「一四歳です、先生……それが世間に知れたら、私は破滅です。もうすぐロンドンへの出張命令が下ることになっているんです」

「私は法律家じゃありませんからね……二年待てば、その娘さんと結婚できるでしょう」

「私はもう結婚してるんです、先生！」

「ああ、もう、何をやってるんだか……」

扉が開いては人が入れ替わり、棚の中の器具がカチャカチャ音をたて、フィリップ・フィリーパヴィチは休みなく働いた。

「ふしだらなマンションだな」と犬は思った。「でもなんてすてき！　それにしてもいったい全体なんのためにぼくのことが必要なんだろう？　ここで暮らしてもいいってことかな？　変わった人だなあ。目配せをしさえすれば、みんなが驚くような犬がすぐにでも手に入るだろうに！　それとも、ぼくってすごい犬なんだろうか。いや、ぼくがついてたってことなんだろう！　あのフクロウには我慢がならないけれど……生意気なやつ」

夜遅くなってようやく犬はすっかり眠気から覚めた。ひっきりなしの呼び鈴の音がおさまったときに、特別な訪問客が扉から入ってきた。四人組だった。みんな若くて、とても質素な服装をしていた。

「この人たちは何の用事だろう？」敵意を抱いていぶかしがりながら、犬は考えた。それよりももっと敵意をあらわにしてフィリップ・フィリーパヴィチは客を迎えた。彼はデスクの横に立ち、敵を見る将軍のように四人組をにらみつけて、鷹《たか》のような鼻をふくらませた。お客たちは絨毯の上でもぞもぞ足踏みした。

「われわれはお宅まで参りました、先生」四人のうち、頭のてっぺんに干し草の山のように巻き毛がうずたかく積っている男が話し始めた。「それもこういう機会にですね……」

「紳士諸君、こんな天気のときにオーバーシューズもはかないなんて、間違っていますぞ」フィリップ・フィリーパヴィチは教訓を垂れるような口調でさえぎった。「第一に、あなた方は風邪をひきます。第二に、我が家の絨毯が汚れます。うちにあるのは全部ペルシャ絨毯なんですよ」

巻き毛がうずたかく積っている男は口をつぐんだ。四人は驚いてフィリップ・フィリーパヴィチを見た。沈黙が何秒間か続き、デスクの上に置いてある木製の絵皿の上でフィリップ・フィリーパヴィチが指をパタパタさせる音だけが聞こえた。

「第一に、われわれは紳士諸君ではありません」四人のうちで最も若そうなのがようやく口を開いた。桃を思わせる人物だった。

「第一に」フィリップ・フィリーパヴィチがそれをさえぎって言った。「あなたは男ですか、女ですか？」[12]

四人はまた黙り込み、口をぽかんと開けた。今度は巻き毛がうずたかく積っている男が我に返った。

「どこに違いがあるんです、同志？」誇らしげに彼は尋ねた。

「私は女です」革のジャンパーを着た桃のような若者が告白し、真っ赤になった。その後で四人組のうちの、金髪で毛皮の帽子をかぶった男もなぜか真っ赤になった。

「それならハンチングをかぶったままでも構いません。しかし、そちらの方、貴殿に

12ブルガーコフは革命後、大々的に宣伝された極端なフェミニズム運動を皮肉っている。男女平等はただ単に女性が男性のような髪型や服装にするといった外見で実現されることが多かった。

は帽子を脱いでいただきましょうか」フィリップ・フィリーパヴィチは厳《いか》めしく言った。

「私は貴殿ではありません」金髪の男は帽子を脱ぎながら、まごついて言った。

「われわれがお宅に来たのは……」とまた黒い巻き毛の男が改めて口を開いた。

「最初にお伺いしたいのですが、『われわれ』とはいったい誰のことです？」

「この建物の新しい管理委員会です」怒りをおさえた口調で黒い巻き毛の男は言った。

「私はシュヴォンデルです。彼女はヴャージェムスカヤです。彼らは同志ペストルーヒンとジャロフキンです。それで、われわれは……」

「フョードル・パヴロヴィチ・サブリンの住まいに越してきたというのは、あなたたちのことですか？」

「われわれのことです」とシュヴォンデルは答えた。

「なんてこと！　カラブホフ・ハウスはこれでもうおしまいだ！」フィリップ・フィリーパヴィチは絶望したように両腕を上げて叫んだ。

「からかってるんですか、先生？」シュヴォンデルは怒って言った。

「からかうもんですか！　私は絶望しているんです」フィリップ・フィリーパヴィチは大声を上げた。「スチーム暖房はどうなるんです」

「ばかにしてるんですか、プレオブラジェンスキー教授」

「何しにうちに来たんです？　できるだけ手短かに説明してください。私はこれから食事なんですから」

「われわれ管理委員会は」憎々しげにシュヴォンデルは言った。「この建物の住民総会の後でお宅に参りました。総会は住居の効率を高めることに関して問題を立てました……」

「誰が誰を立てたって？」フィリップ・フィリーパヴィチは叫んだ。「考えを明確に表現する努力をなさったらいかがですか」

「住居の効率を高めることに関して問題を立てたのです」

「もうたくさんです！　よくわかりました！　今年の八月十二日の決議で、私の住まいは効率を高めたり引っ越したりするいかなる措置も免除されたことをご存知ですかな？」

「知っています」とシュヴォンデルは答えた。「しかし住民総会では、お宅の問題を検討した結果、あなたが不当に広い居住面積を占有しているという結論に至りました。極端に広い居住面積を。ひとり暮らしなのに、七部屋もある」

「私はこの七部屋で暮らしているだけでなく、仕事もしているのです」とフィリップ・フィリーパヴィチは応じた。「八つめの部屋がほしいくらいです。図書室にしたいのでね」

四人組は黙り込んだ。

「八つめの部屋だって？　へえ」帽子を脱いだ金髪の男が言った。「すげえな」

「とんでもないことだ！」女性だということがわかった若者が叫んだ。

「受付に一部屋、よく覚えていてほしいのですが、これが図書室にもなっています。それから食堂、書斎、これで三つです。診察室で四つ、手術室で五つ、寝室で六つ、それに召使の部屋で七つ。これでは足りません。でもそんなことは重要ではない。私の住まいは免除されているんです。これ以上はもうお話しすることはありません。食事に行ってもいいですかな？」

「すみませんけれどもね」と、カブトムシのようにずんぐりした四人目の男が言った。

「すみませんが」シュヴォンデルがさえぎった。「その食堂と診察室のことで伺ったんです。あなたが労働規律に従って自発的に食堂を手放すことを住民総会は求めています。モスクワで食堂を持っている人なんていません」

「イサドラ・ダンカン[13]だって持ってない！」女が金切り声で叫んだ。

フィリップ・フィリーパヴィチに変化が起きた。彼の顔は優美な赤紫色になったが、ひとことも言わずに、これからどうなるのか様子を見ていた。

「それから診察室も」シュヴォンデルは続けた。「診察室は書斎と一緒にすればいいでしょう」

「ははあ」フィリップ・フィリーパヴィチは奇妙な声で言った。「それでは食事はどこで取ればいいんですかな？」

「寝室です」四人組は一斉に声を揃《そろ》えて言った。

フィリップ・フィリーパヴィチの赤紫の顔が灰色がかってきた。

「寝室で食事を取る」彼はくぐもった声で言った。「診察室で読書をする。受付で服を着る。召使の部屋で手術をする。食堂で診察するわけですか？　イサドラ・ダンカンならそうするのかもしれません。彼女は書斎で食事をし、浴室でウサギを解剖するんでしょうか？　そうかもしれない……けれども、私はイサドラ・ダンカンなんかじ

13 イサドラ・ダンカン（一八七八―一九二七）はアメリカのダンサーで、モダンダンスの創始者。一九二〇年代の初頭にモスクワでダンス学校を創設した。一九二二年にロシアの詩人セルゲイ・エセーニンと結婚するが、一九二四年に離婚。ダンカンもエセーニンもボヘミアン的なライフスタイルとスキャンダルで有名で、常にモスクワじゅうの話題となっていた。一九二五年にエセーニンは自殺し（ＧＰＵに殺されたという説もある）、一九二七年にフランスのニースでダンカンも謎の死を遂げた。

ゃありません!!」突然彼は声を荒らげた。顔の色は赤から黄色に変わった。「私は食事は食堂でするし、手術は手術室でする！　そう住民総会に伝えてください。どうぞお願いですから、みなさんはご自分の仕事にお戻りください。そして、正気の人なら誰でも食事をする場所、つまり廊下や子ども部屋ではなく食堂で、私にも食事をさせてください」

「先生、それなら、先生が激しく抵抗したという理由で」シュヴォンデルは興奮して叫んだ。「もっと上の方に訴え出ることにします」

「ほほう」フィリップ・フィリーパヴィチは言った。「そうきましたか」彼は妙にねこなで声になった。「ほんのしばらく、ちょっとだけお待ちください」

「すごい人だなあ」感激して犬は思った。「ぼくにそっくり。ああ、あの人はきっとやつらに噛みつくぞ！　どんなふうにするのかはわからないけれど、噛みつくことだけは確かだ！　やっつけろ！　あの足長のやつ、ブーツの上の膝腱《ひざけん》に噛みついてやれ、ウー……」

フィリップ・フィリーパヴィチは電話を取り、受話器に向かって言った。

「お願いします……ええ……ありがとう……ヴィターリィ・アレクサンドロヴィチをお願いします。プレオブラジェンスキー教授です。ヴィターリィ・アレクサンドロヴィチですか？　いらっしゃってよかったです。ありがとうございます、元気です。ヴィターリイ・アレクサンドロヴィチ、あなたの手術はキャンセルになりました。え？　いや、全部キャンセルです。他の手術も全部キャンセルなんです。理由はですね。私はモスクワで仕事するのをやめるんです。ロシアではもう仕事はしません……今うちに四人組が来て、そのうちのひとりは女性なのに男の格好をしていて、二人はピストルで武装しているのですが、脅して住まいの一部を奪おうとしているんです……」

「ちょっと待ってください、先生」シュヴォンデルは顔色を変えて言った。

「すみません……彼らが言ったことを、お話しすることはできません。ナンセンスなおしゃべりをするのは私の趣味ではありませんから。診察室を手放せと言った、ということだけお話しすれば十分でしょう。別の言い方をすればですね、彼らの言いつけに従えば、いつもウサギを解剖している場所であなたの手術をすることになってしまうんですよ。そんな条件のもとでは、私は仕事ができないというだけでなく、仕事をする権利もないんです。ですから、私はもう仕事をやめてマンションを閉め、ソチで隠居しようと思います。鍵《かぎ》はシュヴォンデルに預けておきます。手術は彼がしてくれるでしょう」

四人組は凍りついたように なった。ブーツについた雪が溶けだした。

「どうしろって言うんです……私だっていい気分はしないんですよ……え？　だめです、ヴィターリィ・アレクサンドロヴィチ。だめですよ。それはお断りです。もう我慢の限界です。八月以来もう二度目なんですよ……え？　ふむ……それはお好きなようにそういうやり方もあるかもしれません。でも条件がひとつあります。誰が発行したものでも、どんなものでも、いつの日付になっていても構わないから、ともかくその書類さえあればシュヴォンデルであれ、誰か別の人間であれ、我が家の玄関の扉に近づくことすらできないようなものにしてください。決定的な書類、有効な書類、本物の書類、魔物を寄せつけないお札のような書類です。私の名前は出さないでください。もちろんです。死人のように、彼らとはもう関わりのない人間になりたいんです。ええ、ええ、どうぞ。誰から？　ははん……いや、それはまた別の話です。ほう、それはいい。電話を代わります。ちょっとお願いできますか」フィリップ・フィリーパヴィチは蛇のような声でシュヴォンデルに言った。「あなたとお話がしたいそうです」

「恐れ入りますが」シュヴォンデルは赤くなったり青くなったりしながら言った。「われわれの言ったことを歪曲《わいきょく》なさいましたね」

「そういう言い方はしないでいただきたい」

シュヴォンデルはしょんぼりした様子で受話器を取った。

「はい。ええ……管理委員長です……われわれは規則通りに行動したんですけれど……教授のところはそうでなくても例外的にいい待遇になっているんです。教授の仕事のことはわれわれも知っています……教授のところには五部屋も残そうとしたんですよ……まあ、わかりました……そういうことなら……いいでしょう……」

彼は真っ赤になって受話器を置き、振り返った。

「やっつけた！ すごい人だ！」犬は感激した。「魔法の呪文《じゅもん》でも知っているのかな？ どんなになぐられたって、ぼくはもうこの家から絶対に出て行かないぞ」

残りの三人は口をぽかんと開けたまま、やっつけられたシュヴォンデルの方を見た。

「言語道断」彼は弱々しく言った。

「討論の場だったら」女が興奮して赤くなりながら言った。「私がヴィターリィ・アレクサンドロヴィチに証明してみせるのに……」

「失礼ですが、今すぐにその討論を始める気ですか？」フィリップ・フィリーパヴィチは丁寧に尋ねた。

女の目が燃え上がった。

「皮肉をおっしゃっているのはわかります、先生。われわれはすぐに出て行きます……ただ……私は管理委員会の文化担当チェアマンとして……」

「チェアウーマン」とフィリップ・フィリーパヴィチは訂正した。

「提案したいことがあります」女は脇の下から雪に濡れたカラフルな雑誌を何冊か取りだした。「フランスの子どもたちを助けるために、雑誌を買ってください。[14] 一冊五〇コペイカです」

「結構です、いりません」フィリップ・フィリーパヴィチは雑誌を横目で見ながら短く答えた。

四人組に驚愕《きょうがく》の表情が浮かんだ。女はこけもものように赤くなった。

「なぜ断るんです？」

「ほしくないからです」

「フランスの子どもたちのことをかわいそうだとは思わないんですか？」

「思いますよ」

「五〇コペイカが惜しいんですか？」

「いいえ」

「じゃあなんで？」

「ほしくないからです」

みんな口をつぐんだ。

「ねえ先生」重苦しくため息をつきながら女が言った。「あなたがヨーロッパの大物でなく、あんな破廉恥《はれんち》なやり方で助けてもらったりしたのでなければ」金髪の男はジャンパーの裾を引っ張ったが、女はその手を振り払った。「あなたの味方になった人がいったい何者なのか、今に化けの皮をはがしてやりますけれど――あなたを逮捕するところなんですよ！」

「どういう理由で？」フィリップ・フィリーパヴィチは好奇心から尋ねた。

「あなたはプロレタリアートを憎んでいる」女は誇らしげに答えた。

「ええ、プロレタリアートのことは好きではありません」フィリップ・フィリーパヴィチは申し訳なさそうに認めた。そしてデスクの上のボタンを押した。どこかで呼び鈴の鳴る音がして、廊下の扉が開いた。

14　ソ連時代には共産主義的なイデオロギーに基づいて「自発的な」募金を求めることがよくあった。このような「自発的な」募金の要求を断ることはほぼ不可能で、もし断ったら反ソヴィエト的とみなされ、重大な結果を招くことは間違いなかった。

「ジーナ」とフィリップ・フィリーパヴィチが大声で呼んだ。「食事を運んできなさい。もうよろしいですかな?」

四人組は黙りこくったまま書斎を出て、受付を通り過ぎ、廊下を歩いて行った。彼らの背後で重々しく大きな音を立てて玄関の扉が閉まる音がした。

犬は後ろ足で立ち上がり、フィリップ・フィリーパヴィチをあがめるダンスを踊った。

3

楽園の花々が描かれた、幅広い黒の縁取りのある皿の上に薄くスライスしたスモーク・サーモンとウナギのマリネが載っていた。滴《しずく》がしたたるほど新鮮なチーズが重い木のプレートの上にひとかたまり載っていて、小さな樽《たる》の形をした銀製の器にはかき氷とキャビアが入れてあった。皿と皿の隙間《すきま》には薄いガラスでできたグラスがいくつか置いてあり、色の異なるウォッカの入ったクリスタルガラスのキャラフが三つあった。これらのものはすべて、小さな大理石でできたテーブルの上にあって、そのテーブルは彫刻をほどこした大きな樫《かし》の食器戸棚のすぐ横に感じよく置いてあった。食器戸棚からは、ガラスと銀のきらきらした輝きがあふれていた。部屋の真ん中には墓標板のようにずっしりしたテーブルがあった。白いテーブルクロスが掛っていて、二人分の食器類が並べてあった。ナプキンはローマ法王の冠のように丸めて立てられていた。黒っぽい色の瓶が三本あった。

ジーナはふたをした銀の皿を運んできた。その中では何かがシューシューと音を立てていた。この皿からただよってくるにおいを嗅《か》いだだけで、犬の口の中はすぐに唾《つば》でいっぱいになった。「セミラミスの空中庭園[15]みたいだ！」と犬は思って、まるで棒で叩《たた》くようにしっぽで寄木細工の床をパタパタと打った。

「こっちへ寄こしなさい！」と教授は腹をすかせた肉食獣のように獰猛《どうもう》に命じた。「ドクター・ボルメンタール、キャビアにさわらないでください！　私のおすすめを聞いてくれるなら、イギリスのではなくて、ロシアの普通のウォッカをグラスに注いだ方がいいですよ」

足を噛《か》まれたハンサムな男はもう白衣を脱いでいて、きちんとした黒いスーツ姿だった。彼は広い肩をすくめて、礼儀正しく微笑《ほほえ》みながら透明な酒を注いだ。

15「バビロンの空中庭園」とも呼ばれる。世界の七不思議のひとつ。

「評判の新製品ですか？」と彼は尋ねた。

「とんでもない」教授は答えた。「店で売っているのは単なるアルコールですよ。ダリヤ・ペトロヴナのお手製のウォッカがすばらしいんです」

「まあ、そうおっしゃらずに、フィリップ・フィリーパヴィチ。みんな三〇度のまともなウォッカだって言ってますよ」

「ウォッカは四〇度じゃないといけないんです、三〇度なんかじゃだめだ。それがまず第一」フィリップ・フィリーパヴィチは教訓を垂れるような口調でドクターをさえぎった。「第二に、そんな飲み物の中には何が入っているのかわかったもんじゃない。連中がどんなことを思いつくか、あなたには予測できるんですか？」

「連中はどんなことでもしますからね」足を嚙まれた男は断定的に言った。

「私もそう思う」フィリップ・フィリーパヴィチが付け加えて、グラスの中身を一気にのどの奥に注ぎ込んだ。「う、む、む。ドクター・ボルメンタール、すぐにこれを食べなさい。もしもまずいなんて言ったら、あなたは死ぬまで私の仇敵《きゆうてき》ですよ。《セビリアからグラナダまで……》」

彼はこう言いながら自分でも銀のフォークで小さな黒パンのようなものを突き刺した。足を嚙まれた男もそれにならった。フィリップ・フィリーパヴィチの目が輝いた。

「まずいですか？」口をもぐもぐさせながらフィリップ・フィリーパヴィチが尋ねた。

「まずい？　答えてください、ドクター」

「たとえようもないおいしさです」足を嚙まれた男は正直に答えた。

「もちろんですとも……イヴァン・アルノルドヴィチ、覚えておくといい。冷たい前菜とスープをウォッカの後に食べるのは、ボリシェヴィキの手をまだ免れている田舎者の地主だけなんですよ。少しでもプライドのある人物だったら、温かい前菜を食べるんです。モスクワで食べられる温かい前菜のうちでは、これが一番なんですよ。昔はレストラン「スラヴャンスキー・バザール」[16]ですばらしくおいしいのが食べられたんですがね。さあ、お前にもやろう」

「犬に食堂で餌《えさ》なんかをやったら」と女性の声が言った。「もうここから梃子《てこ》でも動かなくなってしまいますよ」

「かまわないよ。このかわいそうな犬はもうさんざんすきっ腹を抱えてきたんだから

16 モスクワにあった有名なホテルと、そのレストランの名前。このレストランはモスクワのヨーロッパ風レストランとして初めてロシア料理を提供した（それまではヨーロッパ風のレストランではフランス料理が提供されていた）。チェーホフなど、当時のモスクワの有名人がここを訪れた。

ね」フィリップ・フィリーパヴィチはフォークの先に突き刺した前菜を犬の方に差し出した。犬は曲芸師のような器用さでその前菜を取った。教授はフォークをフィンガーボールの中にガチャンと投げ入れた。

皿からザリガニのにおいのする蒸気が立ちのぼった。犬はテーブルクロスの陰にすわり、火薬庫を守る衛兵のように緊張して見えた。フィリップ・フィリーパヴィチは固く糊《のり》づけされたナプキンの端を襟元にはさみ、説教を続けた。

「食事というのはですね、イヴァン・アルノルドヴィチ、おもしろいものですよ。まず、食べ方を知らないといけない。なのに、たいていの人は食べ方を知らない。何を食べるかということだけでなく、どこで、どんなふうに食べるのかということも知っていないといけないんです」フィリップ・フィリーパヴィチはスプーンを振りながら自分の言葉を強調した。「そして、食事のときに何をしゃべるか、ということも知らないといけない。そうですとも。もし君が消化のことを気にしているのだったら、いいアドヴァイスがありますよ。食事のときにボリシェヴィズムと医学のことを話してはいけない。それから、食事の前にソヴィエトの新聞を読んではいけません！」

「ふむ、でも他の新聞なんてないですよ」

「じゃあ、新聞なんて読まなければいい。いいですか、私はクリニックで三〇例観察したんです。で、どうだったと思いますか? 新聞を読まなかった患者はとても体調がよかった。それに対して私が『プラウダ』[17]を読むように強制した患者は体重が減ったんです!」

「ふーん」足を噛まれた男はスープとワインで顔を赤くしながら、興味深そうに応じた。

「それだけではありません。膝《ひざ》の反射が鈍くなり、食欲が落ち、精神的には鬱《うつ》状態になったのです」

「それはひどい!」

「そういうことです。でも私はいったい何をしているんだろう、自分から医学の話をしているなんて。こんな話はやめて食べることにしましょう」

フィリップ・フィリーパヴィチは椅子《いす》の背に寄りかかり、呼び鈴を押した。えんじ色の間仕切りカーテンの陰からジーナが姿を現した。犬はチョウザメの白っぽい大き

17ソ連時代の最も中心的な新聞で、共産党の機関紙。一九二〇年代の編集長は党の幹部だったニコライ・ブハーリンである。革命後、ほとんどすべての新聞が廃刊となり、新政権は二紙を新たに発行したが、それが「プラウダ(真実)」と「イズヴェスチヤ(報道)」だった。この二紙に関してはよく、「『プラウダ』には報道がなく、『イズヴェスチヤ』には真実がない」と言われた。

なかたまりをもらった。でもそれは気に入らなかった。そのすぐ後に血の滴《したた》るようなローストビーフを一切れもらった。それをガツガツ食べた後、犬は急に眠気に襲われた。もう食べ物なんて、見たくもなかった。「変な気分だ」重いまぶたを閉じながら犬は思った。「ぼくの目がもうどんな食べ物も見たくないなんて。それに食事の後で煙草《たばこ》を吸うなんて、ばかみたい」

食堂は葉巻の不快な青い煙でいっぱいになった。犬は前足の上に頭を載せ、うつらうつらした。

「サン・ジュリアンはまともなワインです」半分眠りながら犬はこう言う声を聞いた。「でも今はもう買えない」

天井と絨毯《じゅうたん》を通して、上と横の方からくぐもった歌声が聞こえてきた。

フィリップ・フィリーパヴィチが呼び鈴を押すと、ジーナが姿を現した。

「ジーヌシュカ、あれはいったい何だ？」

「また住民総会が開かれたんですわ、フィリップ・フィリーパヴィチ」ジーナが答えた。

「またか！」フィリップ・フィリーパヴィチは憂鬱そうに言った。「じゃあ、また始まるな。カラブホフ・ハウスはおしまいだ！　どこかに引っ越さないといけない。でもどこに? 何もかもあっという間に変わってしまう。まず、毎晩歌声がする。それからトイレのパイプが凍結する。スチーム暖房のボイラーが破裂する、エトセトラ、エトセトラ。カラブホフ・ハウスはもうおしまいだ!」

「フィリップ・フィリーパヴィチは嘆き悲しんでいらっしゃる」ジーナはにっこりして言い、山のような皿を片づけた。

「どうすれば嘆き悲しまずにいられるんだね?」とフィリップ・フィリーパヴィチが大声で言った。「ここは本当にいい家だったのに! わかってるでしょう?」

「ものごとの悪いところだけをご覧になっているのですよ、フィリップ・フィリーパヴィチ」足を嚙まれたハンサムな男が言った。「状況は急激に変わっていますからね」

「ドクター、私のことはよく知っているでしょう? 私は事実を重んじる人間で、観察する人間です。私は根拠のない仮説は大嫌いです。そのことはロシアのみならず、ヨーロッパじゅうに知れ渡っている。もし私が何かを言えば、その根拠として何かはっきりした事実があるんです。私はその事実をもとに推論する。で、ここにひとつの事実がある。玄関のコート掛けとオーバーシューズ用の靴箱がなくなっている」

「おもしろいですね……」

「オーバーシューズなんて、どうでもいいよ。幸福はオーバーシューズの中にあるんじゃない」と犬は考えた。「でもなんて立派な人だろう」

「オーバーシューズ用の靴箱。この家には一九〇三年から住んでいます。一九一七年の四月までは、[18]この建物の入り口に鍵《かぎ》が掛っていなくても、オーバーシューズが二、三足盗まれることなんて一度もなかった。赤鉛筆で下線を引っぱって強調してもいいくらいですけれどもね、本当に一度もそんなことはなかったんですよ。この建物には一二世帯入っていて、私のところには患者が出入りしている。それでもですよ。一九一七年の四月のうららかな日に、すべてのオーバーシューズがなくなった。そのうちの二足は私のものでした。ステッキが三本とコート、それに守衛のサモワールも。それ以来、オーバーシューズ用の靴箱は存在しなくなったんです。ねえ、ドクター。スチーム暖房のことは何も言わないことにしましょう。何も言いません。いいでしょう、社会革命が起きたら、暖房は必要ない。いつか暇ができたら私は脳を調べて、この社会的混乱が熱にうかされた病的な妄想だったことを証明してみせます……でも教えてください。革命が起きてからというもの、なぜみんな汚いオーバーシューズやフェルトの長靴で大理石の床の上を歩くようになったのか。なぜ今日に至るまで、オーバーシューズを入れた靴箱に鍵をかけるのみならず、誰にも盗《と》られないように見張りをつけないといけないのか。なぜ共用部分の階段から絨毯をはがしたのか。カール・マルクスが階段に絨毯を敷くことを禁じたとでも言うのでしょうか？　カール・マルクスの著作のどこかに、カラブホフ・ハウスのプレチステンカ通りに面した玄関の扉を釘《くぎ》づけにし、裏庭を通って勝手口から入らないといけないと書いてあるんでしょうか？　誰がそんなことを必要としているんです？　抑圧された黒人ですか？　それともポルトガルの労働者？　なぜプロレタリアートはオーバーシューズを下の入り口のところで脱いで、大理石の床を汚さないようにできないんでしょう？」

「フィリップ・フィリーパヴィチ、彼らはオーバーシューズなんて持ってませんよ」足を噛まれた男が反論しようとした。

「そんなことはない！」雷のような声でフィリップ・フィリーパヴィチが言って、グラスにワインを注いだ。「ふむ……食後の甘いリキュールなんて私は認めない。そんなものを飲んだら身体《からだ》がだるくなるし、肝臓にも悪い……そんなことはないぞ。連中は今やオーバーシューズを持っている。本当は私のオーバーシューズなのに。まさに

18ロシアでは一九一七年二月末にブルジョワ革命が起き、帝政が崩壊した。同年四月にスイスに亡命していたレーニンが帰国して、さらに過激な共産主義革命を目論み、それが一〇月に実現することとなった。

一九一七年四月一三日に消えたオーバーシューズなんだ。お尋ねしますがね、誰がそのオーバーシューズを盗んだんです？　私か？　あり得ない。ブルジョワのサブリン？」フィリップ・フィリーパヴィチは人差し指で天井を指した。「そんなことは想像しただけでも噴飯ものだ。砂糖工場主のポロゾフか？」フィリップ・フィリーパヴィチは横の方を指した。「まさか。まさにあの歌を歌っている連中の仕業なんだ。そう、そのとおり。でも階段のところで脱ぐくらいのことはしてもいいんじゃないのか」フィリップ・フィリーパヴィチの顔色は赤黒くなってきた。「なぜ階段に飾ってあった花の鉢をどけたのか？　私が記憶する限り二〇年の間に二回しか停電したことがないのに、なぜ今は毎月停電するのか？　ドクター・ボルメンタール、統計は無情です。君は私の最近の仕事をご存じだから、そのことを誰よりもよくわかっているはずですが」

「荒廃してるんですよ、フィリップ・フィリーパヴィチ」

「いや違う」断固としてフィリップ・フィリーパヴィチが応じた。「違うぞ。イヴァン・アルノルドヴィチ、君はまず、そんな表現を使わないようにしないといけない。そんなものは幻想です、煙のような虚構です！」フィリップ・フィリーパヴィチは短い指を広げ、その影が二匹の亀《かめ》のようにテーブルクロスの上で動いた。「君の言う

『荒廃』とはいったい何です？　杖《つえ》をついて歩いている老婆《ろうば》ですか？　すべての窓ガラスを割り、すべての灯りを消してしまった魔女ですか？　そんなものは存在しませんよ！　その言葉にどんな意味があるんですか」フィリップ・フィリーパヴィチは憤慨し、厚紙に描かれた哀れな鴨《かも》に向かって尋ねた。鴨は食器戸棚の横に足を上にしてさかさまに掛けてあった。教授は鴨に代わって自分でその問いに答えた。「それはこういう意味です。もしも私が手術する代わりに、毎晩自分の家で歌い始めたら、私は荒廃したということになるんです。もしも私がトイレに行って――尾籠《びろう》な話で恐縮ですがね――尿を便器の外に飛ばしたら、そしてジーナもダリヤ・ペトロヴナも同じことをしたら、うちのトイレは荒廃したことになるんです。つまり、荒廃はトイレにあるんではなくて、頭の中にあるんです。だからあのバリトンの声が《荒廃を打倒せよ》と歌うなら、私は笑い飛ばしてやる」フィリップ・フィリーパヴィチの顔がひどく歪《ゆが》んだので、足を噛まれた男はびっくりした。「誓ってもいいが、私は笑い飛ばしてやるんだ。そういうことを言うのなら、みんな自分の後頭部をぶちのめさなければならないでしょうからね。もしも自分の頭を叩いて世界革命やエンゲルスやニコライ・ロマーノフや、抑圧されたマレー人などなどの幻想を追い出し、納屋《なや》を掃除するようになったら――それが彼らの本来の仕事なんだが――荒廃は自《おの》ずと消え去るのです。ふたりの神に仕えることはできない。路面電車の線路を掃除しながら、同時にスペインの浮浪者の心配をすることなんてできないんですよ。そんなことができる人はいないんです、ドクター。ヨーロッパの発展から二〇〇年も後れをとっていて、今日にいたるまで自分のズボンのボタンもきちんと留められないような人々ならなおさらです！」

フィリップ・フィリーパヴィチは我を忘れた。鷹《たか》のような鼻をひくつかせた。豪華な食事で力をつけたので、教授は古代の預言者のように声を張り上げた。頭が銀色に光った。

教授の言葉は、うつらうつらしている犬の耳には鈍い地鳴りの音のように聞こえた。愚かしい黄色の目をしたフクロウが彼の夢に現れたかと思うと、汚れた白いコック帽をかぶっている死刑執行人のいやらしい顔が浮かんだ。フィリップ・フィリーパヴィチのおしゃれな口髭《くちひげ》が照明器具のまぶしい光に照らし出された。眠気を催すような橇《そり》の音が聞こえたかと思うと、また消えていった。犬の胃の中では、嚙み砕かれたローストビーフが胃液の上に漂って、消化されつつあった。

「彼ならデモでお金を稼ぐことができるな」犬は夢うつつで思った。「演説のプロだ。でも、彼のところにはもうお金が腐るほどあるに違いない……」

「警官！」とフィリップ・フィリーパヴィチは叫んだ。「警官！」「ウーウーウー！」犬の頭の中でシャボン玉のようなものがはじけた。「警官！　それに尽きる！　名札をつけた昔の警官だろうが、赤い帽子をかぶった今どきの警官だろうが、そんなことはどっちでも構わない。ひとりひとりに警官をつけて、あの歌い手どもの不躾《ぶしつけ》な行動を規制させるようにしなければならない。君は『荒廃』と言いましたね！　言わせてもらいますがね、ドクター、あの歌い手どもがおとなしくしてくれない限り、うちでもよその建物でも、何ひとつ改善されたりはしないんですよ！　連中がコンサートをやめてくれさえすれば、状況はひとりでにいい方向へ向かうのです！」

「反革命のことをおっしゃってるんですか、フィリップ・フィリーパヴィチ」足を噛まれた男は冗談めかして言った。「誰かに聞かれてしまうかもしれませんよ！」

「危険なことは何も言っていないぞ！」フィリップ・フィリーパヴィチは烈《はげ》しく抗議した。「反革命なんかじゃない！　またもや我慢できない言葉が出てきた！　この言葉が何を意味しているのか、私にはさっぱり理解できん！　いったい誰に理解できるものか！　言っておきますがね、私は反革命のことなんか、一言もしゃべりませんでしたぞ！　私の言葉には健全な常識と経験だけが含まれているんです……」

フィリップ・フィリーパヴィチは襟元から折り目のついたつややかなナプキンをは

ずして丸めると、飲みかけの赤ワインのグラスの横に置いた。足を噛まれた男はすぐに立ちあがって、「メルシー」とお礼を言った。

「ちょっと待ちなさい、ドクター」フィリップ・フィリーパヴィチは彼をひきとめて、ズボンのポケットから財布を取り出した。目を細めながらたくさんの白い紙幣を数え、こう言いながら男に手渡した。「イヴァン・アルノルドヴィチ、今日は四〇ルーブル差し上げましょう。どうぞ」

犬に噛まれた男は礼儀正しくお礼を言って、赤くなりながらお金を上着のポケットに入れた。

「今晩は来なくてもいいのですか？」彼は尋ねた。

「ええ、来なくてもいいですよ。今日の仕事はもう終わりです。第一に、ウサギが死んでしまいました。第二に、今日はボリショイ劇場で『アイーダ』が上演されるんです。もう長いこと聞いていないのでね。大好きな曲なんです……あのデュエットを覚えていますか……タラララン……」

「どうやったらそんなふうに何もかもできるんですか、フィリップ・フィリーパヴィチ」ドクターは尊敬のまなざしで尋ねた。

「急いだりしなければ、何でもできるんですよ」教え諭すように教授が言った。「もちろん、もしも自分の本来の仕事に従事する代わりに、会議から会議へと渡り歩かなければならなかったら、あるいはナイチンゲールのように一晩じゅう歌を歌わなければならなかったら、私にだって何もできないでしょうよ」ポケットにつっこんだフィリップ・フィリーパヴィチの手の下で、時計がすてきなメロディーを奏《かな》でた。八時だ。「第二幕には間に合うでしょう……私は分業制に賛成です。ボリショイ劇場には歌手がいる。私は手術をする。それでいいんです。荒廃なんかは存在しない……それでね、イヴァン・アルノルドヴィチ、君は注意深く待機していてくださいよ。うってつけの死者が出たら、すぐに解剖台から栄養溶液の中へ移動させて、私のところに運ぶんです」

「ご心配なく、フィリップ・フィリーパヴィチ。病理解剖学者たちが約束してくれてますから」

「すばらしい。私たちの方はあの野良の神経衰弱患者の様子を見て、洗ってやりましょう。まず脇腹《わきばら》のけがを治してやらないと」

「ぼくの世話をしてくれるんだ」と犬は考えた。「なんていい人だろう。彼が誰なのか、ぼくは知っている！　彼は犬のおとぎ話に出てくる、立派な魔術師で魔法使いなんだ……これが全部夢だなんて、とてもじゃないけど信じられない。それともやっぱり夢なのかな？」犬は夢の中で身をすくめた。「目が覚めると、全部消えてしまってるんだろうか。絹のシェードがついたランプも、温かさも、満腹感も……またも門《もん》扉《ぴ》の下の路上暮らし、凍える寒さ、氷におおわれたアスファルト、飢え、意地悪な人々……大衆食堂、雪……ああ、とても耐えられそうにないよ……」

4

しかし、そんなことにはならなかった。門扉はみじめな夢のように消え去り、もう二度と戻ってこなかった。

例の荒廃とやらは、そんなにひどくはないのかもしれなかった。荒廃とは関係なく、一日に二度、窓の下に設置してある灰色の暖房器具が暖かくなった。そして、その暖かさが住まい全体に広がった。

犬が大当たりのくじを引き当てたのは間違いなかった。犬の目がプレチステンカ通りの賢者に対する感謝の涙でいっぱいになるのは、一日に二度どころではなかった。受付の棚の間に置いてある鏡台は、幸運で美しい犬の姿を映し出した。

「ぼくってハンサムだな。ひょっとしたら世に知られていない犬の王子様なのかも」

犬はコーヒー色の毛がふさふさ生えた満足そうな顔を見ながら考えた。三面鏡にはあちこち歩き回る犬の姿が何重にも重なって奥の方まで映し出されていた。「おばあちゃんがニューファンドランド犬と過《あやま》ちを犯したのかも。ぼくの鼻面《はなづら》には白いブチがある。どうしてこんなものがあるんだろう。フィリップ・フィリーパヴィチはとても趣味のいい人だ。あの人なら通りにいる適当な犬を家に連れて帰ることはしないだろう……」

犬はまだ飢えていた頃に路上で一カ月半もかかってありついただけの食べ物を、たったの一週間で食べてしまった。でもそれは量的に同じだったというだけだった。フィリップ・フィリーパヴィチの家で出される食事の質は、以前食べていたものとは比べ物にならなかった。ダリヤ・ペトロヴナがスモレンスキー市場で買ってくる一八コペイカ分のソーセージの切れ端を毎日山のようにくれることはさておいて、七時に食堂でとられる夕食のことを考えるだけでも十分だろう。夕食には、かわいらしいジーナが反対するにもかかわらず、犬も同席することが許されていたのである。この夕食の席でフィリップ・フィリーパヴィチはついに神の称号を得るにいたった。犬は後ろ足で立ち、教授の上着を噛《か》んだ。犬はフィリップ・フィリーパヴィチの呼び鈴の鳴らし方を覚えた。短く二度、いかにも家の主《あるじ》らしく大きな音で鳴らすのである。この音を聞くと犬は吠《ほ》えながら廊下を突進し、ご主人様を迎えるのだった。青い光沢のある黒っぽいキツネのコートを着た家の主は、無数についた雪片をきらきらさせ、オレンジと葉巻と香水とレモンとベンジンとオーデコロンと上等の布のにおいをさせながら入ってきた。彼の声は軍隊のトランペットのように家じゅうに鳴り響いた。

「このおばかさん、お前はなんでフクロウのしっぽを台無しにしたんだ？　フクロウがお前に何かしたのか？　何かしたのかと訊《き》いてるんだよ。メチニコフ教授[19]の肖像画をなんで破ったりなんかしたんだ？」

「フィリップ・フィリーパヴィチ、この犬は一度鞭《むち》で打ってやらないといけませんよ」とジーナが怒って言った。「そうじゃないと、完全につけ上がってしまいます。まあ見てくださいよ、この犬がオーバーシューズに何をしたか」

「誰のことも殴ったりしてはいけない」教授は興奮して言った。「よく覚えておくんだよ。人間も動物も、納得しさえすれば言うことを聞くようになるんだ。今日はもうこいつに肉を食べさせたかね？」

「家じゅうのものを食べてしまいましたわ！　フィリップ・フィリーパヴィチ、尋ねるまでもありませんよ。よくおなかが破裂しないものだと思いますわ」

「好きなだけ食べさせてやりなさい。おい、この乱暴者、フクロウがお前の邪魔でもしたのか?」

「ウ、ウ」おべっか使いの犬は哀れそうに鳴き、腹ばいになって前足を外側に向けた。
それから誰かが犬の首根っこをつかみ、さんざんに悪態をつきながら、廊下から書斎に引きずっていった。犬は少し吠え、歯をむき出してうなった。絨毯《じゅうたん》に爪《つめ》を立て、まるでサーカスの犬のようにおしりを床につけたままずるずると移動した。書斎の真ん中の絨毯の上に、腹部をズタズタにされたガラス目のフクロウがいた。そのズタズタにされた部分からは、ナフタリンのにおいがする赤い詰め物がはみ出していた。机の上にはボロボロになった肖像画が投げ出されていた。

「わざと片付けなかったんです。先生がよくご覧になれるようにと思って」ジーナが不機嫌そうに言った。「あの犬はデスクの上に飛び上がったんです。ほんとにとんでもないやつですわ! そしてフクロウのしっぽにかじりついたんです、パクッとね。あっという間で、こちらが手出しもできないうちに、フクロウをすっかりズタズタにしてしまったんです。フィリップ・フィリーパヴィチ、その鼻面をフクロウに押し付

---

19 イリヤ・メチニコフ(一八四五―一九一六)はロシアの大学者で、ノーベル生理学・医学賞の受賞者(一九〇八年)。

けてやってください。そうすれば物をこわしちゃいけないってことがその犬にもわかるでしょうから」

犬が吠え始めた。絨毯にへばりついていた犬は引きずられて、フクロウに鼻先を押し付けられた。犬は苦い涙を流しながら思った。「殴ってください、殴ってください、でもお願いだからここからぼくを追い出さないで！」

「フクロウを今日のうちに剝製師《はくせいし》のところに届けなさい。それから八ルーブルと、電車賃一六コペイカをあげるから、ミュル[20]の店に行って上等の首輪と鎖を買っておいで」

翌日、犬にはぴかぴか光る幅広の首輪がつけられた。初めは犬は、鏡に映った自分の姿を見て不機嫌になり、しっぽを後ろ足の間にはさんだ。そして、どうやったら長持や箱にこの首輪をこすりつけてはずすことができるか考えながら、浴室に行った。けれども間もなく、自分がいかにばかだったかを悟った。ジーナは鎖につないで犬を散歩させた。アブホフ小路では犬は恥ずかしさに顔を火照《ほて》らせ、まるで囚人のように歩いた。しかし、プレチステンカ通りから救世主教会まで歩いたときに、首輪をつけているということが犬の生涯にどんな意味をもたらすのかを理解した。すれちがうすべての犬の目の中に、燃えるような嫉妬《しっと》を読み取ることができたのである。ミョルトヴィ小路では尻尾《しっぽ》の切れた大きなひょろ長い野良犬《のらいぬ》が、「ブルジョワの豚！　こびへつらいやがって！」と悪態をついた。ふたりが路面電車の線路を横切った時、人民警察の警官が犬の首輪を満足そうに敬意を込めて見た。家に帰ると、前代未聞《ぜんだいみもん》のことが起きた。守衛のフョードルが自らの手で正面玄関の扉を開け、コロを中に入れたのである。そしてジーナに向かってこう言った。

「こんな毛むくじゃらの犬をフィリップ・フィリーパヴィチは手に入れたんですね。それにものすごく太っている」

「もちろんよ。六匹分の餌《えさ》を食べてるんですもの」寒さで赤くなったかわいいジーナが言った。

「首輪ってまるでアタッシュケースみたい」ジョークのつもりで犬は思った。そしてしっぽを振り振り、立派な紳士のようにジーナの後についてベレタージュに上ってい

---

20 正式には「ミュル・アンド・メリリズ」。モスクワの中心地にあるデパートで、創業者はロシアに移住したスコットランド人。一八九二年に建てられた美しい建物は革命後国有となり、一九二二年にソ連の国営百貨店として「ツム（中央百貨店）」という名前で営業を開始した。ブルガーコフのこの小説は一九二四年から二五年にかけての物語ということになっているが、フィリップ・フィリーパヴィチは一貫して古い名称を用いている。

った。

首輪のありがたみを思い知った後で、犬は初めてこの天国の中枢《ちゆうすう》部分を訪問した。それまではそこに入ることを固く禁じられていたのである。つまり、料理番ダリヤ・ペトロヴナのテリトリーに入ったのだ。この住まい全体を合わせても、ダリヤの国に比べれば二束三文の価値もなかった。上がタイル張りになっている黒いかまどからは、毎日シューシュー音がして、炎が燃え盛っていた。オーブンがカタカタ音を立てた。永遠の炎の熱と鎮《しず》めようのない情熱に燃え上がって、ダリヤ・ペトロヴナの顔は深紅に染まっていた。彼女の顔は脂《あぶら》で光っていた。髪型は今流行《はや》りのもので、耳を隠し、明るい色の髪をうしろでおだんごにしていた。偽《にせ》ダイヤの髪飾りが二十個輝いていた。壁のフックには金色に光るなべが掛けてあった。台所にはいろいろなにおいが充満していた。ふたをしたなべ釜《かま》類はジュージュー、グツグツ音を立てた。

「あっちへ行け！」とダリヤ・ペトロヴナが叫んだ。「出て行きなさい、この浮浪者、盗《ぬす》っ人《と》め！　お前なんかに用はないのよ！　火かき棒でぶつわよ」

「ねえ、なにをそう怒鳴っているの」犬はかわいらしく目を細めた。「ぼくが何の盗っ人だって？　この首輪が見えないの？」犬は脇腹《わきばら》で扉を押し、隙間《すきま》に顔を突っ込んだ。

犬のコロは人々の心をとらえる秘訣《ひけつ》を心得ていた。それから二日後にはもう、石炭の入ったかごの横にねそべって、ダリヤ・ペトロヴナの働く様子を見ていた。彼女は細長くて切れ味のいいナイフを使ってかわいそうなエゾライチョウの首と足をはね、それから怒り狂った死刑執行人のように骨から肉をもぎとり、鶏からは内臓を取り出して、肉ひき器で何かを粉砕していた。コロのほうはエゾライチョウの頭をいたぶった。ダリヤ・ペトロヴナはミルクの入ったお椀《わん》から柔らかくなった白パンを取り出し、まな板の上でひき肉のかたまりと混ぜ、生クリームを加え、塩をふりかけ、それからまな板の上でハンバーグの形を整えた。かまどはゴーゴーと火事のような音を立て、フライパンの上では何かがジュージュー音を立てて泡立ち、はねていた。焚口《たきぐち》のふたがガチャンと開き、そこから地獄の炎が見えた。グツグツ煮えたぎる音とザーザー流れる音がした……

晩になると石窯《いしがま》の焚口の火が消えた。台所の窓の下半分をおおう白いカーテンの向こうにプレチステンカ通りの威厳に満ちた漆黒の夜が訪れ、ひとりぼっちの星が見えた。台所の床は湿っていて、なべは謎《なぞ》に満ちた鈍い輝きを放っていた。テーブルの上には消防士の制帽が置いてあった。コロは門の番をするライオンのように、暖かいかまどの上に寝そべっていた。好奇心いっぱいに片方の耳を立て、ジーナとダリヤ・ペトロヴナの部屋に通じる、半開きになっているドアの隙間から、黒い口髭《くちひげ》を生やして幅の広い革のベルトを締めたひとりの男が、興奮した様子でダリヤ・ペトロヴナを抱擁しているのを見た。彼女の顔は苦悩と情熱のために赤くなっていた。白いのはおしろいを塗り重ねた鼻の頭だけだった。部屋に飾ってあった、口髭を生やした男の写真が、光の帯に照らし出された。写真にはヤマブキの花が一本掛けてあった。

「あんた、悪魔みたいに私につきまとうのね」薄暗がりの中でダリヤ・ペトロヴナがつぶやいた。「離してよ。ジーナが来るわ。あんたにも若返りの術が施されたっていうの？」

「そんなものは必要ないよ」黒い口髭の男はしわがれ声で答えた。彼は感情を抑えきれない様子だった。「君は火のようだね……」

プレチステンカ通りの星がずっしりしたカーテンの向こうに姿を消した後、ボリショイ劇場で「アイーダ」が上演されず、全ロシア外科学会の会合もないときには、神様は肘掛椅子《ひじかけいす》にゆったりとすわっていた。天井の灯りはともさず、デスクの上にある緑のランプがついているだけだった。コロはくらがりの中で絨毯の上に寝そべり、禍々《まがまが》しい物から目が離せなかった。気味悪くどんより濁った、ツンと鼻につく液体の入ったガラスの容器には、人間の脳が浮かんでいた。神様は肘まで袖《そで》をまくって黄色

っぽいゴムの手袋をはめ、先の丸いつるつるした指で脳のしわをもぞもぞさわってい
た。神様は時々小さくてぴかぴか光るナイフを手にし、黄色くて弾力のある脳をそっ
と切った。
「《ナイル川の聖なる岸辺へ》[21]」神様は小さな声で歌い、唇を少し噛みながら、ボリシ
ョイ劇場の金ぴかの内装のことを考えた。スチーム暖房のパイプはこの時間に最高温
度になった。暖かい空気は天井の方に上がっていき、そこから部屋中を暖めた。犬の
毛皮の中で、フィリップ・フィリーパヴィチの蚤《のみ》とり櫛《ぐし》から逃れたものの、すでに命
運の尽きた最後の蚤が活動的になった。絨毯のおかげで家の中は静かだった。どこか
遠くで玄関の扉がギーッと鳴る音がした。
「ジーナちゃんが映画に行くんだな」と犬は思った。「帰ってきたら食事だ。晩ご飯
はたぶん仔牛《こうし》肉のグリルだ」

＊　＊　＊

21ヴェルディ作曲のオペラ「アイーダ」で歌われる神官たちの合唱。

そしてこのおぞましい日、朝のうちからもう悪い予感がコロをチクチク刺した。それでコロは急に不機嫌になって、朝食のオートミールを器に半分と、昨日の残りのマトンの骨をまったく何の食欲も感じないままに食べた。彼はものうい気分で受付の部屋に行き、鏡に映った自分の姿に向かって少し吠えた。けれども、昼間ジーナが大通りに散歩に連れて行ってくれた後は、いつものように時間が過ぎていった。今日は診察はなかった。なぜなら周知のように、火曜日は診察日ではなかったからである。神様は書斎にすわり、デスクの上でカラフルな図が入った重そうな本を開いていた。みんな食事の支度が整うのを待っていた。台所で確かめたとおり、今日のメインは七面鳥だと考えて、犬は少し元気になった。犬は廊下を歩きながら、書斎の電話が突然不愉快な音で鳴るのを耳にした。フィリップ・フィリーパヴィチは受話器を取り、しばらく聞いていたかと思うと、急に興奮し始めた。

「すばらしい！」と彼の声が言った。「すぐに運んでください！」

彼はあわてふためいて呼び鈴を鳴らし、部屋に入ってきたジーナに、すぐに食事を運んでくるように命じた。

「食事、食事、食事だ！」

食堂ではすぐに食器がカチャカチャ音を立て、ジーナはあちこち走りまわり、台所からは七面鳥がまだできていないと訴えるダリヤ・ペトロヴナの声が聞こえてきた。犬はまた落ち着かない気分になった。

「家の中がせわしないのは好きじゃない」と犬は思った。が、そう思うか思わないかのうちに、このせわしなさはもっと不愉快な様相を呈してきた。それはとりわけ、いつぞや犬に足を噛まれたドクター・ボルメンタールが姿を現したせいだった。ドクターはいやなにおいのするトランクを運んできた。そしてコートも脱がずにトランクを抱えたまま廊下を駆け抜け、診察室へ入って行った。フィリップ・フィリーパヴィチは飲みかけのコーヒーカップを置きっぱなしにして――そんなことはこれまで一度もなかった――ドクター・ボルメンタールを迎えるために駆け出した。そんなこともこれまで一度もなかった。

「死んだのはいつだ？」と彼は叫んだ。

「三時間前です」ドクター・ボルメンタールは雪の積もった帽子をかぶったままで、トランクを開けながら答えた。

「誰が死んだんだろう」不機嫌で暗い気分で犬は考え、彼らの足元にもぐり込んだ。

「せわしないのは嫌いなんだ」

「足もとでウロウロするな！　早く、早く、早く！」フィリップ・フィリーパヴィチは四方八方に叫び、すべての呼び鈴を押したように犬には思えた。

ジーナが駆け込んできた。

「ジーナ！　ダリヤ・ペトロヴナに電話番をさせなさい。診察の予約をアレンジして、誰も中には入れないように！　お前はここにいなさい。ドクター・ボルメンタール、お願いだから早く、早く、早く！」

「嫌な予感がする。嫌な気分だ」犬は気分を害して顔をしかめ、家の中をうろつき始めた。せわしなさは診察室に集中していた。驚いたことにジーナは経帷子《きようかたびら》のような白衣を着て、診察室と台所の間を走って行ったり来たりした。

「食事に行こうかな。みんなのことは放っておこう」犬が決心したところで、突然びっくりするようなことになった。

「コロには何も食べさせるな！」診察室から命令する声が雷のように響いたのである。

「コロに構ってなんかいられません」

「閉じ込めろ！」

コロはおびき寄せられて、浴室に閉じ込められた。

「ひどすぎるよ」薄暗い浴室の中でコロは思った。「ばかみたいだ……」

一五分ほどすると、彼は浴室の中で妙な気分になってきた。腹が立つような気もすれば、うちひしがれた気にもなった。何もかもつまらなくて、わけがわからない……「まあ、いいさ。明日の朝、オーバーシューズがどうなったか見るといいよ、フィリップ・フィリーパヴィチさん」と彼は考えた。「もうこれまでにも新しいのを二足買ったわけだけど、またもう一足買うことになるのさ。犬を閉じ込めたらどういうことになるか、思い知ればいいんだ」

怒りに満ちた考えは突然中断した。どういうわけかコロは急にはっきりと、子犬時代のことを思い出したのである。プレオブラジェンスカヤ門の近くの、陽の当たる広々とした裏庭、キラキラ光る瓶のかけら、割れた煉瓦《れんが》、まったく自由に放浪する犬。「いや、ここから出て行って、また自由の身になることなんてできないよ。自分で自分に嘘《うそ》はつけない」鼻をクンクン鳴らしながら、犬は感傷的に考えた。「もう慣れてしまったし。ぼくはブルジョワの犬で、インテリなんだ。いい生活を味わってしまったんだ。自由なんて何だって言うのさ。煙のような実体のない幻、虚構だよ。不幸な民主主義者たちの病的な幻想さ……」

浴室の薄暗がりが恐ろしくなった。犬は吠え、扉に体当たりし、引っ掻《か》いた。

「ウ、ウ、ウ」樽《たる》の中で声が響くように、家じゅうに犬の声が響いた。

「フクロウのやつ、またズタズタにしてやる」怒りに燃えながらも、途方に暮れて犬は考えた。体から力が抜け、床に寝そべった。また立ち上がったとき、体じゅうの毛が逆立った。浴槽の中に恐ろしい狼《おおかみ》の目が見えたような気がしたのである。

恐怖が最高潮に達した時、扉が開いた。犬は浴室から出て、体をブルブルッと震わせ、仏頂面で台所に行こうとした。けれどもジーナが首輪をしっかりとつかんで、診察室へ引っ張って行った。犬の心臓がヒヤッとした。

「なんでぼくが行かないといけないんだろう」猜疑心《さいぎしん》に満ちて彼は考えた。「脇腹のけがはもう治ったのに。わけがわからない」

犬は寄木細工の床に前足を突っ張ったまま、診察室へ引きずられていった。そこには見たこともない照明がついていたので、犬は驚いた。天井の下の白い電球が、目が痛くなるほど輝いていた。白い光の中に神官が立ち、口をほとんど開かずにナイル川の聖なる岸辺の歌を歌っていた。ぼんやりしたにおいからのみ、それがフィリップ・フィリーパヴィチであることがわかった。刈り込まれた銀髪は、総主教の帽子を思わせる白いキャップの中にすっかり隠れていた。神官は全身白い衣装に身を包んでいた。彼はこの白い衣装の上に、正教の司祭が着用するエピタラヒリのような、細長いゴム製のエプロンをしていた。手には黒い手袋をはめていた。

犬に嚙まれた男も同じような白いキャップをかぶっていた。長細い台が広げられ、脇の方にそれよりも小さな、一本脚の四角いテーブルが置いてあった。

この部屋で一番気に食わなかったのは、前に嚙まれたことのある男だった。特に彼の今日の目つきが気に入らなかった。いつもなら大胆にまっすぐ見るはずなのに、今日は常に犬から目をそらそうとしていたのだ。彼の目は油断がなさそうで、不誠実そうで、奥の方になにかよくない、嫌なものが潜んでいた。そこに隠されているのはひょっとしたら犯罪なのかもしれなかった。犬は重苦しく憂鬱《ゆううつ》な気分で彼の方を見、それから隅っこに行った。

「首輪をとりなさい、ジーナ」フィリップ・フィリーパヴィチが小さな声で言った。「犬を興奮させないように」

ジーナの目は急に、嚙まれた男の目のようにいやらしいものになった。彼女は犬のそばに寄り、いかにもわざとらしくなでた。犬は苦悩と軽蔑《けいべつ》を込めた目つきで彼女を見た。

「しょうがない、あんたたちの方は三人だものね。好きなようにしてくれ……でもこんなことをするなんて、恥ずかしくはないの……ぼくをどうするつもりなのか、それさえわかったらなあ……」

ジーナは首輪をはずし、犬は首を振り、鼻を鳴らした。嚙まれた男が目の前に現れ、吐き気がするような嫌なにおいが広がった。

「ふぅ、吐き気がする……どうしてこんなに気味が悪くて不安な気持ちなんだろう？」と犬は考え、噛まれた男から離れようと後ずさった。

「早くして、ドクター」フィリップ・フィリーパヴィチがいらいらして言った。

鼻につんとくるような甘いにおいがした。噛まれた男はそのいやらしくて注意深い目を犬からそらすことなく、背後に隠していた右手を伸ばし、湿った脱脂綿のかたまりですばやく犬の鼻先を包んだ。コロは呆然《ぼうぜん》とした。頭がぐらくらしたが、まだ後ろにのけぞることができた。噛まれた男はさっと犬に近寄って、犬の顔全体を脱脂綿で覆《おお》った。あっという間に息がつまったが、犬はまだ身をもぎ離すことができた。「悪人なんだ……」という考えが犬の頭をよぎった。「ぼくがいったい何をしたっていうの？」もう一度脱脂綿で顔が覆われた。すると驚いたことに、診察室の真ん中に湖が出現して、ボートには楽しそうな様子でこの世ならぬ薔薇色《ばらいろ》の犬たちが乗っていた。コロの脚はぐにゃぐにゃになって、くずおれた。

「台の上に載せて！」うれしそうに言うフィリップ・フィリーパヴィチの言葉がどこかでとどろき、オレンジ色の筋になって流れて行った。恐怖心が消え、代わりに歓喜がわき上がった。気が遠くなりかけた犬はおよそ二秒のあいだ、噛まれた男のことを愛した。そのあと全世界がさかさまになり、犬は腹部に冷たい手が気持ちよく当てられるのを感じた。それから——虚無が訪れた。

＊　＊　＊

幅の狭い手術台の上には犬のコロが大の字になって寝ていた。その頭はなす術《すべ》もなく、コーティングのしてある白い枕《まくら》にコンコンとぶつかっていた。腹部の毛はもうすっかり剃《そ》られており、今はドクター・ボルメンタールが荒々しく息をしながら大急ぎでバリカンを使ってコロの頭の毛を刈っているところだった。フィリップ・フィリーパヴィチは台のふちに掌《てのひら》を当てて身体《からだ》を支え、眼鏡の金のフレームと同じようにきらきらしている目でその様子を眺めながら、興奮した様子で言った。

「イヴァン・アルノルドヴィチ、最も重要なのは、私がトルコ鞍《あん》に来た瞬間だからね。その時にはお願いだから、速やかに私に下垂体を渡してくれ。そしてすぐに縫うんだ。どっと出血が始まったら、時間を失うばかりか、犬まで死なせることになってしまう。どっちみち長くはもたないだろうがね」教授はしばらく口をつぐんで目を細め、眠りながら半開きになっている犬の目を眺めて、ばつが悪そうに微笑《ほほえ》み、こう付け加えた。

「ああ、この犬が死んだら残念だな。犬のいる暮らしに慣れてしまったんでね」

こう話しながら教授は、不運な犬コロがなす偉大な功績を祝福するかのように、両手を上に挙げた。教授は黒い手袋の上にいかなる微細なほこりもつかないように注意していた。

毛を刈られた部分に白い皮膚が現れた。ボルメンタールはバリカンを置いて、カミソリを手に取った。彼は無防備な小さな頭に石鹸《せっけん》を塗り、剃り始めた。カミソリはザッザッと音を立て、ところどころに血がにじんだ。頭をすっかり剃ってしまうと、噛まれた男はベンジンに浸した脱脂綿のかたまりでその頭を拭《ぬぐ》い、やはり毛を剃られた腹部をぐっと伸ばした。そして、大きく息をしながら「終わりました」と言った。

ジーナは洗面台の水道の蛇口をひねり、ボルメンタールは大急ぎで手を洗った。ジーナはその手の上に瓶に入ったアルコールを注ぎかけた。

「もう向こうに行ってもいいですか、フィリップ・フィリーパヴィチ？」すっかり剃られた犬の頭を怖そうに横目で見ながら、彼女は尋ねた。

「行きなさい」

ジーナは姿を消した。ボルメンタールは忙しそうに動き回り続けた。彼は薄いガーゼをコロの頭の周りに広げた。枕の上には見たこともないようなむき出しの犬の頭と、毛むくじゃらの鼻面があった。

神官が動いた。彼は身体を起こし、犬の頭を見て言った。

「神様のお恵みがありますように。メス！」

ボルメンタールはテーブルの上でキラキラ光っているたくさんの器具の中から、丸みを帯びた小さなメスを取り、神官に渡した。それから神官と同じような黒い手袋をはめた。

「眠っているか？」とフィリップ・フィリーパヴィチが尋ねた。

「よく眠っています」

フィリップ・フィリーパヴィチが歯をくいしばると、目は鋭く突き刺すような輝きを放った。彼はメスを振り上げ、コロの腹部に狙《ねら》い通り正確に、まっすぐで長い切り込みを入れた。腹部がふたつに割れ、血があちこちに飛び散った。ボルメンタールは猛獣のようにすばやく襲いかかり、小さなガーゼのかたまりでコロの傷口を押さえ始めた。それから小さな鉗子《かんし》で傷口のふちをはさんだ。血が止まった。ボルメンタールの額に小さな汗の粒が浮かんだ。フィリップ・フィリーパヴィチはもう一度切った。それからふたりはコロの身体を鉤形《かぎがた》の道具や鋏《はさみ》やクリップのようなもので引き裂き始めた。出てきたのは薔薇色や黄色の組織で、血の涙を流していた。フィリップ・フィリーパヴィチはメスを手に動き回り、「鋏!」と叫んだ。まるで手品のように、ボルメンタールの手に器具が握られていた。フィリップ・フィリーパヴィチはコロの身体の奥深くに手をつっこんで、ぐいぐいとねじった後で、何かの切れ端がくっついた精巣《せいそう》を取り出した。一生懸命働いているのと興奮とで汗びっしょりになったボルメンタールは、ガラスの容器から別の精巣を取り出した。それは濡《ぬ》れて、だらんとしていた。教授とその助手の手の中で、湿った短い糸が動いた。鉗子の中で曲がった針がカチッと音を立てた。別の精巣がコロ自身の精巣のあったところに縫いつけられたのである。神官は手術の傷口から身を起こし、ガーゼで傷を押さえてから命令した。

「ドクター、すぐに傷口を縫い合わせなさい」

教授は振り向いて壁にかかった丸くて白い時計を見た。

「一四分かかりましたね」ボルメンタールは口をあまり開けずに言い、曲がった針を生気のない皮膚に突き刺した。

それからふたりは、あわてている殺人犯のように興奮し始めた。

「メス!」フィリップ・フィリーパヴィチは叫んだ。

メスがまるでひとりでに動いたかのように彼の手の中に飛び込み、フィリップ・フイリーパヴィチの顔つきがおぞましくなった。彼は磁器と金でできた差し歯をむき出し、さっとひと振りでコロの額に冠のような赤い輪の傷をつけた。毛を剃られた皮膚はペロンとはがれて、頭蓋骨《ずがいこつ》がむき出しになった。フィリップ・フィリーパヴィチが大声を出した。

「穿頭器《せんとうき》！」

ボルメンタールは教授にぴかぴか光る手動ドリルを渡した。フィリップ・フィリーパヴィチは下唇を噛んだままドリルをコロの頭蓋骨に押し当てて、小さな穴を一センチ間隔で開けていき、最終的には頭蓋骨にぐるりと穴の列ができた。ひとつの穴を開けるのに五秒とはかからなかった。それから珍しい形をしたノコギリの先を最初の穴の中に入れて、まるで繊細な宝石箱でも作るように挽《ひ》き始めた。頭蓋骨はキーキーとかすかな音を立てて震えた。およそ三分後、コロの頭蓋骨のふたがとれた。するとコロの丸い脳がむき出しになった。脳は灰色で、紫色の血管と赤い斑点《はんてん》が見えた。フィリップ・フィリーパヴィチは脳膜に鋏を突き立てて切り開いた。一度、小さな噴水のように血が噴き出して教授の目にかかりそうになり、キャップを汚した。ボルメンタールは虎《とら》のように突進して、ピンセットで血管を押さえた。ボルメンタールの汗が滝のように流れた。彼の顔はむくんで、さまざまな色の染《し》みが浮かんだ。彼の目はフィリップ・フィリーパヴィチの手元とテーブルの上に置いてあるシャーレの間をキョロキョロと行ったり来たりした。フィリップ・フィリーパヴィチの様子は今や本当におぞましいものとなった。鼻息がシューシューと荒くなり、歯茎が見えるほど歯がむき出しになっていた。彼は脳膜を引き裂いて、奥の方へ手を突っ込み、口を開けた頭蓋骨から左右の半球を取り出そうとしていた。そうしている間にボルメンタールは青くなり、コロの胸を片手で押さえて、しわがれ声で言った。

「脈が急激に弱まっています……」

フィリップ・フィリーパヴィチは獣のように振り向いて、何かをもぐもぐとつぶやき、もっと深いところに手を突っ込んだ。ボルメンタールはアンプルの先をポキンと折り、その中身を注射器に吸引した。それから注射針を陰険にもコロの心臓のあたりに突き刺した。

「トルコ鞍にとりかかるぞ」フィリップ・フィリーパヴィチは吼《ほ》え、血でぬるぬるする手袋でコロの黄色味を帯びた灰色の脳を持ち上げた。彼はちらっと横目でコロの鼻面を見た。ボルメンタールはすぐに黄色の液体が入った二本目のアンプルの先を折り、長い注射器に吸引した。

「心臓ですか？」ためらいがちに彼は尋ねた。

「そんなこと質問するな」教授は怒って吼えた。「この犬はあんたのせいでもう五回も死にかけたんだぞ。注射しなさい！　ほんとにもう、信じられん！」教授は無我夢中の盗賊のような顔つきになった。

ドクターは犬の心臓に注射針をポンと軽く突き刺した。

「犬はまだ生きてはいますが、虫の息です」ドクターは弱々しくつぶやいた。

「生きているのかいないのか、議論している暇はない」恐ろしい形相のフィリップ・フィリーパヴィチが怒鳴った。「トルコ鞍に手が届いたぞ！　どっちみち死ぬに決まってるんだ……ちくしょ……《聖なる岸辺へ》……下垂体をくれ」

ボルメンタールは教授にガラスの容器を渡した。その中の液体には糸のついた白いかたまりが漂っていた。「ヨーロッパ中どこを探しても教授のような人はいない……本当に」ボルメンタールはちらっと考えた。フィリップ・フィリーパヴィチは片方の手で漂っているかたまりを取り出し、もう片方の手で、半分取り出された右脳と左脳の間の奥の方にある同じようなかたまりを鋏で切り取った。彼はコロから切り取ったかたまりをシャーレの上に投げ捨て、もうひとつのかたまりを糸のついたまま、脳の中に入れた。彼の短い指は、まるで奇跡でも起きたかのように細く柔軟になって、そのかたまりを琥珀色《こはくいろ》の糸で固定することに成功した。その後、彼はコロの頭から、開口部を広げるために使っていたクリップとピンセットを取り外し、脳を頭蓋骨の中に収め、体を後ろにそらせて、もう落ち着いた様子で尋ねた。

「もう死んだんだろう？」

「脈は非常に微弱です」ボルメンタールが答えた。

「もっとアドレナリンを注射しなさい！」

教授は脳に膜をかぶせ、頭蓋骨にノコギリで切り取った部分でぴったりとふたをして、頭の皮をもとに戻し、大声で吼えたてた。

「縫いなさい！」

ボルメンタールはおよそ五分で縫い終わったが、その間に針を三本折ってしまった。

血だらけの枕の上には生気のない、どんよりしたコロの顔があった。頭にはぐるりと冠のように傷跡が残っていた。仕事を終えたフィリップ・フィリーパヴィチは手術台から離れ、吸血鬼のように満足そうだった。片方の手袋をはずすと、汗が細かい滴《しずく》になって飛び散った。もう片方ははずそうとすると破れてしまった。教授は手袋を床に投げ捨てると、壁のボタンを押してベルを鳴らした。ジーナが敷居のところに姿を現し、コロの血を見ないように身をよじった。

神官は真っ白な手で血のついたキャップをはずし、大声で言った。

「煙草《たばこ》をくれ、今すぐ、ジーナ！　着替えと風呂《ふろ》の用意だ！」

彼は手術台のへりにあごを載せて、二本の指で犬の右目のまぶたを開き、明らかに死にかけた目を見て、こう言った。

「なんてこった。まだ死んでいない！　でもいずれは死ぬんだ。ねえ、ドクター・ボルメンタール、この犬が死んでしまうのは惜しいなあ！　かわいいやつだったのに。でもずるい犬だったな」

5

以下はドクター・イヴァン・アルノルドヴィチ・ボルメンタールの記録帳からの抜粋である。薄い大判のノートで、ボルメンタールの手書きの文字でぎっしり埋まっている。最初の二ページはきちんとした細かい字で、几帳面《きちょうめん》に書かれている。けれどもその先は興奮のあまり字が大きくなり、染《し》みがたくさんついている。

一九二四年一二月二二日、月曜日。

病歴。

実験用の犬。二歳程度のオス。雑種。名前はコロ。毛は薄く、まだらに生えていて、茶色でブチがある。尾は薄茶色。右側の脇腹《わきばら》に、完全に治癒したやけどの痕《あと》がある。栄養は、教授のもとに来るまで、行き届いていなかった。一週間滞在した後は、大変よい栄養状態となる。体重は八キロ。（ここに感嘆符がついている。）

心臓、肺、胃、体温すべて正常。

一二月二三日。

午後八時三〇分にヨーロッパで初めて、プレオブラジェンスキー教授のメソッドに基づく手術が行われた。すなわち、クロロフォルムで麻酔をした状態で、コロの睾丸《こうがん》が取り除かれ、代わりに、二八歳の男性から取り出された睾丸が副睾丸、輸精管とともに移植された。この男性は手術の四時間四分前に死亡したのであるが、死亡後これらの器官はプレオブラジェンスキー教授のメソッドに基づき、殺菌された生理食塩水の中で保存されていたのである。

この手術の直後、頭蓋《ずがい》開口を施し、下垂体が取り出され、上述の男性の下垂体と交換された。

八ミリリットルのクロロフォルムとカンフル剤の注射一本が使われ、心臓にアドレナリンの注射が二本打たれた。

手術の目的は、下垂体と睾丸を同時移植するプレオブラジェンスキー教授の実験を行うことである。この実験により、下垂体が移植可能かどうか、さらに下垂体が人間の若返りと関係しているかどうかを明らかにすることを試みる。

執刀したのはF・F・プレオブラジェンスキー教授である。

手術助手はI・A・ボルメンタールである。

手術後の夜。脈が何度も危険なほど弱くなる。死ぬのではないかと危惧《きぐ》される。プレオブラジェンスキー教授のメソッドにしたがって、大量のカンフルが投与される。

一二月二四日。

朝、回復のきざしが見える。呼吸は正常の二倍。体温は四二度。カンフル投与。カフェインを皮下注射。

一二月二五日。

再び悪化。脈は感じられないほど微弱。四肢が冷たくなる。瞳孔《どうこう》の反応なし。プレオブラジェンスキー教授のメソッドにしたがい、アドレナリンを心臓に注射し、カンフル投与。生理食塩水を静脈投与。

一二月二六日。

いくらか快方に向かう。脈拍一八〇。呼吸九二。体温四一度。カンフル。滋養浣《かん》腸《ちょう》。

一二月二七日。

脈拍一五二。呼吸五〇。体温三九・八度。瞳孔が反応する。カンフルを皮下注射。

一二月二八日。

急激に快方に向かう。正午頃、突然発汗。体温三七・〇度。手術の傷痕は手術後から変わらず、包帯を巻く。食欲が出る。流動食。

一二月二九日。

額と脇腹の毛が抜けていることに突然気づく。皮膚病科のヴァシーリィ・ヴァシーリエヴィチ・ブンダリョフ教授と、モスクワ獣医学モデル研究所の所長を呼んで見てもらったが、ふたりともこのような症例が書いてある文献は読んだことがないと言い、はっきりとした診断は下されなかった。体温、正常。

（ここからは鉛筆で書かれている。）

夜、手術後初めて吠《ほ》える（八時一五分）。声の調子と高さが明らかに変わっている（低くなっている）。「ワンワン」ではなく「アオ」と聞こえる。うめき声に似ていなくもない。

一二月三〇日。

脱毛のために、全体的に無毛になってくる。体重を計ったところ、驚くべき結果が出る。骨の成長（伸長）により、三〇キロに増えていたのだ。犬は相変わらず寝たきり状態である。

　一二月三一日。

　旺盛《おうせい》な食欲。

（ここでインクの染み。染みの後は、大急ぎで書いた筆跡になっている。）

　午後一二時一二分、犬がはっきりと「ア・ブィ・ル（А-БЫ-Р）」と吠えた！

（少し空白があけてある。おそらくは興奮のために誤って記載したものと思われる。）

　一二月一日。（線で消され、訂正。）一九二五年一月一日。

　朝、写真撮影。はっきりと「アブィル」と吠える。この言葉を何度も繰り返しながら、うれしそうに吠えている。午後三時、笑う。（大きな字で書かれている。）メイドのジーナが気絶する。

　夜、八回続けて「アブィル・ヴァルグ、アブィル」と言う。

（鉛筆での走り書き。）教授が「アブィル・ヴァルグ（АБЫР-ВАЛГ）」という言葉の謎《なぞ》を解く。「中央鮮魚店（ГЛАВРЫБА）」なのだ!!!　なにかとんでもないことが
……

　一月二日。

にっこり笑っているところをマグネシウムのフラッシュを使って撮影。ベッドから起き上がり、後ろ足で三〇分間しっかりと立ち続ける。背の高さは私とほとんど変わらない。

（紙が一枚はさんである。）

ロシアの科学はもう少しで大きな損失を被《こうむ》るところだった。

F・F・プレオブラジェンスキー教授の病歴。

一時一三分にプレオブラジェンスキー教授が完全に意識を失う。倒れた拍子に椅子《いす》の脚に頭をぶつける。ヴァレリアナ滴剤。

私とジーナがいる目の前で犬が（犬と名付けることができるとすれば、の話であるが）プレオブラジェンスキー教授に向かって下品な罵《のの》り言葉を使ったのである。

（記録帳に空白あり。）

一月六日。（鉛筆で書かれた部分と、青いインクで書かれた部分がある。）

今日、尾が取れた後で、はっきり「居酒屋」と発音する。録音機が導入される。いったい何がどうなっているのか、さっぱりわからない!!!

私は混乱している！

教授の一般診療はキャンセルになった。夕方の五時から卑俗な罵り言葉と、「もう二杯」という言葉がはっきりと、例の生き物が歩き回っている診察室から聞こえてくる。

一月七日。

たくさんの単語を口にする。「御者」、「満員」、「夕刊」、「子どもへの一番のプレゼント」、それからロシア語にだけ存在するような罵り言葉を全部。

外見はとても奇妙である。毛は頭とあごと胸にだけ残った。その他の部位は無毛になり、皮膚はたるんでいる。性器の部分は男性になりつつある。頭蓋は明らかに大きくなった。額は斜めで狭い。

ああ、私は正気を失いそうだ！

フィリップ・フィリーパヴィチはいまだに体調不良である。そのため、観察はほとんど私が行っている。（録音と写真撮影。）

町に噂《うわさ》が広がっている。

その結果、実にさまざまな事態が生じている。今日は一日中、アブホフ小路は暇人と老婆《ろうば》たちでいっぱいだった。今でも窓の下にやじ馬が立っている。朝刊には次のような奇妙な記事が載った。「アブホフ小路に火星人が現れたという噂には根拠がない。この噂はスハレフスキー市場の商人たちによって広められ、そのような噂を広めたことで厳しく罰せられた」火星人だと！　もうこれは悪夢だ。

夕刊にはもっとばかばかしい記事が載った。ヴァイオリンを弾く赤ん坊が生まれたというのである。ヴァイオリンの絵が描いてあって、私の写真が入っている。写真の下には次のようなキャプションがついている。「母親の帝王切開を執刀したプレオブラジェンスキー教授」なんとも言いようがない……新しい単語を口にする。「人民警察」だ。

ダリヤ・ペトロヴナが私に恋をしているということが判明した。彼女が教授のアルバムに貼《は》ってあった私の写真を盗んだのだ。私が記者たちを追い払った後で、そのうちのひとりが台所に忍び込んだ、等々というわけだ……

診療はとんでもないことになっている。今日は電話が八二件あった。それで、電話線を抜いた。不妊症の女性たちが憑《つ》かれたようにここへ押しかけて来るのだ。

管理委員会の連中がシュヴォンデル以下全員やって来た。何のためかということは、彼ら自身にもよくわかっていなかった。

一月八日。

夜遅く、私たちは診断を下した。教授は本物の学者らしく、自分の仮説が誤っていたことを認めた。下垂体の交換は若返りの効果ではなく、完全な人間化をもたらしたのである。（下線が三本引いてある。）仮説が誤っていたからといって、教授のこの驚くべきショッキングな発見の価値が下がったりはしない。

例のあれは今日初めて住まいの中をあちこち歩き回った。廊下で電気照明を見て笑った。それからフィリップ・フィリーパヴィチと私に付き添われて書斎に入った。後足で（抹消）足でしっかりと立っている。背が低くて体格の悪い男性のように見える。書斎で笑う。微笑《ほほえ》み方は不愉快で、なんだかわざとらしく見える。それから後頭部をかき、あたりを見回した。はっきりと発音した新しい単語を私は書き留めた。「ブルジョワども」である。それから罵り言葉を使う。罵り方はシステマティックで、罵り言葉を絶えず用い、まったく何も意味しない。罵り言葉の使い方はいくらか録音機のような性質を有している。例のあれがかつてどこかで罵り言葉を聞き、それらを自動的かつ無意識のうちに脳に記録して、今や大量に吐き出しているといった様子なのである。精神科医でもないのに、こんなことが理解できるか！

罵り言葉のオンパレードは、フィリップ・フィリーパヴィチをなぜかとても憂鬱《ゆううつ》な気分にさせる。教授はこの新しい生き物を客観的かつ冷静に観察することができなくなり、感情を爆発させることが時々ある。それで、あれがまた罵り言葉を並べたてたとき、教授はいらいらして叫んだ。

「やめろ！」

その効き目はまったくなかった。

書斎を歩き回った後、コロを診察室に戻らせるのに苦労した。

その後で教授と相談した。ここで告白しなければなるまいが、自信に満ち溢《あふ》れ、驚くほど頭のいいあの教授が途方に暮れているのを、私は初めて目にした。いつもの癖でハミングしながら、彼は尋ねた。「今からどうしようか？」そしてその問いに自ら答えたのだが、その言葉を文字通り再現するとこうだった。「モスクワ縫製工場トラスト、そうだ……《セビリアからグラナダまで……》モスクワ縫製工場トラストだよ、ドクター……」私は何のことか、理解できなかった。教授は説明した。「お願いがあるんだがね、イヴァン・アルノルドヴィチ、あれに下着とズボンと上着を買ってやってくれ」

一月九日。

五分ごとに（平均として）新しい単語が増え、語彙《ごい》が豊かになっている。今朝からは短文の数も増えてきている。意識の中で凍結されていたのが、解凍されて出てきたとでもいった具合である。一度出てきた単語はそれから先、何度も使われることになる。昨晩以来、次のような表現を録音機で記録している。「そんなに押すな」、「あいつを殴ってやれ」、「悪党め」、「ステップから降りろ」、「目にものいわせてやる」、「アメリカの承認」、「プリムスこんろ」

一月一〇日。

着衣実行。下着のシャツは喜んで着た。楽しそうに笑いさえした。ズボン下は拒否し、しわがれ声で次のように叫んで抵抗した。「ちゃんと列に並べよ、このばか野郎、並べって！」無理やり着せた。靴下は大きすぎた。

（記録帳には、おそらく犬の足が人間の足に変わっていく様子が描かれたものと思われる図が描いてある。）

足の後ろ半分の骨が長くなった（足根骨）。足の指も長くなった。鉤爪《かぎづめ》。

トイレの使い方をシステマティックに、何度も繰り返して教える。召使たちはとても憂鬱そうである。

けれども、あれに理解力があることは認めなければならない。物事は前進している。

一月一一日。

ズボンをはくことにすっかり慣れた。フィリップ・フィリーパヴィチのズボンをさわって、次のような長文のジョークを言った。「煙草《たばこ》をおくれ、縞《しま》ズボンがおしゃれ」毛は薄く、絹糸のように柔らかくなっている。頭髪と見間違えるほどだ。頭頂部のブチは残っている。今日は耳に最後まで残っていたうぶ毛が抜けた。食欲は旺盛。ニシンの酢漬けを大喜びで食べる。

午後五時にちょっとした事件があった。あれが初めて、周囲の状況と無関係な言葉を口に出すのではなく、状況に対するリアクションとしてしゃべったのである。教授があれに「食べ残しを床に捨てるな」と命令したとき、驚いたことに「ほっとけ、このシラミ野郎！」と応じたのである。

フィリップ・フィリーパヴィチは仰天したが、気を取り直して言った。「もしもう一度私やドクターを罵るようなことがあれば、痛い目にあわせるぞ」このやりとりの間に私はコロの写真を撮った。誓ってもいいが、コロは教授の言葉を理解した。顔が曇ったからである。上目づかいにじろりと見て、かなり腹を立てているようだったが、何も言わなかった。ばんざい、こちらの言うことをちゃんと理解しているんだ！

一月一二日。

両手をズボンのポケットにつっこむ。私たちはあれが罵り言葉を使わないようにさせようとする。「小さなりんご」[22]のメロディーを口笛で吹く。会話が成り立つ。

私はいくつかの仮説を立てざるをえない。若返りのことはひとまず置いておこう。それとは別の、比べものにならないくらい重要な問題があるのだ。プレオブラジェンスキー教授の驚くべき実験は、人間の脳の秘密のひとつを明らかにした。この瞬間から、下垂体の謎めいた機能が解明されるのだ。すなわち、下垂体は人間らしい外見を

22 ロシア革命後の市民戦争の時代に、革命派の船乗りたちといわゆるルンペン・プロレタリアートに特に好まれていた歌。

作り出すのである！　下垂体から分泌《ぶんぴつ》されるホルモンは、人間の身体《からだ》にとって最も重要なものだと言うことができる。それは、人間らしい外見を作り出すホルモンなのだ。これによって科学の新しい領域が開かれることになる。ファウスト博士のフラスコなど使わなくても、ホムンクルスが生み出されたのだ！　外科医のメスが新しい人間存在に生命を吹き込んだのである。プレオブラジェンスキー教授、あなたは創造主だ!!!

（インクの染み。）

横道にそれてしまった……会話が成り立つ。私の推測では、こういうことだ。移植された下垂体が犬の脳の言語中枢《ちゆうすう》を開き、言葉があふれ出てくるようになったのだ。私の意見では、私たちが目にしているのは活性化され、発達した脳であり、新たに作り出された脳ではない。ああ、進化論のなんというすばらしい証明！　おお、犬から化学者メンデレーエフ[23]に至るなんという偉大な連鎖！　私のもうひとつの仮説は次のようなものである。コロの脳は彼が犬として生きてきた間にいろいろな概念を貯《た》め込んだ。コロが最初に使い始めた言葉はどれも、路上で使われているような言葉ばかりだった。コロはどこかでそれを聞いて、脳に保存したのだ。私は今、通りを歩くときに、密《ひそ》かに恐怖心を抱きながらすれ違う犬を見る。彼らの頭の中に何がつまっているか、神のみぞ知る、である。

コロは文字を読むことができた！ 読めたのだ。（感嘆符が三つついている。）そのことを発見したのは、この私だ。「中央鮮魚店（ГЛАВРЫБА）」の件からわかったのだ。コロはこの単語を右から左に読んだのだ。そして、なぜ逆に読んだのかという謎の答えもわかっている。犬の視神経が交差しているせいなのだ！

今モスクワで起きていることときたら、まったくもう滅茶苦茶《めちゃくちゃ》である。スハレフスキー市場の商人が七人も、ボリシェヴィキが招いた世界滅亡のうわさを広めた罪で逮捕された。ダリヤ・ペトロヴナは正確な日付まで知っていた。一九二五年一一月二八日、つまり殉教者聖ステファンの日に、地球が天の軸にぶつかるというのだ!! どこぞのいかさま師がそれについて講話をしている。私たちは下垂体のことで、もう家の中でじっとしていられないほどの騒ぎを引き起こしてしまったのだ！ 私はプレオブラジェンスキー教授の頼みで教授の家で寝泊りすることになり、今はコロと一緒に受

23 ドミトリ・メンデレーエフ（一八三四―一九〇七）。ロシアの著名な化学者で、元素周期表（ロシアでは「メンデレーエフ表」と呼ばれている）を提案した。

付の部屋で寝ている。診察室が受付として使われている。シュヴォンデルの言ったとおりになってしまった。管理委員会はいい気味だと思って喜んでいる。棚の中にはもうガラス製品はひとつもない。あれが飛び回ったからだ。やめさせるのにとても苦労した。

フィリップの様子が変だ。彼に向かって私の仮説を話し、コロが人格者に成長するだろうという期待を語ったところ、教授は鼻先で笑って、こう言った。「本当にそう思いますか？」彼の口調は不吉だった。私が思い違いをしているのだろうか？ 教授には何か考えがあるようだった。私があれの病歴にかかずらわっている間に、教授は下垂体を提供した人間について調べていたのだ。

（記録帳に別の紙が一枚はさんである。）

クリム・グリゴーリエヴィチ・チュグンキン、二五歳[24]、独身。党員ではないが、シンパ。三回裁判にかけられ、三回とも釈放された。一回目は証拠不十分のため、二回目は出自のおかげ[25]、三回目は一五年の懲役刑になったが、執行猶予《ゆうよ》付きになったからだった。窃盗犯。職業は居酒屋のバラライカ弾き。

背が低くて体格が悪い。肝臓肥大（アルコール）。

死因は、プレオブラジェンスカヤ門の近くにある居酒屋「ストップ・シグナル」で心臓をナイフで一突きされたことだった。

教授はわき目もふらずに、クリムのことを調べている。どういうことなのか、私にはわからない。教授は、私が病理学者たちのところでクリムの身体をきちんと検査しなかったと、ブツブツ文句を言っている。私にはどういうことなのか、わけがわからない！　下垂体が誰のものなのか、どうでもいいことではないか。

一月一七日。

ここ何日か、記録をとらなかった。私はインフルエンザにかかっていたのだ。その間にあれの外見が完全にできあがった。

(a)　体形はまったく人間と同じである。

24　一〇二ページでは「二八歳」ということになっている。ブルガーコフの勘違いだろう。

25　革命後の審判では、階級が考慮に入れられた。ソヴィエト政権と結びついていた階級の出身者（プロレタリアートと小農）は重大な罪を犯した場合でもしばしば無罪放免になったり、執行猶予付きの判決を受けたりした。逆にブルジョワ階級の出身者は微罪でも厳罰を受けた。

(b)　体重は約四八キロ。
(c)　身長は低い。
(d)　頭は小さい。
(e)　煙草を吸い始めた。
(f)　人間の食べ物を食べる。
(g)　自分で服を着る。
(h)　会話がスムーズに成り立つ。

見よ、下垂体の威力！　（インクの染み。）

これをもって記録を終える。私たちの目の前には新しい生命体がある。これを最初から観察しなければならない。
添付：　発話の速記録、録音機を使った記録、写真。
署名：　F・F・プレオブラジェンスキー教授の助手　ボルメンタール博士

6

冬の夕方だった。一月の終わりの、夕食前の診察時間帯だった。受付の部屋のドアの鴨居《かもい》に白い紙が一枚貼《は》ってあった。そこにはフィリップ・フィリーパヴィチの筆跡で、

「ひまわりの種を部屋で食べることは禁止する。F・プレオブラジェンスキー」

と書いてあった。その下にボルメンタールが青鉛筆で、ショートケーキほどの大きさの字でこう書いていた。

「楽器の使用は夕方五時から朝の七時まで禁止する」

その下にジーナの筆跡が続いた。

「帰っていらしたらフィリップ・フィリーパヴィチに声をかけてください。彼がどこに出かけたのか、わかりません。フョードルはシュヴォンデルと一緒だったと言っています」

それからプレオブラジェンスキー教授の筆跡が続いた。

「ガラス屋が来るまで、あと百年待たないといけないのか！」

その下にダリヤ・ペトロヴナの筆跡で書いてあった（ブロック体）。

「ジーナは買い物に出かけました。彼を連れて帰るそうです」

食堂はさくらんぼ色のシェードのついたランプの光で、すっかり夜の雰囲気に包まれていた。食器戸棚の輝きは真ん中で途切れていた。鏡の上には白いテープが大きなバツ印に貼られていたからである。フィリップ・フィリーパヴィチはテーブルの上にかがみ込んで、大きく広げた新聞を読みふけっていた。彼の顔は怒りで歪《ゆが》んでいた。食いしばった歯の間から言葉が切れ切れに吐き出された。彼は短い記事を読んでいた。

あれは彼の非嫡出子《ひちやくしゆつし》（腐敗したブルジョワ社会ではこう表現される）であることは疑いない。われわれのブルジョワジーえせ科学者は、こういう生活を営んでいるのだ。しかも七部屋も所有している。赤い光できらめく正義の剣が、彼を裁く日も近い。

シュヴォ……ル
二部屋隔てたところで、大胆な技巧でしつこくバラライカがかき鳴らされていた。

「月の輝き」[26]のメロディーが威勢のいい変奏曲となって流れる音が、フィリップ・フィリーパヴィチの頭の中でこの記事の言葉と混ざり合い、気持ちの悪いごった煮になった。記事をすっかり読んでしまった後で、彼は肩越しにつばを吐くまねをして、無意識のうちに歯の隙間《すきま》から歌った。

「《月はかがやーく……月はかがやーく……月はかがやーく……》くそっ、なんてことだ。いまいましいメロディーが耳について離れない！」

彼は呼び鈴を押し、ジーナの顔が間仕切りのカーテンからのぞいた。

「もう五時だから弾くのをやめるように言いなさい。それから彼をここに連れてきなさい」

フィリップ・フィリーパヴィチはテーブルのそばの安楽椅子《いす》にすわった。左手の指の間には茶色の葉巻の吸殻があった。間仕切りのカーテンの横には、足を交差させてドアの枠に寄りかかったひとりの人間の姿があった。背が低くて、感じの悪い男だった。頭には硬い毛が不揃《ふぞろ》いに生えていて、伐採地に茂る藪《やぶ》のようだった。髭《ひげ》を剃《そ》っていない顔にも産毛《うぶげ》がいっぱい生えていた。額は非常に狭く、黒いゲジゲジ眉《まゆ》のすぐ上

26 ロシア民謡で、器楽曲としてさまざまに編曲され、特にバラライカの超絶技巧曲として知られる。

にはもう、ブラシのような髪の毛が生えていた。

上着は左の脇《わき》の下に穴があいていて、いたるところに細かい麦わらがついていた。縞《しま》模様のズボンの方は、右の膝《ひざ》に穴があいていて、左側には紫色の染《し》みがついていた。首元には毒々しい空色のネクタイが巻かれており、偽物《にせもの》のルビーのピンで留められていた。ネクタイの色はとても派手だったので、フィリップ・フィリーパヴィチが時々疲れた目を閉じると、完全な暗闇《くらやみ》の上の方や横の方に青い光に囲まれて燃えるたいまつが見えた。目を開けると、エナメルのハーフブーツと白いゲートルのまぶしい輝きが再びその目を射た。

まるでオーバーシューズのようだ、と不愉快な気持ちでフィリップ・フィリーパヴィチは思った。彼はため息をついて鼻を鳴らし、消えた葉巻に取り掛かった。扉のところにいる人物はどんよりした目で時々教授の方を見ながら煙草《たばこ》を吸い、シャツの胸当てを灰で汚した。

壁に飾ってある木製のエゾライチョウの隣の時計が五時を打った。その音が全部消えてしまわないうちに、フィリップ・フィリーパヴィチが口を開いた。

「台所のかまどのそばで寝ないようにと、もう二回頼んだような気がしますが。特に昼寝などもってのほか」

男は何かの種をのどに詰まらせたかのような、しわがれた咳払《せきばら》いをしてから答えた。

「台所の空気の方が気持ちいいんで」

その声は奇妙で、くぐもったようなのによく通った。まるで小さな樽《たる》の中でしゃべっているようだった。

フィリップ・フィリーパヴィチは頭を振って、尋ねた。

「その変なものはどこから持ってきたんですか、ネクタイのことですが」

男は教授の指先を目で追ってから、胸元に目を落とし、前に突き出た下唇を通してうっとりとネクタイを見た。

「なんで変なものなんですか」と彼は言った。「シックなネクタイでしょ。ダリヤ・ペトロヴナからのプレゼントなんですよ」

「ダリヤ・ペトロヴナはあなたにひどいものをプレゼントしましたね。その靴くらいひどい。そのぴかぴかした代物《しろもの》は何です。どこで買ってきたんです？　私はまともな靴を買ってくるように頼んだでしょう。それなのに、いったい何ですか、それは。ドクター・ボルメンタールが選んだんですか」

「おれがドクターにエナメルの靴がいいと言ったんです。なんでおれがはいちゃいけないんですか。クズネツキー橋通りに行ってごらんなさいよ。みんなエナメルの靴をはいていますから」

　フィリップ・フィリーパヴィチは頭を振って、強い口調で言った。

「台所で寝てはいけません。わかりましたか？　なんてずうずうしい。あなたは邪魔なんですよ。台所には女性たちがいるんですから」

　男は顔を暗くして、唇を前に突き出した。

「女性たちねぇ！　お上品ぶって！　ただの女中でしょ、政治委員みたいに気取ってはいるけれど！　ジンカが告げ口したんでしょ！」

　フィリップ・フィリーパヴィチの目つきが厳しくなった。

「ジーナのことをジンカと呼ぶのはやめなさい。わかりましたか？」

　男は何も言わなかった。

「わかったかと訊《き》いているんです」

「わかりました」

「そのひどい代物を首からはずしなさい。あなたは……君は……あなたは鏡で自分を見てごらんなさい、どんな姿をしているのか！　田舎芝居の道化みたいですよ！　煙草の吸殻を床に捨ててはいけません。もう一〇〇回くらい言ったでしょうが。この家の中で罵《ののし》り言葉を使ってはいけません。つばを吐いてもいけない。痰壺《たんつぼ》はそこに置いてあるでしょう。それからトイレもきれいに使いなさい。ジーナと口をきいてはいけません！　暗がりで待ち伏せされるのが嫌だと、ジーナが言っています。そんなことはやめなさい！　患者さんに、『犬畜生、わかるもんか』と言うのもやめなさい。居酒屋じゃないんだから」

「なんだか窮屈ですね、おやじさん」男は急に泣き声になって言った。

フィリップ・フィリーパヴィチは真っ赤になり、目が光った。

「おやじさんとは誰のことです？　なれなれしい。そんな言葉はもう二度と聞きたくありませんからね！　私のことはファーストネームと父称で呼びなさい！[27]」

男の顔に厚かましい表情が浮かんだ。

「何をぐちゃぐちゃ言ってるんだ……あれを吐くな、あれを吸うな、あそこに行くな……いったいなんだってんだ。まるで路面電車に乗っているみたいじゃないか。ほっといてくれ！　それにおやじさんがどうとか、あんたには言われたくないね。おれが手術をしてくれと頼んだとでも言うのか？」男は怒ってどなった。「まったくいい気

27 ロシア語の名前はフィリップ・フィリーパヴィチ・プレオブラジェンスキーのように、ファーストネーム・父称・姓からなるが、丁寧な話し方をするときにはファーストネームと父称で呼ぶ。

なもんだよ！　動物を捕まえて、頭をかち割っておいて、文句をつける！　おれは手術をする許可なんて与えなかったぞ」男はなにかのフレーズを思い出したかのように天井の方に目をやった。「おれの親族も許可を与えなかった。ひょっとしたら、あんたを訴える権利があるのかもしれない！」

フィリップ・フィリーパヴィチの目はまん丸になった。葉巻が手から落ちた。「なんてやつだ」という考えが脳裏にひらめいた。

「なんですって」目を細めながら彼は尋ねた。「人間になったのがご不満なんですか？　またごみ漁《あさ》りをする方がいいんですか？　門扉《もんぴ》の下で凍える方がいい？　そうとわかっていれば……」

「なんだっていつもごみ漁り、ごみ漁りって言うんだ。おれだってちゃんと日々の糧《かて》を得ていたんだ。で、もしも手術中に死んでいたら？　あんたはどう答えるんだね、同志」

「フィリップ・フィリーパヴィチだ！」教授はぞっとして叫んだ。「私はお前の同志なんかじゃない！　とんでもないことだ！」これはもう悪夢だ、と彼は思った。

「もちろんでさ」と男は皮肉たっぷりに言って、勝ち誇ったように股《また》を広げた。「おれたちにはわかってますよ、あんたの同志なんかじゃないってことは！　そんなこと、あるわけない！　おれたちは大学なんかには行かなかったし、一五部屋もある風呂《ふろ》付きの家なんかには住んだことがない！　でももうそんなことがおしまいになる時代になったんだ。おれたちの時代には、誰にでも権利が……」

フィリップ・フィリーパヴィチは青い顔をして男の言うことを聞いていた。男は話を中断し、これみよがしに煙草の吸殻を手にして灰皿の方に行った。だらしのない足取りで歩き、吸殻をいつまでも灰皿に押し付けながら「ほれ、ほれ！」と言った。煙草の火をもみ消した後で、男は歩きながら急に歯をカチンと嚙《か》み合わせ、鼻先を脇の下に突っ込んだ。

「蚤《のみ》は指で捕まえなさい！　指で！」フィリップ・フィリーパヴィチは怒り狂って叫んだ。「いったいどこで蚤にたかられるのか、さっぱり見当もつかん」

「知るかよ。飼ってるとでも言うのか」男はむっとして言った。「蚤はおれのことを好きなんだろうよ」男が指でキルティングされた袖《そで》にさわると、そこから赤っぽい綿ぼこりが飛んだ。

フィリップ・フィリーパヴィチは天井の装飾を眺め、テーブルの上を指でトントンとたたいた。男は蚤をひねりつぶすとテーブルを離れ、椅子にすわった。その際、両手を襟元に当て、曲げた腕をぶらぶらさせた。視線は寄木細工の床に向けており、自分の靴を眺めて大きな喜びを感じていた。フィリップ・フィリーパヴィチはその丸いつま先の、まぶしく光を反射している部分を見て目を細め、こう言った。

「まだ他に何か言いたいことがありますか？」

「他に言いたいことだって？　そりゃ、ごく単純なことですよ。おれには身分証明書がいるんです、フィリップ・フィリーパヴィチ」

教授はびくっとした。

「ふむ……なるほど。身分証明書ね。本当にそうだ……ふーむ……ひょっとして、それなしでも何とかならないかね？」

教授の声は自信がなさそうで、ものうげだった。

「お願いしますよ」自信たっぷりに男は答えた。「身分証明書なしでどうやって生きていけって言うんです？　無理ですよ。身分証明書なしの人間の存在が厳しく禁じられているってことは知ってるでしょ。まず住宅管理委員会が」

「管理委員会に何の関係があるんだ？」

「関係がないって言うんですか？　彼らは会うたびに、身分証明書を見せろって言うんですよ。ねえ、いったいいつおれのことを登録してくれるんですかね？」

「ああ、なんてことだ」教授は弱気になって言った。「会うたびに言うのか。あんたがそれに何と答えるのか、想像がつきますよ！　階段をうろつくのは禁止したでしょう！」

「なんだって？　おれは囚人なんですかい？」と男は言った。自分に勝ち目があるという気持ちは、偽ルビーのタイピンからも輝き出た。「それにうろつくだと。あんたの言い方はかなり侮辱的だぞ。おれはみんなと同じように歩いてるんだ」

そう言いながら男はエナメルの靴を床の上でカタカタ鳴らした。

フィリップ・フィリーパヴィチは黙り、目をそらした。冷静さを保たなくては、と彼は考えた。食器戸棚の方に行き、グラスの水を一気に飲み干した。

「よろしい」いくらか落ち着いた様子で彼は言った。「どういう言い方をするかが問題なのではありません。それで、あなたのその、すてきな管理委員会が何と言ったんです？」

「委員会が何を言うってんです？　すてきだなんて、ばかにして。委員会は利害関心を守ってくれるんですよ」

「誰の利害関心か、教えていただけるでしょうか？」

「わかってるでしょ、勤労者のですよ」

フィリップ・フィリーパヴィチは目をむき出した。「あなたがいったいどうして勤労者なんです？」

「そりゃ、おれがネップ成金[28]じゃないからに決まってるでしょ」

「まあ、いいでしょう。で、管理委員会はあなたの革命的利害関心を守るために何が必要だと言っているのですか？」

「おれを登録することに決まってるでしょ。住民登録もせずにモスクワで生活している人なんて、いったいどこにいるのかって委員会の連中が言うんですよ。それがまずひとつめ。でもいちばん大事なのは登録証です。こそこそ逃げ隠れしている人間だとは思われたくありませんからね。それに労働組合や職業安定所にも……」

「それではお尋ねしますがね、いったい何を根拠にしてあなたを登録すればいいんです？　このテーブルクロスですか、それとも私のパスポートですか？　事情を考慮に入れなければなりません！　忘れないでくださいよ、あなたはいわば、えー、そのー、いわば思いがけなく登場してきた存在だということを。実験室からね！」フィリップ・フィリーパヴィチはそう言いながらだんだん自信がなくなってきた。

男は勝ち誇った様子で、黙っていた。

「いいでしょう。結局のところ、あなたを登録するために何が必要なんです？　それにそもそも、管理委員会の計画にしたがって事を運ぶためには、いったい何がいるんですか？　あなたにはファーストネームも姓もないじゃないですか！」

「それは不当な言いがかりですよ。名前なんて、自分で好きなものにすればいい。新聞に改名広告を出せば、それで一件落着ですよ！」

「どういう名前がお望みなんです？」

男はネクタイを整えてから、こう答えた。

「ポリグラフ・ポリグラフォヴィチ[29]」

「ばかにしないでください」フィリップ・フィリーパヴィチは不機嫌に言った。「私はあなたとまじめに話しているんですよ」

毒のあるほほえみが男の口ひげを歪めた。

28ネップは「新しい経済政策」の略称で、一九二〇年代に導入された。自由経済が部分的には認められており、この時期に会社経営に成功して金持ちになる者もいた。ネップは一九二八年に廃止された。

29革命直後には、子どもに革命にちなんだ名前や科学技術に関係する名前をつけることが流行った。たとえば「ヴラドレン」（ヴラディーミル・レーニンの短縮形）や「トラクター」といった名前が流行した。革命前にはキリスト教の聖人にちなんだ名前をつけるのが普通だった。聖人には特定の日がその聖人の日と決められていて、日めくりカレンダーにその日の聖人の名前が記されていた。革命後にはこの教会カレンダーをまねて新しい名前を記載したカレンダーが作られた。また、革命直後は古い（キリスト教的な）名前を新しいものに変えることが可能となり、その場合は新聞に改名広告を出した。

「よくわかりませんねぇ」おもしろがりながら、狡猾《こうかつ》そうに男は言った。「罵ってはいけないんですよね。唾《つば》を吐いてもいけない。あんたの口からは、ばか、まぬけという言葉ばかり出てくる。ひょっとして、我が国では教授先生だけが罵り言葉を使ってもいいんですかね？」

フィリップ・フィリッポヴィチの頭に血がのぼり、グラスに水を注ごうとして割ってしまった。それで別のグラスで水を飲んで、考えた。この調子でいくと、もうすぐあいつは自分に向かってお説教をし始めるだろう。しかも、あいつの方が正しいんだ。もう冷静ではいられないぞ。

教授は食器戸棚のところから戻ってきて、おそろしく慇懃《いんぎん》にお辞儀をしてから、鉄のように断固たる調子で言った。

「申し訳ありません。神経が参っているものですから。あなたのお名前が奇妙に思われたのです。どこでそういう名前を見つけたのか、知りたいものですね」

「管理委員会がすすめてくれたんですよ。カレンダーで探したんです。『どんな名前がいいんだい？』と訊くから、自分で選んだんです」

「どんなカレンダーにもそんな名前は載っていないと思いますけれどもね」

「こりゃ驚いた」男はニヤニヤした。「あんたの診察室に掛けてあるカレンダーに載ってたんですよ」

フィリップ・フィリーパヴィチはすわったまま、壁のボタンの方に身を伸ばした。呼び鈴が鳴って、ジーナが姿を現した。

「診察室に掛かっているカレンダーを持ってきてくれ」

しばらくしてジーナがカレンダーを持ってくると、フィリップ・フィリーパヴィチは尋ねた。

「どこに載っているんです？」

「三月四日のところですよ」

「見せてください……ふむ……なんてことだ。かまどで燃やしてしまいなさい、ジーナ、今すぐに！」

ジーナはびっくりして目を丸くし、カレンダーを持って出て行った。男は非難がましく頭を振った。

「姓の方もお聞かせ願えますか？」

「姓の方は先祖代々伝わっているものを使うことにしました」

「何ですって？　先祖代々伝わっているもの？　それはいったい何ですか？」

「コロフです」

＊　＊　＊

書斎のデスクの前に、住宅管理委員長のシュヴォンデルが、革のジャンパーを着て立っていた。ドクター・ボルメンタールは安楽椅子にすわっていた。寒さで赤くなったドクターの顔には（彼は外出から帰ってきたばかりだった）、フィリップ・フィリーパヴィチとまったく同じような当惑した表情が浮かんでいた。

「何を書けと言うんですか」と教授はいらいらして尋ねた。

「簡単なことですよ」とシュヴォンデルが言った。「証明書ですよ、市民プレオブラジェンスキー。かくかくしかじかで、この証明書を提示する者の名前はポリグラフ・ポリグラフォヴィチ・コロフである。えーと、この者は私の家で発生した、とかなんとか……」

ボルメンタールはとまどって椅子の中でもぞもぞ動き、フィリップ・フィリーパヴィチは口髭をぴくつかせた。

「ああ……なんていまいましい！　これ以上ばかばかしい事態は想像もつかない。彼は発生なんかしたんじゃない。そうではなくて……要するに……」

「どういう表現にするかは、あなたが考えればいい」心の中でざまあみろと思いながらシュヴォンデルが言った。「発生したにするか、別の言葉にするか……いずれにしても、あなたが実験をしたんでしょう、教授！　そして市民コロフを作り出した」

「それもすごく簡単に」とコロフが本棚のそばから叫んだ。彼はガラス戸に映し出された自分のネクタイをうっとりと見ていた。

「話に割り込まないようにお願いします！」とフィリップ・フィリーパヴィチがかみついた。「それに、すごく簡単になんて言うもんじゃありません。全然簡単じゃなかったんですから」

「なんでおれが話に割り込んじゃいけないんですか」コロフはむっとして文句を言った。シュヴォンデルもすぐにコロフの味方についた。

「すみませんがね、教授。市民コロフの言う通りです。彼には自分の運命に関わる会話に参加する権利があります。しかも、自分の身分証明書に関わる話なんですから。身分証明書はこの世で最も重要なものです」

ちょうどこの時、耳をつんざくような音がして、会話が中断した。フィリップ・フィリーパヴィチは受話器に向かって「もしもし」と言った。それから顔を赤くして大声を出した。「そんなことでいちいち私を煩《わずら》わせないでください！　あなたには関係のないことでしょう!」教授は受話器をガチャンと置いた。

シュヴォンデルがうれしそうな顔になった。フィリップ・フィリーパヴィチは怒りで真っ赤になりながら叫んだ。

「もうこんな話は終わりにしましょう!」

教授は便箋《びんせん》を一枚はがしとり、その上にいくつかの単語を書き並べ、いらだたしそうにそれを読んで聞かせた。

「『これをもって私は証明する……』くそっ、いったい何なんだ……ふむ……『この書類の提示者は、実験的に行われた脳の手術によって生まれた人間である。この人間は身分証明書を必要としている……』なんていまいましい! そもそも私は、この男が身分証明書のようなあほらしい代物を手に入れることに反対なんだ。それから署名、『プレオブラジェンスキー教授』」

「変ですね、教授」シュヴォンデルがむっとして言った。「なんで身分証明書があほらしい代物なんです? この建物に身分証明書を持っていない住民がいることを、私は許しませんからね。特に人民警察に軍務登録していないなんて、もってのほかです。もしも帝国主義の猛獣どもと戦争にでもなったらどうするんです?」

「戦争には行かない」突然コロフが、不機嫌な声で本棚のところから叫んだ。

シュヴォンデルはびっくりしたがすぐに気を取り直し、コロフに向かって丁寧な口調で諭した。

「市民コロフ、あなたの言い方はきわめて無責任ですよ。軍務登録するのは必要なことです」

「登録はするけれど、戦争になんか行くもんか」コロフは敵意をあらわにして、ネクタイを整えながら言った。

今度はシュヴォンデルが当惑する順番だった。プレオブラジェンスキーは腹を立てながらもうんざりして、「あいつのモラルなんてその程度だ」とでも言うようにボルメンタールと目を見合わせた。ボルメンタールは万感の思いをこめてうなずいた。

「おれは手術のときに大きな傷を負ったんだ」コロフは陰気にわめいた。彼は「彼らがどんなにしたか、見てくれよ」と、言って頭を見せた。額を横切って、まだ生々しい手術痕があった。

「あんたは無政府主義者で個人主義者なんですか？」眉をつり上げてシュヴォンデルが尋ねた。

「軍務からは免除されるべきだ」とコロフが答えた。

「まあいい。今はそんなことが問題なんじゃない」シュヴォンデルはいぶかしがりながら答えた。「問題は、教授の書いた証明書を人民警察に送ることです。そうすれば、あなたは身分証明書を手に入れることができる」

「ちょっと待ってください。えーと……」フィリップ・フィリーパヴィチが急にシュヴォンデルをさえぎって言った。教授は明らかに、あることに思い悩んでいるようだった。「この家に空いている部屋はありませんか？　私はそれを買いたいのですが」

シュヴォンデルの茶色の目から黄色の火花が散った。

「空いている部屋はありません、教授。残念ですが。これからも空く予定はありません」

フィリップ・フィリーパヴィチは唇をきっと結び、何も言わなかった。するとまた狂ったように電話が鳴り始めた。フィリップ・フィリーパヴィチは黙ったままで受話器を振り払ったので、くるくる回りながら受話器は青いコードにぶら下がった。人々はびくっとした。「教授はものすごくいらついているな」とボルメンタールは考えた。シュヴォンデルは目から火花を散らしながら、お辞儀をして出て行った。

コロフはブーツをギュッギュッと鳴らしながらシュヴォンデルの後をついて行った。

教授はボルメンタールとふたりきりになった。

しばらく沈黙があった後で、フィリップ・フィリーパヴィチは頭をわずかに揺らしながら言った。

「まったく悪夢だ。本当に。あれを見たかね？　ドクター、誓ってもいいが、私は二週間のあいだに、ここ一四年間分よりももっと苦労しましたよ。とんでもない野郎だ……」

どこか遠くでガラスのひび割れる音がした。それからくぐもった女性の悲鳴が上がって、すぐに止《や》んだ。悪霊《あくりよう》が廊下の壁紙の上を横切って、診察室の方へ飛んでいった。そこで何かにぶつかる音がして、あっという間にまた飛んで戻ってきた。あちこちの扉がバタンバタンと音を立て、台所からダリヤ・ペトロヴナの低い悲鳴が響いた。それからコロフのわめきちらす声が聞こえた。

「ああ、また何かあったのか」フィリップ・フィリーパヴィチは叫んで扉の方へ突進した。

猫だ、とボルメンタールの頭にひらめいて、教授の後を追った。彼らは廊下を駆け抜けて玄関へ向かい、そこで向きを変えて、トイレと浴室に向かうもうひとつの廊下を走った。台所からジーナが飛び出してきて、フィリップ・フィリーパヴィチに衝突した。

「ここに猫を入れてはいけないと、何度言ったらわかるんだ」怒りに燃えてフィリップ・フィリーパヴィチが大声で言った。「どこだ！　イヴァン・アルノルドヴィチ、受付にいる患者さんたちに落ち着くように言って！」

「浴室です、浴室の中にあの悪魔がいるんです」とジーナがあえぎながら言った。

教授は浴室のドアに突進したが、開かなかった。

「すぐ開けるんだ！」

それに答える代わりに、鍵《かぎ》の掛かった浴室の中で何かが壁に向かって飛びかかる音がした。洗面器が落ち、コロフの荒々しい声がドアの向こうで響いた。

「この場で殺してやる……」

水が水道管を流れる音がして、それからザーッと噴き出した。フィリップ・フィリーパヴィチはドアを破ろうとした。かまどの火でほてったダリヤ・ペトロヴナが顔をひきつらせて、台所の敷居のところに姿を現した。浴室と台所を仕切る壁の、天井のすぐ下にある小さな窓のガラスに、虫が這《は》ったようなひびが入った。そこからまず破片がふたつ落ち、それに続いて、青いリボンを首に結んだ、まるで巡査のような巨大な牡《おす》のトラ猫が落ちてきた。猫はテーブルの上に置いてあった長細い器の中にドシンと落ち、器はまっぷたつに割れた。猫はさらに床に落ちて三本の脚でくるりと回り、まるでダンスでも踊っているかのように四本目の脚を振り上げてから、少しだけ開いたドアの隙間にもぐり込み、裏階段の方へピューッと逃げていった。ドアの隙間が広がり、猫に代わって、スカーフをかぶった老婆《ろうば》の顔がのぞいた。白い水玉模様のスカートをはいたその老婆はさっと台所の中に入ってきた。老婆は親指と人差し指で落ちくぼんだ口元をぬぐい、むくんだ目もとから鋭いまなざしで台所を見回して、好奇心たっぷりにこう言った。

「おお、イエス様！」

フィリップ・フィリーパヴィチは青ざめて台所を横切り、威嚇《いかく》するように老婆に尋ねた。

「何のご用ですか？」

「しゃべる犬ころを見たいと思いましてね」老婆は媚《こ》びへつらうように言って、十字を切った。

フィリップ・フィリーパヴィチはもっと青ざめ、老婆にぐっと近寄って、首を絞められたような声でささやいた。

「台所からすぐに出て行け！」

老婆はドアの方に後ずさりして、むっとしたように言った。

「なんだかすごく無礼ですね、先生」

「出て行けと言ってるんだ！」フィリップ・フィリーパヴィチは繰り返して、フクロウのように目をまん丸にした。老婆が出て行くとすぐに、彼は自らの手でドアを閉めた。「ダリヤ・ペトロヴナ、前にも言ったでしょう」

「フィリップ・フィリーパヴィチ」絶望的な気分でダリヤ・ペトロヴナが答えて、袖まくりをした手を胸もとで握りしめた。「私にいったい何ができるとおっしゃるんです？　人々が一日中押しかけてくるんですもの、もう何もかも投げ出したくなってしまいますわ」

浴室の水が鈍く不気味な音を立てていた。だが、人の声はもう聞こえなかった。ドクター・ボルメンタールが台所に入ってきた。

「イヴァン・アルノルドヴィチ、お願いだから……うーん……患者は何人いますか？」

「一人です」とボルメンタールは答えた。

「みんな帰るように言ってください。今日はもう診察はしません！」

フィリップ・フィリーパヴィチは浴室のドアをノックして大声で言った。

「すぐに出てきなさい！　なんで鍵なんかかけてるんですか」

「ウーウー」コロフの弱々しく情けなさそうな声が答えた。

「いったい何を言っているんだ……よく聞こえないから水を止めなさい！」

「ワン……ワオ……」

「水を止めるんだ！　いったい何をしでかしたんだ。わけがわからん！」怒り狂ってフィリップ・フィリーパヴィチが叫んだ。

ジーナとダリヤ・ペトロヴナは口をぽかんと開け、絶望的な気持ちでドアを見た。ザーザー流れる音に加えて、チャプチャプという嫌な音がした。フィリップ・フィリーパヴィチはこぶしでドアをドンドンと叩《たた》いた。

「あそこにいるわ！」ダリヤ・ペトロヴナが台所から叫んだ。

教授は急いで台所に行った。天井の下の、ガラスの破れた窓から、ポリグラフ・ポリグラフォヴィチの顔がのぞいた。しかめっつらで目には涙を浮かべ、鼻には赤く血のにじんだ引っかき傷があった。

「頭がおかしいんじゃないのか！」フィリップ・フィリーパヴィチは尋ねた。「何でドアから出てこないんだ？」

コロフは滅入《めい》った様子で不安そうにドアの方に目をやってから言った。

「閉じ込められたんだ！」

「鍵を開けなさい。いったいどうしたっていうんだ。鍵を見たことがないのか？」

「開かないんだ、あのいまいましい鍵は」おびえたようにポリグラフが答えた。

「あらまあ！　ロックを掛けたんだわ！」ジーナが叫んで、腕を広げた。

「そこに小さなボタンがあるだろう！」フィリップ・フィリーパヴィチが水の音に負けないように大声で言った。「それを下に押せ……下に押すんだ！　下に！」

コロフは姿を消し、一分ほどしてまた窓のところに戻ってきた。

「犬一匹見えないほど暗いんだ」彼は恐ろしそうに窓から叫んだ。

「灯りをつけなさい！　頭でもおかしくなったのか！」

「あのいまいましい猫のやつが、電球をこわしちまいやがったんだ」コロフは答えた。

「それに、あいつの脚をつかもうとしたときに水道の栓をどこかに飛ばしてしまって、もう見つからないんだ」

残りの三人は絶望的に腕を広げ、その場に立ち尽くした。

そのおよそ五分後、ボルメンタールとジーナとダリヤ・ペトロヴナは、ドアの前で濡《ぬ》れている丸めた絨毯《じゅうたん》の上に並んですわっていた。三人は浴室から水が漏れ出してこないように、おしりでその絨毯をドアの下の隙間に押し付けていた。そして守衛のフヨードルはダリヤ・ペトロヴナのろうそくに火をつけて、木製のはしごを窓の方に上っていった。グレーのチェックのおしりが空中で揺れ、窓の中へ消えた。

「ウー……ワン！」流れる水の音をぬって、コロフが何かを叫ぶ声が聞こえてきた。窓から台所の天井に何度か水しぶきが上がり、それから水音が止んだ。

フョードルの声がした。

「フィリップ・フィリーパヴィチ、やっぱり開けなくちゃいけませんわい。水を流さないと。台所で排水しましょう」

「じゃあ開けてください」フィリップ・フィリーパヴィチは腹立たしげに叫んだ。

三人組は絨毯から腰を上げ、フョードルが浴室のドアを押した。すぐに大量の水がどっと流れ出した。流れは廊下で三方に分かれた。まっすぐに向かいのトイレに向かう流れと、右の台所に向かう流れ、それに左の玄関に向かう流れだった。ジーナはピチャピチャ水音を立てながら玄関の方に飛び跳ねて行き、玄関の扉を閉めた。フョードルはくるぶしまで水につかり、なぜかニヤニヤしながら浴室から出てきた。彼はまるで洗い立ての防水服を着たように、全身びしょ濡れになっていた。

「水道を止めるのに苦労しました。水圧が大きすぎて」フョードルは説明した。

「あいつはどこにいる」フィリップ・フィリーパヴィチが尋ね、くそっと言いながら片足を上げた。

「出てくるのが怖いんですよ」薄ら笑いを浮かべてフョードルが答えた。

「おれを殴るつもりなの、お父ちゃん」浴室からコロフの涙声が聞こえてきた。

「ばか者《もの》めが！」フィリップ・フィリーパヴィチは短く言った。

スカートを膝までめくり上げ、脚をむき出しにしたジーナとダリヤ・ペトロヴナ、それにズボンをたくし上げて裸足《はだし》のコロフと守衛は、濡れた雑巾《ぞうきん》で台所の床をベチャベチャと拭《ふ》き、バケツや流しで汚い水を絞った。誰にも構ってもらえないかまどが、ゴーッという低い音を立てた。水は玄関の扉から階段へとザーザー流れ、吹き抜けを通って地下室へ落ちていった。

ボルメンタールは玄関の寄木細工の床にできた深い水たまりの中でつま先立ちになり、チェーンを掛けた扉の隙間から、外にいる人々に対応していた。

「今日は診察はありません。教授は体調不良なんです。すみませんが、ちょっと扉から離れていただけませんか。うちの水道管が破裂したもので」

「次の診察はいつなんでしょう？」扉の向こうから声が聞こえた。「私は見ていただくのに、ほんの一分しかかからないと思うんですけど……」

「だめです」ボルメンタールは重心をつま先からかかとに移した。「教授は横になっておられるし、水道管が破裂したんですから。明日もう一度いらしてください。ジーナ！　ジーナちゃん！　ここを拭いてくれませんか。水が階段に流れていく」

「雑巾では無理です！」

「柄杓《ひしやく》で汲み出しましょう、すぐに終わりますよ！」フョードルが答えた。

玄関の呼び鈴が次から次へと鳴り響いた。ボルメンタールはもう足の裏をしっかり床につけて立っていた。

「手術はいつなんですか」しつこく尋ねる声がした。どうやら玄関の隙間から中に入り込もうとしているようだった。

「水道管が破裂したんです……」

「オーバーシューズをはくから大丈夫です……」

青っぽい人影が扉の向こうに見えた。

「だめです。明日にしてください」

「でも予約が今日なんですが」

「明日にしてください。水道管が破裂したんです」

フョードルはドクターの足もとで、湖のように広がった水に浸《つ》かりながらゴソゴソ動き回り、柄杓で水を汲み出した。引っかき傷のあるコロフの方は、別のやり方を考えついていた。彼は大きな雑巾を丸めてその上に腹這いになり、水の中を廊下からトイレに向かってすべっていった。

「なんで家の中を這い回ってるのよ、このけだものめが！」ダリヤ・ペトロヴナが怒って言った。「流しに水を汲み出しなさいよ」

「流しがなんだってんだ」コロフは濁った水を手でかきながら言った。「水はもう正面階段の方に流れてるんだぞ」

廊下の方から小さなベンチがギィギィと押し出されてきた。その上にはフィリップ・フィリーパヴィチが青い縞模様の靴下をはいて、バランスを取りながら立っていた。

「イヴァン・アルノルドヴィチ、もう患者に対応しなくていいから、寝室に行きなさい。靴をあげよう」

「大丈夫ですよ、フィリップ・フィリーパヴィチ、どうってことはありません」

「オーバーシューズをはきなさい！」

「結構です。足はもうどっちみち濡れていますから」

「ああ、なんということだ！」フィリップ・フィリーパヴィチはがっくりしながら言った。

「とんでもない畜生めが！」突然コロフの声がして、スープ鉢を手に、四つん這いになって出てきた。

ボルメンタールは玄関の扉をバタンと閉め、もう我慢できずに笑い始めた。フィリップ・フィリーパヴィチの鼻がふくらみ、眼鏡がキラリと光った。

「誰のことを言ってるんです？」教授は上の方からコロフに向かって言った。「お尋ねしてもよければ」

「猫のことですよ。本当にとんでもないやつだ！」コロフはキョロキョロしながら答えた。

「ねえ、コロフ」フィリップ・フィリーパヴィチは息を吸い込んでから言った。「あなた以上に厚かましい生き物は見たことありませんよ」

ボルメンタールはくすくす笑った。

「あなたは」フィリップ・フィリーパヴィチは続けた。「まったくの恥知らずです！よくもまあ、そんなことが言えますね、自分でこんな騒ぎを引き起こしておきながら……ああ、もうよそう。とにかく、信じられないくらいひどい！」

「コロフ」とボルメンタールが言った。「いつまで猫の後を追いかけまわすつもりなんです？　恥ずかしいことですよ！　破廉恥《はれんち》だ！」

「まるで野蛮人だ！」

「どこが野蛮人なんです」コロフが不満そうに言った。「ぼくは野蛮人なんかじゃありません。あいつを家の中に入れるなんて、言語道断です。あいつは何かをかっぱらおうとして入ってくるんだ。ダリヤのところでひき肉をみんな食っちまったし。あいつを懲《こ》らしめてやろうと思ったんです」

「あなたを懲らしめる必要がある」とフィリップ・フィリーパヴィチが言った。「自分の顔を鏡で見てみなさい」

「ほとんど目を取られるところだったんですよ」コロフは陰険そうに答え、濡れて汚れた手で目にさわった。

濡れて暗い色になった寄木細工の床がいくらか乾いてきた。家じゅうの鏡は湿気で曇り、玄関の呼び鈴がようやく鳴り止んだ。フィリップ・フィリーパヴィチは赤いモロッコ革の室内履きをはいて玄関口に立っていた。

「これをとっといてください、フョードル……」

「こりゃあどうも。ありがとうございます」

「すぐに着替えた方がいいですよ。ダリヤ・ペトロヴナのところに行って、ウォッカを一杯やってください」

「そりゃあどうも。ありがとうございます」フョードルは少しためらってから言った。

「まだ用事があるんです、フィリップ・フィリーパヴィチ。すみません、ちょっと言いにくいことなんですがね。七号室の窓ガラスなんですが……市民コロフが石を投げたんです……」

「猫がいたのか？」フィリップ・フィリーパヴィチは雨雲のように陰鬱《いんうつ》に尋ねた。

「いや、部屋の住人に向かって投げたんです。裁判沙汰《ざた》にすると騒いでいます」

「なんとまあ！」

「コロフがそのお宅の料理女に抱きついたんで、叩き出されそうになったんです……そこからけんかが始まったというわけで」

「なんてことだ！　これからはそういうことが起きたら、すぐに知らせてください……いくら払えばいいんですか？」

「一ルーブル五〇コペイカです」

フィリップ・フィリーパヴィチはぴかぴかの五〇コペイカ玉を三つ取り出し、フョードルに渡した。

「あんな嫌なやつのために一ルーブル五〇コペイカも払わなければならないなんてねぇ」扉の方からくぐもった声が聞こえた。「本人にはそれだけの価値もないのに……」

フィリップ・フィリーパヴィチは向きを変え、唇を噛みしめ、黙ったままコロフを受付の部屋に押し込んで、外から鍵をかけた。コロフはすぐにドアをドンドンと叩き始めた。

「やめなさい！」教授は明らかに風邪をひいた声で言った。

「本当にまあ」フョードルが力を込めて言った。「あんなに恥知らずなやつはこれまで見たこともありませんよ」

ボルメンタールがまるで床から生え出たかのように、突然姿を現した。

「フィリップ・フィリーパヴィチ、お願いですから興奮なさらないで！」

活動的なドクターは受付のドアを開け、大声を張り上げた。

「なんですか、これは。居酒屋にでもいるつもりなんですか」

「正しいやり方です……」フョードルはきっぱりと言った。「あんな風にするべきです……それから顔を一発ひっぱたいてやるんだ……」

「おいおい、フョードル」フィリップ・フィリーパヴィチは悲しげにつぶやいた。

「でも、フィリップ・フィリーパヴィチ、あなたがお気の毒で！」

7

「いや、いや、そうじゃない」ボルメンタールはしつこく言った。「ナプキンを襟元に入れてください」

「えい、ちくしょう、何だってんだ」不満顔のコロフはぶつくさ文句を言った。

「代わりに言ってくれてどうもありがとう、ドクター」フィリップ・フィリーパヴィチは愛想よく言った。「絶えず彼をたしなめなければならないのが、もううんざりでね」

「とにかくナプキンを襟元に入れない限り、食事をとることは許しませんからね。ジーナ、コロフのところにあるマヨネーズを下げてください」

「マヨネーズを下げろだと」コロフはがっかりした様子で言った。「ナプキンはすぐにつけるから」

彼はジーナが持って行かないように皿を左腕で囲い込み、右手でナプキンを襟元に詰め込んだので、散髪屋に来た客のようになった。

「では、フォークをお願いします」とボルメンタールが言った。

コロフは長々とため息をつき、とろりとしたソースのかかったチョウザメの肉片をすくい取ろうとした。

「もう一杯やろうかな」コロフは尋ねるとも宣言するともつかない調子で言った。

「大丈夫ですか」ボルメンタールが言った。「このところウォッカにご執心ですが」

「惜しいのか？」コロフは上目遣いに尋ねた。

「何をばかな……」フィリップ・フィリーパヴィチは強い口調で割って入ったが、ボルメンタールがそれをさえぎって言った。

「どうぞご心配なく、フィリップ・フィリーパヴィチ、私にお任せください。コロフ、くだらないことを言うものじゃありませんよ。最も腹立たしいのは、あなたがそのくだらないことをいかにも本当らしく、確信をもって言うことです。私はウォッカを惜しんでいるのではありません。そもそもウォッカはフィリップ・フィリーパヴィチのものですしね。ただ単に、体に悪いから言っているのです。これがひとつめの理由です。もうひとつの理由は、あなたがウォッカを飲まなくても行儀の悪い振る舞いをすることです」

ボルメンタールはガラスをテープで貼《は》り合わせた食器戸棚を指差した。

「ジーナ、私にもう少し魚をください」

このあいだにコロフはキャラフにそっと手を伸ばし、ボルメンタールを横目でうかがいながらグラスに注いだ。

「まず他の人に勧めなければいけませんよ」とボルメンタールは言った。「順番があるんです。まず、フィリップ・フィリーパヴィチに勧めて、それから私に勧めて、最後に自分に注ぐんですよ」

コロフの口元にかすかな嘲笑《ちようしよう》が浮かんだ。彼はすべてのグラスにウォッカを注いだ。

「あんたんとこでは何でも式典みたいだな」彼は言った。「ナプキンはここ、ネクタイはそこ、失礼しました、お願いします、メルシー。本気で何かやるってことがないんだ！　皇帝《ツァーリ》の時代のように、自分で自分の首を絞めている」

「ではお尋ねしますがね、『本気』というのはどういう意味でしょうかね？」

コロフはフィリップ・フィリーパヴィチの問いには答えず、グラスを掲げて言った。

「それじゃ、ま、みんなのためにってことで……」

「あなたのためにも！」ボルメンタールは皮肉を込めて言った。

コロフはウォッカを一気にのどに流し込み、顔をしかめた。それからパンを一切れ取ってにおいを嗅《か》いでから、それを食べた。目には涙が浮かんでいた。

「経験」フィリップ・フィリーパヴィチはほとんどうわの空でぽつりと言った。

ボルメンタールは教授の顔を不思議そうに見た。

「何ですって……」

「経験だよ」とフィリップ・フィリーパヴィチは言って、苦々しげに頭を振った。

「もうどうしようもない。クリムだ！」

ボルメンタールは興味津々《しんしん》でフィリップ・フィリーパヴィチの目を鋭く見返した。

「そうお考えですか、フィリップ・フィリーパヴィチ」

「考えがどうのこうのという話ではない。まず間違いない」

「ひょっとして……」ボルメンタールは言いかけたが、コロフを横目で見て、それ以上言うのをやめた。

コロフは疑わしげに顔をしかめた。

「シュペーター……[30]」フィリップ・フィリーパヴィチは小声で言った。

「グート[31]」と助手は答えた。

ジーナが七面鳥を運んできた。ボルメンタールはフィリップ・フィリーパヴィチに赤ワインを注ぎ、コロフにもいかが、と尋ねた。

「いらない。ウォッカの方がいい」コロフの顔はてらてらと輝いた。額に汗をかき、陽気な気分になってきた。フィリップ・フィリーパヴィチもワインを飲んでいくらか機嫌がよくなった。教授の目は澄み、先ほどよりは愛想よくコロフの方を見た。ナプキンを巻いたコロフの黒い頭は、まるでサワークリームに浮かぶ蝿《はえ》のようだった。

ボルメンタールは腹ごしらえをして活動的になった。

「さて、今晩は何をしましょうかね」彼はコロフに尋ねた。

コロフは目をパチパチさせて答えた。

「サーカスに行くのが一番じゃないかな」

「毎日サーカスですか」フィリップ・フィリーパヴィチは機嫌よく言った。「サーカスなんて退屈でしょう。私があなたなら、少なくとも一度は劇場に出かけますけれどね」

「劇場なんか、行かない」コロフは敵意をあらわにして言い、しゃっくりが出たので口元で十字を切った。

「食卓でしゃっくりをしてはいけません。周りにいる人たちの食欲を損ないますから」ボルメンタールが機械的に言った。「失礼ですが、なぜ劇場がお嫌いなんです？」

コロフは空になったグラスをまるでオペラグラスのように覗《のぞ》き込み、しばらく考え込んで唇を突き出した。

「ばかっぽいだろ……なんかベラベラしゃべって……それこそ反革命的ってやつだ」


30「シュペーター」はドイツ語で「後で」の意。

31同じくドイツ語で、「わかりました」の意。

フィリップ・フィリーパヴィチはゴシック様式の椅子《いす》の背にもたれて、ずらりと並んだ金歯が見えるくらい口を大きく開けて大笑いした。ボルメンタールは頭を振った。

「あなたは本を読まないといけませんね」ボルメンタールは言った。「さもないと……」

「読んでるよ」とコロフは答えた。それから突然、猛獣のようにすばやく獰猛《どうもう》に、グラスに半分ウォッカを注いだ。

「ジーナ！」フィリップ・フィリーパヴィチは心配になって大声で言った。「ウォッカを下げなさい！　もういらないから。で、何を読んでるんです？」

教授の頭の中にイメージが浮かんだ。無人島、椰子《やし》の木、動物の毛皮を着て、帽子をかぶった人間。ロビンソン・クルーソーを勧めようか……

「あれだよ、あれ……なんだっけ……エンゲルスと手紙をやりとりした、ほら、あれ。なんていう名前だったっけ……カウツキー[32]だ」

ボルメンタールは七面鳥の白っぽい肉片を突き刺したフォークを口元で止め、フィリップ・フィリーパヴィチは赤ワインをこぼした。コロフはその隙《すき》にウォッカを飲み干した。

フィリップ・フィリーパヴィチはテーブルの上に肘《ひじ》を載せ、コロフをじっと見て尋ねた。

「読んだ本の内容についてお聞かせ願えますかね」

コロフは肩をすくめた。

「違う意見だね、おれは」

「誰と？　エンゲルスかね、それともカウツキー？」

「ふたりともだよ」コロフは答えた。

「こいつはまったくすばらしい！《他の娘もお前と同じくらい美しいと言う者がいれば……》あなたはどういうご意見なのですかな？」

「意見なんて……やつらはなにやらダラダラ書いて……会議がどうの、ドイツ人がどうの……頭でっかちで。全部取ってきて分ければいいんだ」

「そんなことだろうと思っていたよ！」フィリップ・フィリーパヴィチは叫び、手のひらでテーブルクロスをバンと叩《たた》いた。「そんなことだと思っていた！」

「その方法も知っているのですか？」ボルメンタールは興味津々で尋ねた。

32 カール・カウツキー（一八五四―一九三八）。プラハ出身の経済学者、社会評論家でマルクス主義理論の第一人者。

「方法なんて」ウォッカのせいで口がよく回るようになったコロフは答えた。「簡単なことだよ。こっちに七部屋もあるマンションに住んで、ズボンを四〇着も持ってるやつがいる。あっちにはうろつき回って、食べ物がないかとゴミ箱を漁《あさ》るやつがいる」

「七部屋っていうのは、もちろん私のことでしょうな」フィリップ・フィリーパヴィチは誇らしげに目を細めて言った。

コロフは縮こまって黙り込んだ。

「まあ、いいでしょう。私は分配には反対しませんよ。ドクター、昨日お断りした患者さんは何人いましたか?」

「三九人です」ボルメンタールは即座に答えた。

「ふむ。三九〇ルーブルか。じゃあ、男三人で分けましょうか。ご婦人方、つまりジーナとダリヤ・ペトロヴナは頭数に入れないことにしましょう。コロフ、あなたの分は一三〇ルーブルです。支払っていただきましょうか」

「ひどい話だ」コロフはびっくりして言った。「何の支払いだ?」

「水道と猫ですよ!」フィリップ・フィリーパヴィチはそれまでの皮肉な口調を急に変えて、大声を上げた。

「フィリップ・フィリーパヴィチ」ボルメンタールが心配そうに言った。「ちょっと待って。昨日あなたの起こした騒ぎと、そのせいで中止になった診察の代金ですよ！　まったく我慢がならない。原始人のような男が家の中を飛び回って、水道の栓をもぎ取るなんて！　マダム・パラスーヒェルの猫を殺したのはいったい誰ですか？　誰が……」

「コロフ、今月の三日には階段のところでご婦人に噛《か》みつきましたね」ボルメンタールが攻撃した。

「あなたの発達段階は……」フィリップ・フィリーパヴィチは大声を出した。

「あの女、おれにビンタを一発くらわせやがったんだよ！」キーキー声でコロフが叫んだ。「おれの面《つら》は国有財産じゃないぜ！」

「それはあなたがご婦人の胸をつねったからでしょう！」グラスを倒しながらボルメンタールが叫んだ。「あなたの発達段階は……」

「あなたの発達段階はまだ一番低いところにあるのです」ボルメンタールよりも大きな声でフィリップ・フィリーパヴィチが言った。「あなたは精神が未発達で弱いのです。あなたのやることなすことすべてが、まだ動物段階なのです。それなのに大学教育を受けた二人の人間に対して、我慢がならないくらい馴《な》れ馴《な》れしい態度を取り、どうやってすべてを分配するかという大問題に関して、信じられないほどばかげたアドヴァイスをしようとする。かと思うと、歯磨き粉を食べたりもする！」

「今月の三日のことです」とボルメンタールが言った。

「いいかね」フィリップ・フィリーパヴィチは怒鳴った。「鼻に銘じてよく覚えておきなさい――それはそうと、なんで鼻の亜鉛軟膏《なんこう》を拭《ふ》き取ったのかね――人が注意を与えているときは、黙ってよく聞きなさい！　勉強して、なんとか社会の一員にしてもらえるように努力しなさい！　ところで、あなたにその本を読ませたのは、どこの悪党かね？」

「あんたに言わせりゃ、みな悪党だな」ふたりから攻撃されて驚いたコロフは言った。

「だいたい想像はつく！」フィリップ・フィリーパヴィチは怒りで顔を真っ赤にして言った。

「そう、シュヴォンデルだよ。やつは悪党なんかじゃない。おれが成長するようにって……」

「カウツキーを読んでどんなに成長したか、見せてもらいましたよ！」フィリップ・フィリーパヴィチはかん高い声で叫び、黄色っぽい顔色になった。そして、怒りに燃えながら、壁の呼び鈴を鳴らした。「今日の騒ぎがそれを一番よく示している！　ジーナ！」

「ジーナ！」ボルメンタールも怒鳴った。

「ジーナ！」おびえたコロフも叫んだ。

ジーナが真っ青になって駆け込んできた。

「ジーナ、受付の部屋に……その本は受付にあるのだね？」

「受付にある」コロフは従順に答えた。「毒々しい緑色の本だよ」

「緑色の本だ……」

「ああ、燃やすつもりなんだ」と絶望的な調子でコロフがわめいた。「あれは図書館から借りてきた国有財産なんだよ！」

「往復書簡集だ。あの、エンゲルスとあいつとの……かまどにくべてしまえ！」

ジーナはくるりと背を向けて、走り去った。

「シュヴォンデルのやつ、真っ先に縛り首にしてやる！　本気だぞ！」フィリップ・フィリーパヴィチは怒りに燃えて七面鳥の手羽にかぶりつきながら言った。「あんなとんでもないやつがまるで腫《は》れ物《もの》のようにこのマンションに居座っているなんて。ありとあらゆる誹《ひ》謗《ぼう》中傷を新聞に書くだけでは満足できないっていうのか……」

コロフは悪意と皮肉を込めて、横目で教授をちらちら見た。フィリップ・フィリーパヴィチの方もコロフを横目で見て、黙り込んだ。

〈ああ、この家ではろくなことが起きそうにないぞ〉突然ボルメンタールは予感した。ジーナが、右半分が黄色っぽく、左半分が茶色っぽく焼き上がったバーバ[33]とコーヒーポットを丸い盆に載せて運んできた。

「そんなもの、食うもんか」すぐさま反感を込めてコロフが宣言した。

「誰も食べてくれとは言っていないぞ。もっと行儀よくしなさい！　ドクター、さあどうぞ、召し上がれ」

食事は沈黙のうちに終わった。

コロフはズボンのポケットからしわくちゃになった煙草《たばこ》を取り出して吸った。フィリップ・フィリーパヴィチはコーヒーを味わった後、懐中時計を見てボタンを押した。時計は繊細な音色で八時一五分を告げた。フィリップ・フィリーパヴィチはいつものようにゴシック様式の椅子の背にもたれかかり、サイドテーブルの上に置いてあった新聞に手を伸ばした。

「ドクター、彼を連れてサーカスに行ってください。ただし、猫が登場する演目がないか、よく見てくださいよ」

「なんであんなケダモノがサーカス団に入れるんだ！」コロフは頭を振りながら陰険

な調子で言った。

「まあ、サーカス団にはいろいろなものが入れますからね」フィリップ・フィリーパヴィチは曖昧《あいまい》に答えた。「どんな出し物があるんです？」

「ソロモンスキー・サーカスでは」ボルメンタールは読み上げた。「四つの……ユッセムスとデッド・ポイントの人間」

「何ですか、そのユッセムスというのは」フィリップ・フィリーパヴィチは疑わしそうに尋ねた。

「さあ、わかりません。こんな言葉、初めて見ました」

「じゃあ、ニキーチン・サーカスにした方がいい。演目がはっきりしていないといけませんからね」

「ニキーチンでは……ニキーチンでは……えーと……象と、人間業とは思えない曲芸」

「そうですか。コロフ君、象のことはどう思います？」フィリップ・フィリーパヴィチは疑心暗鬼でコロフに尋ねた。

33 パネットーネに似たロシアのケーキ。

コロフはムッとした。

「どういう意味だ？　おれにはわからないとでも思っているのか？　猫は特別だよ。象はいい動物だ」とコロフは答えた。

「それはよかった。象がいい動物なら、それを見に行ってきなさい。イヴァン・アルノルドヴィチの言うことをよく聞くんですよ。ビュッフェでは誰とも話をしないように。イヴァン・アルノルドヴィチ、コロフにビールを飲ませないように、ぜひともお願いしますよ」

一〇分後、イヴァン・アルノルドヴィチとコロフはサーカスに出かけた。コロフは鴨《かも》のくちばしのような鍔《つば》のついた鳥打帽をかぶり、厚い毛織のコートの襟を立てていた。マンションは静かになった。フィリップ・フィリーパヴィチは書斎にいた。彼が緑色をした重いランプシェードのついた電気スタンドをつけると、広い書斎はくつろいだ雰囲気になった。彼は物思いにふけりながら、書斎の中を行ったり来たりし始めた。青白い火が葉巻の先で長いあいだ、熱く燃えていた。教授は両手をズボンのポケットに突っ込み、はげ上がった知的な額を重苦しい考えに悩ませていた。ときどき唇を鳴らし、歯の隙間から「《ナイル川の聖なる岸辺へ》」と口ずさみ、何やらぶつぶつとつぶやいた。そしてとうとう葉巻を灰皿に置くと、ガラス張りの戸棚に近づいて電気のスイッチを入れ、天井についた三つの非常に明るいランプで書斎全体を照らし出した。フィリップ・フィリーパヴィチはガラスでできた三段目の棚から細長い瓶を取り出し、眉《まゆ》をひそめながら瓶を光に透かして見た。ドロリとした透明の液体の中には、コロの脳の奥から取り出した白くて小さな塊が浮かんでいた。肩をすくめ、唇をへの字にしてぶつぶつ言いながら、フィリップ・フィリーパヴィチはその塊を貪《むさぼ》るように見つめた。それはまるで、そのぷかぷか浮かんでいる白い塊を見れば、プレチステンカ通りにある我が家の生活をめちゃくちゃにしてしまった驚くべき出来事の原因がわかるとでも言うかのようだった。

ひょっとしたらその原因がこの立派な学者にはわかったのかもしれなかった。彼は下垂体をたっぷり眺めた後、瓶を棚に戻して、扉に鍵《かぎ》をかけた。そして鍵をチョッキのポケットにしまってから首を縮め、上着のポケットの奥まで手を突っ込んで革張りのソファにどっかと腰を下ろした。彼は長い時間をかけて二本目の葉巻を吸い、その端をすっかり噛みつぶしてしまうとついに、完全な孤独のうちに緑色の光に照らされながら、白髪頭のファウストのようにきっぱりと言った。

「やらねばならぬ！」

この言葉に応《こた》える者はいなかった。家の中は静まり返っていた。よく知られているように、アブホフ小路では一時ともなると人通りも途絶えるのだ。ごくたまに、夜遅く出歩いている人の足音が遠くから聞こえてくるくらいで、その足音もカーテンの裏でコッコツと響いてから消えてしまった。書斎ではポケットに突っ込んだフィリップ・フィリーパヴィチの指先で、懐中時計が繊細な音を立てた。教授はボルメンタール博士とコロフがサーカスから戻ってくるのを、いらいらしながら待っていた。

8

フィリップ・フィリーパヴィチが何を決心したのかはわからなかった。それに続く一週間、彼は特に何もしなかった。ひょっとしたらそのせいで、彼の家では騒ぎばかり起こったのかもしれなかった。

水道と猫の事件のおよそ六日後、コロフのところに管理委員会の若い男――実際には女だということがわかったのだが――がやって来て、書類を渡した。コロフはその書類を即座に上着のポケットに突っ込み、その後すぐにボルメンタール博士を呼んだ。

「ボルメンタール！」

「私を呼ぶのなら、ファーストネームと父称を使ってください」ボルメンタールは血相を変えて言った。

この六日間に外科医ボルメンタールはコロフと八回も喧嘩《けんか》をしていた。そのせいでアブホフ小路のマンションには険悪なムードが漂っていた。

「それなら、おれのこともファーストネームと父称で呼んでくれよ」とコロフはもっともらしい理由をつけて切り返した。

「だめだ！」とフィリップ・フィリーパヴィチがドアのところで叫んだ。「我が家であんなファーストネームと父称を口に出すことは固く禁じる。もしもコロフと馴《な》れ馴《な》れしく呼ばれるのが嫌なら、私もドクター・ボルメンタールも、ミスター・コロフと呼ぶことにしよう」

「おれはミスターなんかじゃない。ミスターはみんなパリに行ってる[34]」コロフがわめいた。

「シュヴォンデルの仕業だな！」とフィリップ・フィリーパヴィチが怒鳴った。「いいだろう、あの悪党には仕返しをしてやる。私がこの家にいる限り、ミスターと呼ばれるのにふさわしい紳士しかここに住んではならない！　さもなければ、私かあなた

34 革命後、大勢の上流階級が亡命したが、その亡命ロシア人の最大の中心地のひとつがパリだった。

のどちらかがこの家から出て行くことになるのだ。はっきり言えば、出て行くのはあなたの方だ。今日のうちにも新聞広告を出すことにする。そうすればすぐにあなたが住む部屋が見つかるだろうよ！」

「ふふん、おれはここから出て行くほどばかじゃないよ」コロフはきっぱりと言った。

「なんだと？！」フィリップ・フィリーパヴィチはこう言って、ものすごい形相になったので、ボルメンタールは教授のところに飛んで行って、心配そうに上着のそでにそっと触った。

「そんなに無礼なことを言うものではありませんよ、ムッシュー・コロフ」ボルメンタールは声を張り上げた。コロフは一歩後ろに下がって、上着のポケットから緑、黄、白の三枚の書類を取り出した。そしてそれらの書類を指差しながら、こう言った。

「ほら見てくれ。おれはこの住宅組合の一員として認められてるんだよ。プレオブラジェンスキーが世帯主になっている五号室におれの居住権が認められていて、八平方メートルがおれのものなんだ」。それからコロフは少し考えて、「よろしく」とひとこと付け加えた。それを聞いてボルメンタールは機械的に、そのひとことをコロフが学んだ新しい語彙《ごい》として記憶した。

フィリップ・フィリーパヴィチは唇を噛《か》み、その唇の隙間《すきま》からうかつにも次のようにつぶやいた。

「シュヴォンデルのやつ、必ず撃ち殺してやる」

コロフがこのせりふを非常に注意深く聞き取ったことは、彼の目を見れば明らかだった。

「フィリップ・フィリーパヴィチ、フォアジヒティヒ……！」[35]警戒するようにボルメンタールが口を開いた。

「しかしね、君、そこまで愚劣なことをするかね！」フィリップ・フィリーパヴィチはロシア語で叫んだ。「わかっているのかね、コロフ……ミスター、これ以上無礼なことをし続けるなら、この家ではあなたに昼食はおろか、食事はいっさい与えないからそのつもりで。八平方メートルとはすばらしい。だが、その蛙色《かえるいろ》の紙切れには、私があなたに食事を与える義務があるとは書いてないだろう？」

コロフはびっくり仰天して、ぽかんと口を開けた。

「食わなきゃ生きていけない」彼はもぐもぐと言った。「メシにどこでありつけばいいんだ？」

35 ドイツ語で「気をつけて」の意。

「それならもっと行儀よくしなさい」ふたりの医者が口をそろえて叫んだ。コロフはすっかりおとなしくなった。その日、彼はもう誰にも迷惑をかけなかった。迷惑をかけたとしたら、自分自身に対してだった。ボルメンタールがちょっと目を離した隙に、コロフはドクターの剃刀を手に取って頬骨のところをひどく切ってしまったので、フィリップ・フィリーパヴィチとドクター・ボルメンタールが傷口を縫合しなければならなかったのである。それでコロフは長時間泣きわめき、涙をぼろぼろ流した。

その夜、教授の書斎の緑色がかった薄暗がりの中にふたりの男がいた。フィリップ・フィリーパヴィチと、彼と深い絆《きずな》で結ばれた忠実なるボルメンタールだった。マンションの住民たちはもう眠っていた。フィリップ・フィリーパヴィチはプルシャンブルーのナイトガウンを着て、赤い室内履きをはいていた。ボルメンタールはシャツ姿で、青いズボン吊《つ》りをしていた。ふたりの医師が向かい合っている丸いテーブルの上には、分厚いアルバムと、その横にコニャックが一瓶置いてあり、スライスしたレモンをのせた小皿と葉巻の箱が載っていた。学者たちは煙草《たばこ》のけむりを部屋中に充満させながら、最新の事件について熱心に議論していた。その日の夕方、コロフはフィリップ・フィリーパヴィチの書斎の文鎮の下にあった二〇ルーブルを失敬してマンションから姿をくらまし、夜遅くなってからへべれけに酔っ払って帰ってきたのである。それだけではなかった。コロフと一緒に見知らぬ人物がふたりやって来て、マンションの階段で大きな物音を立てた挙句、コロフのところに泊めてくれと言ったのだ。このふたりの人物は、寝巻きの上に薄手のコートをひっかけて現場に駆けつけたフョードルが第四五地区交番の人民警察に通報するまで、頑として動かなかった。が、フョードルが受話器を置くや否《いな》や、あっという間に姿を消してしまった。このふたりの人物が立ち去ると同時に、玄関に置いてあったいくつかの物が行方不明になった。つまり、鏡のところの棚の上にあった孔雀石《くじやくいし》の灰皿と、ビーバーの毛皮でできたフィリップ・フィリーパヴィチの帽子とステッキである。ステッキには金色の飾り文字で「敬愛するフィリップ・フィリーパヴィチ、記念の日に感謝を込めて、インターン一同……」と書いてあり、さらにローマ数字でXXVと書いてあった。

「あれは誰だ?」フィリップ・フィリーパヴィチはこぶしを握りしめてコロフに迫った。

コロフはよろめいて、玄関に掛けてあった毛皮のコートにしがみつきながら、誰かは知らないが与太者ではない、いい人たちだ、とろれつの回《と》らない口で答えた。

「しかし驚きだな、ふたりともあれほど酔っていたのに、盗るべき物はちゃんと盗っていくなんて!」フィリップ・フィリーパヴィチは記念日に贈られたステッキがついさっきまで置いてあった場所を見ながら、あきれて言った。

「プロですよ」フョードルが、教授からもらった一ルーブルのチップをポケットに入れ、再びベッドに戻ろうとして言った。

書斎から消えた二〇ルーブルの件に関しては、自分の仕業ではないとコロフは言い張った。そして、家にいたのは自分だけではないとほのめかした。

「ほほう、それではドクター・ボルメンタールが盗ったとでも言うのかね?」とフィリップ・フィリーパヴィチは、静かだが恐ろしい声で尋ねた。

コロフはぐらりとよろめき、とろんとした目をかっと見開いて、次のような推測を口にした。

「ひょっとしたらジンカが盗ったのかも……」

「なんですって」不意に幽霊のようにドアから姿を現したジーナが、はだけたブラウスの胸元に手をやりながら叫んだ。「そんなばかなこと……」

フィリップ・フィリーパヴィチのうなじがさっと赤くなった。

「落ち着いて、ジーナちゃん」教授は彼女をかばうように手を伸ばして言った。「心配しなくていい。私たちがちゃんとするから」

ジーナは口を開けてわんわん泣き出した。彼女の手が鎖骨のあたりでぶるぶる震えた。

「ジーナ、恥ずかしくないのか。誰もあなたが盗ったなんて思ってやしないよ。ああ、参ったな」ボルメンタールはうろたえて言った。

「ジーナ、ほんとにお前はばかだよ。おっと、口がすべった……」とフィリップ・フイリーパヴィチは言いかけた。

ジーナはひとりでに泣き止《や》み、みんなじっと黙った。コロフは気分が悪くなってきた。彼は壁に頭をぶつけて、「い」とも「え」ともつかない「おえー！」というような声を出した。顔が真っ青になり、あごが痙攣《けいれん》するように動いた。

「バケツだ！　診察室にある！　この悪党にバケツを持ってきてやれ！」

みんなドタバタと走り回って、気分の悪くなったコロフの世話をした。ボルメンタールに支えられ、ふらつきながら寝床に移動する間、コロフはろれつの回らない口で罵《のの》り言葉をやさしく、歌うようにつぶやき続けた。

この騒ぎが起きたのは夜中の一時頃だった。そして今は三時になっていた。けれども、書斎にいるふたりはレモンを入れたコニャックのおかげで目が冴《さ》えていた。煙草を吸いすぎて、けむりが厚い層になって水平にゆっくりと動いているほどだった。けむりの層は揺れもしなかった。

青い顔できっぱりとした目つきのドクター・ボルメンタールが立ち上がり、細い脚のついたグラスを高々と掲げた。

「フィリップ・フィリーパヴィチ」感情を込めて彼は言った。「ほとんど飢え死にしかけていた貧乏学生の私を先生が研究室に受け入れてくださったことを、私は一生忘れません。どうか信じてください、フィリップ・フィリーパヴィチ、先生は私にとって、単なる教授以上の存在なのです。師とでも呼ぶべき存在なのです。私が先生のことをどれだけ尊敬しているか……どうか、接吻《せっぷん》させてください、敬愛するフィリップ・フィリーパヴィチ」

「え、まあいいけど……」フィリップ・フィリーパヴィチは当惑しながらつぶやき、立ち上がった。ボルメンタールは彼を抱擁し、煙草のにおいが染《し》みついたふさふさの口ひげに接吻した。

「本当に、フィリップ・フィリー……」

「感動した、感動したよ……どうもありがとう」とフィリップ・フィリーパヴィチは言った。「ねえ、君。手術の最中にときどき怒鳴ることがあるけれど、老人の癇癪《かんしゃく》なんだ。許してくれたまえ。実際のところ、私はほんとうに孤独なんだ……《セビリアからグラナダまで……》」「フィリップ・フィリーパヴィチ、ばかなことをおっしゃらないでください」心を込めて情熱的にボルメンタールが言った。「そんなことをおっしゃるなんて、私は悲しいですよ」

「ああ、どうもありがとう……《ナイル川の聖なる岸辺へ……》ありがとう。君のことは有能な医師として、私も好意をもっているのだよ」

「フィリップ・フィリーパヴィチ、どうか聞いてください……」ボルメンタールは情熱的に叫んで椅子《いす》から飛び上がり、廊下に通じるドアをしっかりと閉め直し、再び席に戻るとささやくような声で続けた。「これ以外に解決法はありません。もちろん先生にアドヴァイスしようなどと、大それたことを考えているわけではありません。ですが、フィリップ・フィリーパヴィチ、ご自分のことをよく考えてみてください。先生はもうくたくたに疲れていらっしゃる。こんな状態で仕事を続けるなんて、無理です！」

「まったくもって、無理そのものだ！」フィリップ・フィリーパヴィチはため息をつきながらドクターの言い分を認めた。

「ええ、本当に考えられないことです」ひそひそ声でボルメンタールが言った。「この前は私のことが心配だとおっしゃってくださいましたが、その言葉に私がどれだけ心を動かされたか、先生には想像もつかないでしょう。しかし、私はもう子どもではありませんし、どんなひどい結果になるか、自分でもよくわかっています。それでもなお、これ以外に解決策はないと確信しているのです」

フィリップ・フィリーパヴィチは立ち上がり、手を振りながら叫んだ。

「誘惑しないでくれ。もうそんなことは口に出さないでくれたまえ」教授は煙草のけむりの層をかき乱しながら、部屋の中をあちこち歩き回った。「君の言葉には耳を貸さんぞ。もし見つかったら、どんなことになるか、わかっているのかね？ われわれの場合、初犯とは言え、『出自を考慮して』減刑されることはないんだぞ。君の出自もうってつけってわけじゃないんだろう？」

「当たり前でしょう……父はヴィルノで予審判事をしていましたからね」ボルメンタールはコニャックを飲み干しながら、苦々しげに答えた。

「ほら、ごらん。悪性遺伝ってわけだ。これ以上悪い出自は考えられないほどだ。とは言え、私の方がもっと悪いんだがね。父は主教座聖堂の長司祭だったんだ。メルシー……《セビリアからグラナダまで……静かな宵闇《よいやみ》の中で……》なんていまいましい！」

「フィリップ・フィリーパヴィチ、先生は世界中にその名をとどろかせている医学者です。その先生をあんな……こんな言い方をしてすみませんが……犬畜生のせいで……あいつらには先生に何もできませんよ、絶対に！」

「それならなおさら、やるわけにはいかない」物思いにふけりながらフィリップ・フィリーパヴィチは答えて、ガラス戸棚の前で立ち止まり、中を覗《のぞ》き込んだ。

「なぜです？」

「君は世界中にその名をとどろかせている医学者ではないだろう？」

「まあ、そうですけど……」

「ほらね。失敗したときに同僚を見捨てて、自分だけ世界的に有名な医学者として無罪放免になるなんて、まっぴらごめんだ……私はいやしくもモスクワ大学の出身で、コロフとは違うんだぞ！」

フィリップ・フィリーパヴィチは誇らしげに肩をそびやかしたので、中世のフランス王のように見えた。

「フィリップ・フィリーパヴィチ、ああ！」ボルメンタールは憂鬱《ゆううつ》そうに叫んだ。

36 現在のリトアニアの首都ヴィリニュス。ボルメンタールが生まれた頃はロシア帝国領だった。

「じゃあ、どうするんです？　我慢するんですか？　あのならず者が人間になるのを待つって言うんですか？」

フィリップ・フィリーパヴィチは黙るように手で合図し、グラスにコニャックを注いで一口飲むと、レモンをしゃぶってから言った。

「イヴァン・アルノルドヴィチ、君はどう思うかね？　私が解剖学と生理学について、たとえば人間の脳に関して、多少ものを知っていると思うかね？　君の意見はどうだい？」

「いったいなんてことをお訊《き》きになるんですか、フィリップ・フィリーパヴィチ」ボルメンタールは心を込めて答え、両手を大きく広げた。

「まあ、いいだろう。わざわざ卑下することもあるまい。この分野においては私がモスクワで一番だめな人間だとは、自分でも思っていないよ」

「私に言わせれば、先生はモスクワのみならず、ロンドンでもオックスフォードでも最もすぐれた人物です！」ボルメンタールは勢いよく口をはさんだ。

「そうか、君がそう思ってくれるなら……それでは言わせてもらうがね、いつかは必ず教授になるボルメンタール君、あれを人間にすることができる者はいないのだ。絶対に。議論の余地はない。何かあったら私の名前を出して、『プレオブラジェンスキー教授がそう言った』と言いなさい。以上、終わり！　クリムのせいだ！」突然フィリップ・フィリーパヴィチが厳かな調子で大声を出したので、戸棚のガラスがチリチリ鳴った。「クリムの」と彼は繰り返した。「ねえ。ボルメンタール、君は私の一番弟子だ。そのうえ、今日確認できたように、私の友人でもある。だから、友人である君にだけは話しておこう。もちろん、秘密の話なのだが、君が私を陥《おとし》れることはないだろうからね。耄碌《もうろく》したプレオブラジェンスキーは、手術でへまをやらかしたのだ。まるで学部の三年生のように。もちろん発見もあった。それが評判になっていることは君も知ってのとおりだ」ここでフィリップ・フィリーパヴィチは悲しそうに両手で窓のカーテンの方を指した。教授はモスクワの町全体のことを言っているのだった。「しかしね、イヴァン・アルノルドヴィチ、この発見がもたらす唯一《ゆいいつ》の結果は、コロフが我が家の住人全員のここに重くのしかかることになる、ということなのだ」こう言ってプレオブラジェンスキーは、卒中になりやすい体質の人によくあるようながっしりしたうなじをぽんぽんと叩《たた》いた。「そうなることは間違いない。もしも誰かが」とフィリップ・フィリーパヴィチはうれしそうに話を続けた。「私をここに這《は》いつくばらせて鞭打《むちう》ってくれたなら、私は誓ってもいいが、その人に五〇ルーブルあげたいくらいだ……《セビリアからグラナダまで……》ああ、私はなんてばかだったんだろう……脳から下垂体を取り出す仕事に五年も費やしたなんて……どれだけ大変な仕事だったか、君には想像もつかんだろうよ。それがいったい何のためだったのか。それはある日、かわいい犬をあんな身の毛がよだつような人間のクズに変身させるためだったのだ」

「まったく信じられないようなクズです……」

「君の言うとおりだ。それでね、ドクター、研究者が自然と調和して慎重に進む代わりに、問題を無理やり解決しようとして、その問題を覆《おお》い隠している幕を持ち上げたら、コロフのようなやつが登場するってわけだよ。まったく手に負えないやつが！」

「フィリップ・フィリーパヴィチ、ですが、もしあれがスピノザの脳でしたら」

「そう！」フィリップ・フィリーパヴィチは吐き出すように言った。「そう！　かわいそうな犬が私のメスの下で死ななければだが。あれがどれほど複雑な手術だったか、君も見ただろう。ひとことで言うなら、この私、フィリップ・プレオブラジェンスキーがこれまでにやったことのなかで、最も難しいものだったのだ。スピノザのものだろうが、ほかの悪魔的な天才のものだろうが、下垂体を移植することはできるし、犬から卓越した人物を作り出すこともできる。しかし、それはいったい何のためなのかね？　なぜ人工的にスピノザを生産しなければならないのか、説明してくれたまえ。

どんな女にだって産もうと思えばいつでもスピノザのような天才を産むことができるのに！ ロモノーソフ[37]の母親だって、あの天才をハルマゴールィのような田舎で産んだじゃないか。ねえ、ドクター、そんなことは人類が自然にちゃんとやってのけるんだよ。進化の過程の中で毎年きちんきちんと、ありとあらゆるクズどもの集団から峻《しゅん》別《べつ》する形で、この地球の花とも言うべき何十人もの天才を生み出しているのだ。コロフの病状記録の中で君が下した結論をなぜ私が却下したのか、今なら君にもわかるだろう、ドクター。君があれほど感激してくれた私の発見などというものは、まったく一文の値打ちもないんだよ。えいくそ、いまいましい……いや、もう反論はしないでくれたまえ、イヴァン・アルノルドヴィチ、私にはもうすっかりわかっているのだから。私は口からでまかせをぺらぺらしゃべったりはしない。それは君もよく知っているだろう。私がやったことはもちろん理論的には興味深い。生理学者なら大喜びして、モスクワ中が興奮の渦に巻き込まれるだろう。けれども実際にはどうだ？ 君の前に

37ミハイル・ロモノーソフ（一七一一―一七六五）。ロシアの学者、詩人で、ロシアの近代科学の創始者のひとり。北ロシアの僻地の貧しい家庭に生まれ育ったが、知的好奇心が旺盛だったおかげで最終的には大学者となることができた。モスクワ大学にはロモノーソフの名前が冠されている。

いるのは誰なんだ？」プレオブラジェンスキーは診察室の方を指で指した。そこではコロフが眠っていた。

「とんでもない悪党です」

「だが、やつはいったい誰なのか？　クリム、クリムだ！」教授は怒鳴った。「そうなんだ。「クリム・チュグンキン」ボルメンタールが驚いて口をぽかんと開けた。「そうなんだ。前科二犯、アルコール中毒、『全部取ってきて分ければいいんだ』、帽子と二〇ルーブルが消えてなくなる」ここでフィリップ・フィリーパヴィチは記念品のステッキのことを思い出し、怒りで顔を真っ赤にした。「豚野郎、悪党め……あのステッキは必ず取り戻してやる。要するに、下垂体は人間の具体的な性格を決める秘密の箱なのだ。具体的な性格だぞ！《セビリアからグラナダまで……》」フィリップ・フィリーパヴィチは目をぎょろつかせながら、荒々しく叫んだ。「人間としての一般的な性格ではない。下垂体は脳そのものの縮図なのだ。下垂体など、私には必要ない。そんなものは豚にでもくれてやればいい。私の関心はまったく別のところにあったのだ。優生学、人類の改良に関心があったのだ。その研究を進めた結果、若返りのテーマに行き着いたのだ。私が金儲《かねもう》けのためにあんな手術をしたと思うかね？　私はいやしくも科学者だぞ……」

「先生は偉大な科学者です」ボルメンタールは合いの手を入れてコニャックをすすった。彼の目は充血していた。

「二年前に初めて、下垂体から性ホルモンを抽出することに成功したときから、私はちょっとした実験をしてみたいと思っていたのだ。その結果がこれだ、いやはや！下垂体にいったいどんなホルモンがあるのか、いやまったく……ドクター、私の置かれた状況は絶望的だ。もう手も足も出ない」

突然ボルメンタールは腕まくりをし、一点をじっと見つめながら言った。

「それでは先生、もし先生がやりたくないとおっしゃるのなら、私の責任で、私が彼にヒ素を食べさせましょう。この際、父が予審判事だったことなど関係ありません。結局のところ、あれはあなたの実験から生まれたものではありませんか」

フィリップ・フィリーパヴィチは急にしょんぼりして、へなへなと肘掛《ひじか》け椅子に沈み込んで言った。

「いや、そんなことは絶対に許さんぞ。私は六〇歳になるのだから、君に忠告しても構うまい。絶対に犯罪に手を染めてはならない。それが誰に対するものであったとしても。手を汚さないで、年をとるまで生きていくのだ」

「お言葉を返すようですが、フィリップ・フィリーパヴィチ、もしもシュヴォンデルがさらに手を加え続けたら、彼はいったいどんなものになってしまうでしょうか。ああ、今になってようやく、あのコロフがどんな人間になっていくか、私にもわかってきました！」

「おや、やっとわかったのかね。私は手術の一〇日後にはもうわかっていたよ。それでは、この状況で最も愚かなのはシュヴォンデルだというわけだ。コロフが私なんかより、自分自身にとってははるかに危険な存在だということを、シュヴォンデルは理解していないのだからね。今はあらゆる手段を使ってコロフをけしかけ、私を攻撃するようにしむけているが、もしも誰かがシュヴォンデルを攻撃するようにコロフをけしかけたなら、もう一巻の終わりだということを、彼はまったくわかっていないのだ」

「そうですね。コロフが猫をやっつけるやり方を見れば明らかです。犬の心臓をもった人間なのですから」

「いやいや、違うよ」フィリップ・フィリーパヴィチはゆっくり引き伸ばすような口調で答えた。「ドクター、それは大間違いだ。犬を中傷するようなことはやめてくれ。やつが猫をいじめるのは今だけだ……訓練すれば二、三週間でおさまるだろう。請け合ってもいいが、一カ月もすれば猫に飛びかかるようなことはなくなる」

「それではなぜ今は猫に飛びかかるんです？」

「イヴァン・アルノルドヴィチ、簡単なことだよ。なんでそんな質問をするのかね？下垂体は他の臓器と無関係に存在しているわけじゃない。犬の脳に移植されたのだから、そこに適応するのに時間がかかるのだ。コロフが今とっている行動は、犬だったときの名残りなんだよ。わかるかね。猫のことなど、コロフの行動の中で最も取るに足りないものなんだよ。いいかね、恐ろしいのは彼が犬の心臓ではなく、人間の心臓を持っていることなのだ。しかもおよそ考えられる限り最もひどい心臓をね」

極度に興奮したボルメンタールは、ほっそりとしてはいるが力強い手をぐっと握りしめて肩をそびやかし、きっぱりと言った。

「私が彼を殺します」

「それは許さん」フィリップ・フィリーパヴィチが厳しく言った。

「でも……」

突然、フィリップ・フィリーパヴィチが緊張した面持ちで指を立てた。

「ちょっと待て……足音がしたような気がする」

ふたりはじっと耳をすました。けれども、家の中は静まり返っていた。

「気のせいかな」とフィリップ・フィリーパヴィチは言って、それからドイツ語に切り替えて熱心にしゃべり始めた。ときどき「やばいこと」というロシア語が混じっていた。

「ちょっと待って」ボルメンタールが急に耳をそばだて、ドアのところに行った。書斎に近づく足音がはっきり聞こえた。さらにぶつぶつ言う声も聞こえてきた。ボルメンタールはドアをさっと開けたが、次の瞬間、驚いてのけぞるような姿勢になった。フィリップ・フィリーパヴィチもびっくり仰天して、肘掛け椅子の中で石のようにかたまってしまった。

灯りに四角く照らし出された廊下に、寝巻き姿のダリヤ・ペトロヴナが闘争心に燃えた表情で立っていた。ドクターも教授も、彼女の豊満で真っ裸の——驚きのあまり、彼らにはそう見えたのだ——姿に目がくらんでしまった。ダリヤ・ペトロヴナはその力強い腕で何かをひきずっていた。その「何か」は足をふんばりながらぺったり座り込み、黒っぽい産毛《うぶげ》におおわれた短い脚を寄木細工の床の上でもつれさせていた。その「何か」は、もちろんコロフだった。彼はすっかり動転し、まだ酔いが覚めない様子で、頭はくしゃくしゃ、よれよれの下着を身につけただけという姿だった。裸同然で堂々としたダリヤ・ペトロヴナは、コロフをまるでジャガイモの入った袋のように揺すり、こう言った。

「先生、私たちの部屋にお客に来たテレグラフ・テレグラフォヴィチを見てください。

私は結婚したことがありますけれど、ジーナはまだうぶな娘さんですよ。私が目を覚ましたからよかったんですけど」

こう言い終わるとダリヤ・ペトロヴナは急に恥ずかしくなって悲鳴を上げ、胸を両手でおおって逃げて行った。

「ダリヤ・ペトロヴナ、本当にすまなかったね」我に返ったフィリップ・フィリーパヴィチは、顔を赤くしながら彼女の後姿に向かって叫んだ。

ボルメンタールはシャツの袖《そで》をもっと上までまくって、コロフに近づいた。フィリップ・フィリーパヴィチはボルメンタールの目を見て、ぞっとした。

「何をするつもりかね、ドクター！ 許さんぞ……」

ボルメンタールは右手でコロフの首根っこをつかまえ、激しく揺すぶったので、シャツの背中が裂け、首もとのボタンが吹っ飛んだ。

フィリップ・フィリーパヴィチは急いで駆け寄り、がっちりつかんだ外科医の手から貧弱な体つきのコロフをもぎ放そうとした。

「おれを殴る権利なんかないぞ！」少し酔いのさめたコロフは床にすわりこんだまま、窒息しそうになりながらわめいた。

「ドクター！」フィリップ・フィリーパヴィチは怒鳴った。

ボルメンタールはいくらか正気を取り戻し、コロフから手を放した。するとすぐにコロフがべそをかき始めた。

「まあいいだろう」ボルメンタールが怒りに満ちた低い声で言った。「朝まで待とう。酔いが覚めたら、宴会を開いてたっぷりかわいがってやる」

ボルメンタールはコロフを寝かせようと、脇の下に手を入れて、受付の部屋へ引きずって行った。

コロフは脚をばたばたさせたが、思うように動かなかった。

フィリップ・フィリーパヴィチは股《また》を広げて立ったので、プルシャンブルーのナイトガウンのすそがはだけた。彼は廊下の天井につけた灯りの方を仰ぎ見て、両手を差し伸べ、言った。

「なんてことだ……」

9

けれどもその翌朝、ボルメンタールがコロフに約束した宴会は開かれなかった。ポリグラフ・ポリグラフォヴィチがマンションから姿を消したからである。ボルメンタールは怒りに燃え、絶望した。玄関の鍵《かぎ》を隠しておかなかった自分の愚かさを罵《ののし》り、許しがたい過《あやま》ちだと叫び、コロフなんかバスにひかれてしまえと言った。フィリップ・フィリーパヴィチは書斎にすわり、頭を抱えて言った。

「通りでどんなことが起きるか想像がつく……想像がつく。《セビリアからグラナダまで……》ああ、とんでもない」

「管理委員会のところにいるのかもしれません」ボルメンタールは取り乱して、どこかへ走っていった。

ボルメンタールは管理委員会の委員長であるシュヴォンデルと罵り合い、それがあまりにも激しかったので、シュヴォンデルは机に向かってハモヴニキ区の人民裁判所に告訴状を書き始めた。書きながらシュヴォンデルは次のようにわめきちらした。自分はプレオブラジェンスキー教授が預かっている里子の見張りなんかじゃない。しかも昨日、里子のポリグラフがろくでなしだということがわかったばかりだ。協同組合の店で教科書を買うとか言って、管理委員会の金を七ルーブル持ち出しやがって。

フョードルは三ルーブルもらって、マンションの建物の中を上から下まで調べて回った。コロフのいた形跡はどこにもなかった。

ただし、わかったことがひとつだけあった。ポリグラフは帽子をかぶり、マフラーを巻き、コートを着て、日の出とともにどこかへ出かけていったのだった。ついでに、なかまどを漬け込んだ酒を戸棚から一瓶とボルメンタールの手袋を失敬し、自分に関わる書類を全部持ち出していた。ダリヤ・ペトロヴナとジーナは隠そうともせずに有頂天になって喜び、コロフなんてもう戻ってこないでほしいと願った。コロフはその前の日にダリヤ・ペトロヴナから三ルーブル五〇コペイカ借りていた。

「あんなやつに金なんか貸すからだよ！」教授は唸《うな》り、こぶしを振った。その日は一日中電話が鳴り続け、次の日も鳴り続けた。二人の医師は大変な数の患者を診察した。けれども三日目には、モスクワという都会のジャングルの中でコロフを探してもらうよう、人民警察に届けを出した方がいいのではないかという問題が、書斎でまじめに議論された。

　人民警察という言葉が口に出されたとたん、アブホフ小路の静寂をトラックの轟音《ごうおん》が切り裂いた。マンションの窓ガラスがカタカタと震えた。それからさも自信ありげに呼び鈴が鳴らされた。ポリグラフ・ポリグラフォヴィチが廊下に姿を現した。教授とドクターが迎えに出た。ポリグラフは威厳たっぷりに家の中に入り、ひとことも発しないまま鳥打帽を脱ぎ、コートを鹿《しか》の角でできたコート掛けに掛けた。彼はすっかり別人のようになっていた。古着の革のジャンパーを着て、擦り切れた革のズボンと、膝《ひざ》まで編み上げるイギリス風のブーツをはいていた。玄関はたちまちものすごい猫のにおいでいっぱいになった。プレオブラジェンスキーとボルメンタールは、まるで号令でもかけられたようにぴったり同時に胸のところで腕組みをし、戸口に立って、ポリグラフ・ポリグラフォヴィチが口を開くのを待ち構えた。ポリグラフはぼさぼさの髪の毛を撫《な》でつけ、咳払《せきばら》いをしてあたりを見回した。無遠慮な態度をとることで自分の当惑を隠そうとしているのがよくわかった。

「おれはね、フィリップ・フィリーパヴィチ」彼はとうとう口を開いた。「仕事を見つけたんだよ」

ふたりの医師はのどの奥からなんとも言えない乾いた音を発して、身体《からだ》をビクッと動かした。プレオブラジェンスキーがまず冷静になり、手を差し出して言った。

「書類を見せなさい」

書類には次のように書いてあった。「この書類の所有者である同志ポリグラフ・ポリグラフォヴィチはモスクワ公共事業局動物処分課(のら猫その他)の課長であることを証明する」

「そうか」フィリップ・フィリーパヴィチは重い気分で言った。「いったい誰が仲介してくれたのかね? だいたい想像はつくが」

「うん、シュヴォンデルだよ」コロフは答えた。

「失礼だが、どうしてそんなひどい臭《にお》いをぷんぷんさせているのかね？」

コロフは心配そうに自分のジャンパーの臭いをかいだ。

「ほんとに臭いな……当たり前だよ、仕事のせいだ。昨日おれたちは猫を絞め殺して、絞め殺して、絞め殺しまくったんだから」

フィリップ・フィリーパヴィチは身をすくめて、ボルメンタールの方を見た。ボルメンタールの目は、コロフにぴたりと狙《ねら》いを定めたふたつの黒い銃口のようだった。彼は何の説明もなくコロフに近づくと、あっさりと、だが確実にコロフの首を絞めた。

「助けて！」コロフは青くなってキーキー声を上げた。

「ドクター?!」

「ばかなまねはしませんから、ご心配なく、フィリップ・フィリーパヴィチ」鉄のように硬い声でボルメンタールは答え、それから大声で言った。「ジーナ、ダリヤ・ペトロヴナ！」

ふたりが廊下に姿を現した。

「私の言うことを繰り返しなさい」ボルメンタールは言い、コロフの喉元《のどもと》を玄関に掛けてあった毛皮のコートにぐっと押しつけた。「どうか許してください……」

「わかったよ、繰り返すから」驚愕《きょうがく》したコロフはかすれた声で言い、急に大きく息を吸い込んで身体をぐっと動かすと、「助けて！」と叫ぼうとした。けれども声が出なかった。コロフの頭は毛皮のコートにすっぽり埋まってしまった。

「ドクター、お願いだから」

コロフは何度もうなずいて、ボルメンタールの言いつけどおりに、彼の言葉を繰り返すつもりだ、ということを訴えた。

「……どうか許してください、ダリヤ・ペトロヴナとジナイダ……」

「プロコーフィエヴナ」すっかり動転したジーナが小さな声で言った。

「ハァハァ、プロコーフィエヴナ……」息を継ぎながら、かすれ声になったコロフが言った。

「……私が……」

「……夜に……」

「……酔っ払って、非常識な振る舞いをしてしまったことを……」

「酔っ払って……」

「もう二度と……」

「もう二……」

「手を放して、放してあげてください、イヴァン・アルノルドヴィチ」ふたりの女性は同時に懇願した。「絞め殺してしまいますよ！」

ボルメンタールは手を放して言った。

「トラックはあなたを待ってくれることになっているのか？」

「いいえ」とポリグラフ・ポリグラフォヴィチは丁寧に答えた。「ここに連れてきてくれただけです」

「ジーナ、トラックをもう出すように伝えてくれませんか。それではお尋ねしますがね、あなたはフィリップ・フィリーパヴィチの家にまた戻ってきたというわけですか？」

「ほかのどこに帰るところがあるってんです？」コロフは定まらない目つきでおどおどと答えた。

「よろしい。それでは神妙にしなさい。さもないと、不作法な振る舞いをするたびに私が対処することになります。わかりましたか？」

「わかりました」とコロフは答えた。

フィリップ・フィリーパヴィチはボルメンタールがコロフを暴力的に懲《こ》らしめていた間、ずっと黙っていた。彼は身を縮めてドアのところに立ち、爪《つめ》を噛《か》みながら、寄木細工の床を見ていた。それから急にコロフの方に目を上げて、ぼそぼそした声で無感情に尋ねた。

「その殺した猫をどうするのかね？」

「コートでさ。リスの毛皮として襟にして、労働者クーポンで買える品物にするんです」

その後、家の中は静かになり、その静けさは二昼夜続いた。

ポリグラフ・ポリグラフォヴィチは毎朝、轟音をとどろかせるトラックで出勤し、夕方帰宅して、フィリップ・フィリーパヴィチやボルメンタールと一緒に静かに食事をとった。

ボルメンタールとコロフは受付の部屋を共同の寝室にしていたにもかかわらず、お互いに口をきくこともなかったので、ボルメンタールの方が先に退屈してしまった。

二日後、アイメイクをし、クリーム色のストッキングをはいたやせた若い女性が姿を現した。彼女は豪華なマンションを見て気おくれした様子だった。着古したペラペラのコートを着たその女性はコロフの後ろについて歩き、廊下で教授にばったり出会った。

教授はあっけにとられて立ち止まり、目を細めて尋ねた。

「どちらさまでしょうか？」

「彼女と籍を入れようと思って。うちの課のタイピストなんだ。一緒に暮らすことにするんで、ボルメンタールには受付から出て行ってもらわないといけない。彼には自分のアパートがあるんだから」敵意をむき出しにし、不機嫌にコロフは説明した。

フィリップ・フィリーパヴィチは目をぱちぱちさせ、真っ赤になった女性を見ながら少し考え、とても丁寧に彼女に声をかけた。

「ほんのちょっと書斎の方にお越しいただけませんでしょうか？」

「おれも一緒に行くよ」とコロフはすぐさま不審そうに言った。

この時突然、まるで地面から生え出たように、毅然《きぜん》としたボルメンタールが姿を現した。

「すまないがね」と彼は言った。「教授はこのご婦人とお話があるんだ。私たちはここに残ることにしよう」

「いやだ」コロフは悪意をむき出しにして答え、不安でいっぱいになった女性とフィリップ・フィリーパヴィチの後を追いかけようとした。

「だめだよ、すまないがね」ボルメンタールはコロフの手首をつかみ、診察室へ連れて行った。

五分間ほど書斎からは何の物音もしなかったが、それから急に若い女性のむせび泣く声が低く聞こえてきた。

フィリップ・フィリーパヴィチは書き物机のそばに立ち、若い女性は汚れたレースのハンカチを顔に押し当てて泣いていた。

「あの悪党は、戦争で負傷したんだって言ったんですよ」若い女性は泣きながら言った。

「嘘《うそ》をついたんですよ！」フィリップ・フィリーパヴィチは断固とした口調で言った。そして頭を振って続けた。「あなたには心から同情しますよ。けれども、ただいい働き口をもった上司だからと言って、誰とでも一緒になるものじゃありませんよ……お嬢さん、とんでもないことですよ……まあお聞きなさい……」

彼は机の引き出しを開け、三〇ルーブル紙幣を三枚取り出した。

「私、毒をあおって死にます」若い女性は泣いた。「食堂では毎日腐ったような塩漬けの肉を食べさせられて……彼は私を脅すんです、自分は赤軍の司令官だったと言って……おれと一緒になれば豪華な家に住めるようになるって……毎日パイナップルを食べるような暮らしをして……おれはもともと善良な性格なんだ、ただ猫が嫌いなだけだと言っていました……記念にと言って、私がはめていた指輪を取っていきました

「……」

「そう、そう、善良な性格ねえ。《セビリアからグラナダまで……》」フィリップ・フィリーパヴィチはつぶやいた。「いい時代がくるまで我慢しなさいよ。あなたはまだそんなに若いのだから……」

「本当に門扉《もんぴ》のところで?」

「いいからこのお金を取っておきなさい、貸してあげるから」フィリップ・フィリーパヴィチは大声で言った。

それからドアが厳かに開かれ、フィリップ・フィリーパヴィチの求めに応じて、ボルメンタールがコロフを連れて書斎に入ってきた。コロフの目は落ち着きなくキョロキョロと動き、頭の毛がブラシのように立っていた。

「ろくでなし!」若い女性はアイメイクがぐちゃぐちゃになった目を涙で光らせて、コロフをなじった。鼻につけた白粉《おしろい》にも涙の筋がついていた。

「どうして額に傷跡があるのか、このご婦人に説明してあげなさい」フィリップ・フィリーパヴィチは猫なで声で尋ねた。

コロフはイチかバチか賭《か》けに出た。

「コルチャーク将軍が率いる白軍の前線に攻め入ったときに負傷したんだ」と彼はほ

えた。

若い女性は立ち上がり、大声で泣きながら部屋から出て行った。

「泣くのはおやめなさい！」フィリップ・フィリーパヴィチは女性の後ろ姿に向かって言った。「ちょっと待って。——指輪をお願いできますかね？」と彼はコロフに言った。

コロフはおとなしくエメラルドのついた、中が空洞になっている金の指輪をはずした。

「まあいい」コロフは急に悪意をむき出しにして言った。「覚えてろよ。明日には人員整理をしてやるからな！」

「怖がる必要はありませんよ」ボルメンタールは女性の背に向かって大声で言った。「彼には何もさせませんから」ボルメンタールは振り返り、コロフを厳しい目つきで見たので、コロフは思わず後ずさりし、戸棚に後頭部をぶつけた。

「彼女の名前は？」ボルメンタールはコロフに尋ねた。「名前は!!!」彼は突然大声を上げ、荒々しく恐ろしい形相になった。

「ヴァスニェツォーヴァ」コロフは答えて、どうやったら姿をくらますことができるかとあたりを窺《うかが》った。

「毎日」ボルメンタールはコロフのジャンパーの胸倉をつかんで言った。「ヴァスニエツォーヴァ女史が解雇されていないかどうか、私が自ら公共事業局に問い合わせることにする。もしもあなたが……もしも解雇されたとわかったら、あなたを即座にこの手で撃ち殺すことにする！　コロフ、だからよく肝に銘じておくんだ。誤解のないようにはっきりと言っておいたぞ！」

コロフはボルメンタールの鼻をじっと見た。

「おれだってピストルを手に入れることができる……」ポリグラフは弱々しくつぶやいた。そしてうまくタイミングを見つけると、するりとドアから抜け出した。

「肝に銘じておけ！」その後ろ姿に向かってボルメンタールの叫ぶ声が聞こえた。

その夜と翌日の午前中、家の中はまるで嵐《あらし》の前の暗雲が立ち込めているようだった。けれども誰も何も言わなかった。朝から悪い予感に苛《さいな》まれたポリグラフ・ポリグラフォヴィチが、陰気な様子でトラックに乗って仕事に出かけていった後、プレオブラジェンスキー教授のもとを、通常の診察時間とはまったく違う時間帯に、かつての患者のひとりが訪ねてきた。太って背の高い、軍服を着た男だった。男はどうしてもお目にかかりたいと食い下がり、結局教授も折れたのである。書斎に通されると、男は控えめに踵《かかと》をカチッと打ち合わせた。

「また痛みが出てきたのですか？」やつれ顔のフィリップ・フィリーパヴィチが尋ねた。「どうぞお掛けください」

「メルシー。でも違うのです、先生」と客は答えて、机の隅にヘルメットを置いた。「すっかりよくなったので、先生にはとても感謝しています……ええと……今日はまったく別の用があってお伺いしたのです、フィリップ・フィリーパヴィチ……先生のことは尊敬しておりますので……ええと……ちょっとお気をつけになった方がいいと申し上げようと思いまして。本当にばかばかしいことなのですが。あいつはまったくひどい悪党です……」

かつての患者は書類かばんに手を入れて、紙を一枚取り出した。

「まっすぐ私のところに報告が来たのは、不幸中の幸いでした……」

フィリップ・フィリーパヴィチは眼鏡の上にさらに鼻眼鏡をかけて、読み始めた。彼は一秒ごとに顔色を変えながら、しばらくぶつぶつとひとり言をつぶやいていた。

「……また、住宅管理委員会の委員長である同志シュヴォンデルを殺すと脅した。このことからも、彼が自宅に銃を所持していることは明らかである。また、反革命的な発言をし、下僕階級のジナイダ・プロコーフィエヴナ・ブーニナに命じてエンゲルスの本をかまどにくべさせた。明らかにメンシェヴィキである。住民登録もしないで、彼の住居にこっそり住んでいる助手のボルメンタール、イヴァン・アルノルドヴィチも同類である。これが公共事業局動物処分課長P・P・コロフの署名であることを証明する。住宅管理委員会委員長シュヴォンデル、秘書ペストルーヒン[38]」

「これを私がいただいてもよろしいでしょうか?」フィリップ・フィリーパヴィチが血相を変えて尋ねた。「それとも、法的な処置のためにこの書類がそちらで必要でしょうか?」

「何をおっしゃるんです、先生」かつての患者はひどく傷ついて、鼻の穴をふくらませた。「私どものことをそこまで軽蔑《けいべつ》なさっているとは。私は……」こう言って彼は、まるで七面鳥のように胸をふくらませた。

「ああ、すみません、すみません」フィリップ・フィリーパヴィチは口の中でもぐもぐと言った。「申し訳ありませんでした、あなたを侮辱するつもりは本当になかったのです」

「私たちにだって、書類を判断することくらいできますぞ、フィリップ・フィリーパヴィチ!」

「どうか怒らないでください。あいつのせいで神経が参っているのです……」

「わかりますよ」かつての患者はすっかり気を取り直して言った。「それにしてもあの男は本当に最低なやつです! どんなやつか、見てみたいくらいですよ。モスクワでは先生のことがもう伝説のようになっています……」

フィリップ・フィリーパヴィチは暗澹《あんたん》たる気持ちで手を振った。かつての患者は、教授の背が丸くなり、白髪もめっきり増えたことに気がついた。

＊　＊　＊

すべての犯罪がそうであるように、この犯罪も機が熟して、石のようにぽとりと落ちたのだった。ポリグラフ・ポリグラフォヴィチは悪い予感で胸が締めつけられるよ

38 独裁体制のソ連時代、特にスターリン時代には密告が横行していたが、そのひとつの典型的なやり方がここに見られるような手紙である。手紙は匿名であっても構わず、内容が正しいかどうかも関係なかった。このような手紙が存在するだけで逮捕する十分な理由になった。

うになりながら、トラックで帰宅した。診察室に来るように、というフィリップ・フィリーパヴィチの声がした。いぶかしく思ったコロフは診察室に入り、漠然とした不安にかられながら、ボルメンタールの顔の中のふたつの銃口のような目を見、それからフィリップ・フィリーパヴィチを見たが、その目もやはりふたつの銃口のようだった。助手の周りには暗雲が漂っていた。煙草《たばこ》を持った左手は、産婦人科用の椅子《いす》のピカピカした肘《ひじ》掛《か》けのところで神経質に動いた。

フィリップ・フィリーパヴィチはぞっとするほど不気味な落ち着きぶりで言った。

「荷物をまとめなさい。ズボンやコート、必要なものは全部。この家から出て行きなさい」

「どういうことだ？」コロフは心底驚いた。

「この家から出て行きなさい。今日中に」フィリップ・フィリーパヴィチは目を細めて指の爪を見ながら、淡々と繰り返した。

ポリグラフ・ポリグラフォヴィチに悪霊《あくりよう》がとりついた。明らかに死が彼を待ち受けており、不運が彼の背後に忍び寄っていた。彼は自らすすんで避けられぬ運命の腕の中に身を任せ、憎悪《ぞうお》を込めて切れ切れに吠えた。

「いったいどういうことなんだよ？　あんたの好き勝手にはさせないぞ。おれには八平方メートルの権利があるんだから、ここに居座ってやる！」

「この家から出て行けと言ってるんです」フィリップ・フィリーパヴィチはまるで内密な話でもするかのように、ささやき声で言った。

コロフは自分で自らの死を招いた。彼は左手を上げると、噛み傷だらけで猫の臭いがぷんぷんするその手で、フィリップ・フィリーパヴィチに向かって卑猥《ひわい》なこぶしの形を作った。それから右手でポケットからピストルを取り出すと、危険な存在であるボルメンタールに狙いを定めた。ボルメンタールの煙草が流れ星のように落ちた。数秒後、動転したフィリップ・フィリーパヴィチが、割れたガラスの上を戸棚から診察台の方へ飛んでいった。診察台の上には動物処分課長がながながと寝そべり、息を詰まらせたような音を立てていた。その上に外科医ボルメンタールが馬乗りになって、小さな白いクッションを押しつけて窒息させようとしていた。

その数分後、ボルメンタール博士は別人のような顔つきで玄関に行き、呼び鈴の横に張り紙をした。

「教授急病につき、本日は休診いたします。呼び鈴は押さないでください。」

ピカピカ光るポケットナイフで呼び鈴の線を切ると、彼は引っ掻《か》かれて血が出ている顔を鏡に映し、小刻みに震える傷だらけの両手を見た。それから台所のドアのところに行き、緊張しているジーナとダリヤ・ペトロヴナに向かって言った。

「どこにも出かけないでくれと教授がおっしゃっています」

「わかりました」ジーナとダリヤ・ペトロヴナはおずおずと答えた。

「すみませんが、勝手口に鍵をかけさせてもらいます。それから、その鍵は私が預かります」ボルメンタールはドアの陰に隠れるようにして、手で顔をちょっと覆《おお》って言った。「ほんのしばらくの間です。あなたたちのことを信用しないからではありませんよ。でも、誰かが来たらきっと断りきれずにドアを開けてしまうでしょう。しかし私たちは誰にも邪魔されたくないんです。やらなければいけないことがあるんですから」

「わかりました」とふたりの女性は答えて、真っ青な顔になった。

ボルメンタールは勝手口を閉め、鍵を持って行った。それから玄関の鍵をかけ、玄関ホールと廊下の間の扉の鍵もかけた。彼の足音は診察室で消えた。

マンションを静寂が包み込み、家の隅々まで忍び込んだ。禍々《まがまが》しい薄暗がりが不気味に広がった。闇《やみ》が訪れたのだ。

もちろん後になって、中庭をはさんで向かい側に住んでいる隣人たちは、プレオブラジェンスキー教授の診察室の中庭側の窓には、その日の晩、すべて灯りがともっていたと話した。教授の白いキャップを見たと話す人もいた……それが本当かどうかを確かめるのは難しい。すべてが終わった後に、ジーナは次のように語った。ボルメンタールと教授が診察室から出てきた後、書斎の暖炉のそばにいたイヴァン・アルノルドヴィチにジーナは死ぬほど驚かされた。彼は書斎にしゃがみ込み、教授の患者たちのカルテの束から青い表紙のノートを取り出して、自らの手で暖炉にくべていた、とジーナは言った。ドクターの顔は蒼白《そうはく》で、その顔が、すっかり顔中が、引っ掻き傷だらけになっていた。フィリップ・フィリーパヴィチもその晩、まったく別人のようになっていたという。そしてそれから……けれども、プレチステンカ通りのこのうぶな娘さんが嘘をついていることだってあり得る……

しかし、断言できることがひとつだけある。あの日の晩、家の中はぞっとするような完全な静寂が支配していた、ということである。

エピローグ

診察室で死闘が繰り広げられてからちょうど一〇日後の夜、アブホフ小路にあるプレオブラジェンスキー教授の家の玄関の呼び鈴がけたたましく鳴った。ジーナはドアの向こう側から聞こえる声を聞いて、死ぬほど驚いた。

「人民警察の犯罪捜査班と取調官です。開けてください」

高い足音をさせてドタドタと上がりこんで来たかと思うと、あっという間に、あかあかと灯りがともされ、新たにガラスを入れた戸棚の置いてある受付の部屋に大人数がひしめいた。人民警察の制服を着た男が二人、黒いコートを着て書類かばんを持った男が一人、他人の不幸がうれしくてたまらない様子の、青白い顔をした委員長シュヴォンデル、若い男の格好をした女、守衛のフョードル、ジーナ、ダリヤ・ペトロヴナ、きちんとした身づくろいをしておらず、ネクタイを締めていない襟元を恥ずかしそうに隠しているボルメンタール。

書斎のドアが開いてフィリップ・フィリーパヴィチが出てきた。彼はお馴染《なじ》みのプルシャンブルーのナイトガウンを着ていたが、この一週間のうちにすっかり元気を取り戻していることが誰でも一目ですぐにわかった。以前のように威厳と活力をみなぎらせたフィリップ・フィリーパヴィチは、威風堂々と夜更《よふ》けの訪問客の前に歩み出て、ガウン姿で申し訳ないと詫《わ》びた。

「どうぞご心配なく」私服の男がへどもどしてそれに応《こた》え、ちょっと口ごもって言った。「大変不愉快なことなのですが、われわれはお宅の家宅捜索令状と――」男はフィリップ・フィリーパヴィチの口ひげをちらりと横目で見てから、最後まで言い終わった。「その結果しだいでは逮捕せよという令状を持っています」

フィリップ・フィリーパヴィチは目を細めて尋ねた。

「お尋ねしますが、いったい何の容疑でしょうか、そして誰を逮捕しようとなさっているのです？」

男は頬をかき、書類かばんから一枚の令状を取り出して、それを読みながら言った。

「プレオブラジェンスキー、ボルメンタール、ジナイダ・ブーニナ、ダリヤ・イヴァノヴァに、モスクワ市公共事業局動物処分課長ポリグラフ・ポリグラフォヴィチ・コロフ殺害容疑がかかっています」

ジーナが声を上げて泣き始め、男の言葉の最後の部分が聞き取れないほどだった。人々がざわついた。

「何のことかわかりませんな」フィリップ・フィリーパヴィチは王侯のように堂々と

胸を張って答えた。「どこのコロフですって？　ああ、失礼しました。私の犬のことですね……私が手術した」

「失礼ですが、犬の話ではなく、人間になったコロフのことです。そこが問題なのです」

「つまり、あれが言葉を話していたと言うのですね？　でも言葉をしゃべったからといって、人間になったことにはならないのですよ。まあ、そんなことはどうでもいいことですけれどもね。コロはまだ生きていますよ。誰もあの犬を殺したりなんかしていません」

「教授」黒いコートを着た男は驚いて、眉《まゆ》を吊《つ》り上げた。「それでは彼に会わせてください。行方不明になってから今日で一〇日目です。こんな言い方をして申し訳ないのですが、われわれが握っている情報はあなたにとって不利なものばかりなのです」

「ドクター・ボルメンタール、お手数だが、コロをこちらの取調官に見せてあげてくれませんか」フィリップ・フィリーパヴィチは命令し、令状を手に取った。

ドクター・ボルメンタールはニヤリと笑って、出て行った。

ドクターが部屋に戻ってきて口笛を吹くと、後ろのドアから奇妙な犬が飛び込んできた。その犬はまだらにハゲになったり毛が生えたりしていた。ドアから入ってくると、よく調教されたサーカスの犬のように後ろ足で歩き、それから四つん這《ば》いになって辺りを見回した。墓場のような静けさが受付の部屋に広がり、どんよりしたゼリーのように固まった。額に深紅の傷跡のあるその化け物のような犬は、再び後ろ足で立ち上がり、ニヤニヤ笑いながら肘掛《ひじか》け椅子《いす》にすわった。

二人目の警官が急いで大きく十字を切り、後ずさりしたので、ジーナの両足を踏んづけてしまった。

黒いコートを着た男は、口をぽかんと開けたままこう言った。

「どういうことですか？……公共事業局で働いていたのに……」

「そこで働かせたのは私ではありませんよ」フィリップ・フィリーパヴィチが答えた。「シュヴォンデルさんが推薦したはずですがね、私の思い違いでなければ」

「さっぱりわからない」黒いコートの男は混乱して言い、一人目の警官に尋ねた。「彼なのか？」

「彼です」声にならない声で警官は答えた。「間違いなく彼です」

「彼ですよ」フョードルの声がした。「あの悪党、また毛が生えただけのことですよ」

「でも言葉を話していたじゃないか……ええ……」

「今でもまだ話せます。ただ、言葉数はだんだん少なくなってきていますけれどもね。

彼と話をするなら今ですよ。もうしばらくすると、もう口がきけなくなってしまうでしょうから」

「でもいったいなぜ?」黒いコートを着た男が小さな声で尋ねた。

フィリップ・フィリーパヴィチは肩をすくめた。

「動物を人間に変える方法が科学的にはまだ確立されていないのです。私は試してみたのですが、ご覧のとおり、失敗してしまいました。言葉をしゃべるようにはなったのですが、また元の状態に戻り始めたのです。アタヴィズムです!」

「下品な言葉は使わないでくれ!」突然、肘掛け椅子の犬が吠えて、立ち上がった。

黒いコートの男は真っ青になり、書類かばんを取り落として、横向きに倒れかかった。警官のひとりが脇《わき》から支え、フョードルも後ろから支えた。それから大騒ぎになり、てんやわんやの中で次の三つのせりふだけがはっきりと聞き取れた。

フィリップ・フィリーパヴィチ「気絶したぞ。ヴァレリアナの滴剤だ!」

ドクター・ボルメンタール「シュヴォンデルのやつ、またプレオブラジェンスキー教授の家に姿を現すようなことがあれば、この手で階段から突き落としてやる」

シュヴォンデル「いまの言葉を記録しておいてくれ!」

＊　＊　＊

アコーディオンのような形をした灰色の暖房装置が空気を暖めていた。カーテンがプレチステンカ通りの、ひとりぼっちの星がまたたいているだけの濃い夜の闇《やみ》を覆《おお》っていた。犬の偉大な愛護者である神様は、肘掛け椅子にすわっていた。犬のコロは、革製のソファのそばに敷かれた絨毯《じゆうたん》の上に寝そべっていた。三月の霧のせいで、犬は毎朝頭痛に悩まされていた。頭にぐるりとある傷跡が痛むのだった。けれども、暖房のおかげで痛みは夕方には消えていた。今もだんだん具合がよくなって、犬の頭の中には気持ちのいい、心温まるような考えだけが浮かんでいた。

「ぼくはなんて幸運なんだろう」うとうとしながら犬は思った。「まったく信じられないくらい幸運だよ。ぼくはもう、すっかりこの家の一員だ。ぼくの生まれにはきっと秘密があるんだ。ニューファンドランド犬の血が混じってなかったら、こんなことになるはずがないもの。きっとおばあちゃんが惚《ほ》れっぽい性質《たち》だったに違いない。おばあちゃんがどうか天国で安らかにしていますように。ぼくはこの家の一員だよ。あの人たちはどういうわけかぼくの頭を切り刻んでしまったけれど、すぐにまたよくなるだろう。ぼくらのような犬にとっては、そんなのどうってことないよ」

遠くでガラス瓶の鳴る音がした。犬に嚙《か》まれた男が、診察室の戸棚の中を片付けていた。

白髪頭の魔法使いは腰を下ろして、鼻歌を歌っていた。

「《ナイル川の聖なる岸辺へ……》」

犬はとんでもないものを見た。偉大な人物はつるつるした手袋をはめた両手をガラスの容器の中に沈め、脳を取り出したのだ。不屈の精神をもったその粘り強い人物は、絶えず脳から何かを得ようとし、切り刻み、観察し、目を細め、そして歌ったのである。

「《ナイル川の聖なる岸辺へ……》」

運命の卵

第一章　ペルシコフ教授の経歴

一九二八年四月一六日の晩、国立第四大学の動物学教授で、モスクワ動物学研究所長でもあるペルシコフは、ゲルツェン通りの動物学研究所にある自分の研究室に入った。教授は天井に取り付けた磨《す》りガラス製の丸い電灯をつけ、あたりを見回した。

恐ろしい災厄はこの不幸な晩に始まり、その破滅の原因となったのがヴラディーミル・イパティエヴィチ・ペルシコフだったことは間違いない。

彼はちょうど五八歳になったところだった。禿《は》げあがった立派な広い額をして、側頭部から黄色っぽいもじゃもじゃの髪が生えていた。髯《ひげ》はきれいに剃《そ》ってあり、下唇が少し突き出ていた。この下唇のせいでペルシコフの顔はいつも駄々っ子のような表情になった。赤い鼻の上には流行遅れの小さな銀縁眼鏡がのせてあり、あまり大きくない目が光っていた。大柄で猫背だった。カエルが鳴くようなキーキーした細い声で話し、さまざまな癖があったが、たとえば自信たっぷりに重々しくしゃべるときには、右手の人差し指を鉤形《かぎがた》にして目をしかめた。彼はいつも自信たっぷりにしゃべったので——というのも、専門分野での彼の博識ぶりは尋常ではなかったからだ——彼の話し相手の目の前にはしょっちゅうこの鉤形の人差し指が現れたのだった。そしてペルシコフ教授は自分の専門分野、つまり動物学、発生学、解剖学、植物学、それに地理学以外のことはほとんど話さなかったのである。

ペルシコフ教授は新聞を読まなかったし、芝居も見に行かなかった。妻は次のような書置きを残して、一九一三年にジミン・オペラ座のテノール歌手と駆け落ちしていた。

「あなたが実験に使うカエルのことを思っただけでも、どうしようもない嫌悪感《けんおかん》でぞっとするわ。カエルのせいで人生がすっかり台無しよ」

教授は再婚せず、子どももいなかった。彼は激しやすいが冷めやすい性格で、木苺《きいちご》のジャムを添えた紅茶が好物だった。住所はプレチステンカ通りで、マンションには五部屋あり、そのうちのひと部屋に干涸《ひから》びたようなおばあさんの家政婦マリア・ステパノヴナが住んでいて、まるで乳母のように教授の面倒をみていた。

一九一九年に教授のマンションに革命政府の手が入って五部屋のうち三部屋が没収された。[1]それで教授はマリア・ステパノヴナに言った。「マリア・ステパノヴナ、やつらがこんなひどいことをやめないようなら、私は外国へ行くよ」

もしも教授がこの計画を本当に実行に移していたなら、世界中のどこの大学でも容易に動物学教授のポストを手に入れていただろうということに疑いの余地はない。なぜなら教授は超一流の学者で、両生類あるいは爬虫類《はちゅうるい》に少しでも関係した分野にかけては、ケンブリッジのウィリアム・ヴェクル教授とローマのジャコモ・バルトロメオ・ベッカリ教授を除くと、彼の右に出る者はいなかったからである。教授はロシア語以外の四つの言語で本を読むことができたし、フランス語とドイツ語ならロシア語と同じように話すことができた。外国へ行く計画をペルシコフ教授は実行に移さなかった。それで一九二〇年は一九一九年よりも悪い年になった。いくつかの出来事が次々に起きた。ボリシャヤ・ニキツカヤ通りはゲルツェン通りという名称に変更され

1　いわゆる「詰め込み政策」のことである。革命後の住宅難に際しソ連政府は、大きな住居に暮らしている人から強制的に何部屋か供出させ、そこに他人を住まわせるようにした。

た。[2]それからゲルツェン通りとマハヴァヤ通りの角にある建物の大時計が一一時一五分を指したまま止まってしまった。そしてしまいには、動物学研究所の両生類飼育槽の動物たちが、この歴史に残る年の混乱に耐えきれずに次々と死んでしまったのである。まず立派なアマガエルが八匹死に、それからありきたりのヒキガエルが一五匹死に、最後に非常に珍しいピパ・スリナム・ヒキガエルが一匹死んだ。

ヒキガエルが死んで、無尾目というぴったりの名前がつけられた、両生類の第一目が絶滅したすぐ後、研究所に長年勤めていた守衛のヴラス老人があの世に召された。ヴラス老人は無尾目には属していなかったが、その死の原因はかわいそうな無尾目と同じだった。ペルシコフはすぐにその原因をつきとめた。

「飼料不足だ！[3]」

この学者の推測はまったく正しかった。飼料としてヴラスには小麦が、ヒキガエルにはムギ虫が与えられなければならなかった。けれども、前者がなくなってしまったために後者もいなくなってしまったのである。ペルシコフは残った二〇匹のアマガエルをゴキブリで飼育しようとしたが、ゴキブリも戦時共産主義に敵意を示すかのように、いつの間にかどこかに消えてしまった。こうしてアマガエルの最後の一匹も、研究所の中庭にあるゴミ溜《た》めに捨てられることになった。

これらの生き物の死、特にピパ・スリナムの死はペルシコフには筆舌に尽くしがたいダメージを与えた。それでどういうわけかペルシコフは、そのヒキガエルの死を当時の教育人民委員[4]のせいにしてしまった。

毛皮の帽子をかぶりオーバーシューズをはいて、暖房が切れて冷え冷えとした研究所の廊下に立ったまま、ペルシコフはエレガントな紳士で、先のとがったブロンドの顎鬚《あごひげ》をした助手のイワノフに言った。

「ピョートル・ステパノヴィチ、教育人民委員のやつを殺してもまだ足りないくらいだよ！　あいつらはいったい何をやってるんだ？　研究所をつぶす気なのか！　ええ、そうじゃないかね？　あの珍しいオス、あのすばらしいアメリカ産ヒキガエル、体長が一三センチもあったのに……」

それから先、事態はさらに悪化した。ヴラスの死後、研究所の窓がすっかり凍りつ

2 アレクサンドル・ゲルツェン（一八一二―一八七〇）。ロシアの哲学者、文筆家で、ロシア革命運動の創始者のひとり。

3 革命直後のロシアは深刻な経済危機に陥り、飢餓が蔓延した。

4 革命後のロシアでは古い官僚組織を解体し、すべてを新しい名称で呼んだ。「人民委員」は従来の「大臣」にあたる。

いてしまって、ガラスの内側にまで雪の結晶の花模様ができた。ウサギもキツネも狼《おおかみ》も魚も、蛇にいたるまで一匹残らず死んでしまった。ペルシコフは一日じゅう口をきかなくなった。それから肺炎になったが、死ぬことはなかった。病気から快復すると週に二度ほど研究所に出勤し、外気が何度であってもどういうわけか常にマイナス五度の温度に保たれている円形ホールで、オーバーシューズに耳当てのついた毛皮の帽子、ぐるぐる巻きのマフラーといういでたちで、白い息を吐きながら八人の学生を相手に「熱帯地方の爬虫類」というテーマで講義をした。ペルシコフはそれ以外の時間はプレチステンカ通りのマンションの、天井まで本がぎっしりつまった部屋のソファの上で、スコットランド風ブランケットにくるまって寝転んで過ごし、咳《せき》をしたり、マリア・ステパノヴナが金箔《きんぱく》を施した椅子《いす》を薪《まき》代わりにくべた暖炉の焚口《たきぐち》で燃えている火をぼんやり見つめながら、ピパ・スリナムのことを思い出したりしていた。

だが、この世ではすべてのことに終わりがある。一九二〇年と二一年が終わり、二二年になると反動のようなものが始まった。まず、亡《な》くなったヴラスの後釜《あとがま》にパンクラートが雇われた。まだ若いが、前途有望な動物学研究所守衛で、研究所に少しは暖房が入るようになった。夏になるとペルシコフはパンクラートの助けを借りて、クリャージマ川で普通のヒキガエルを一四匹つかまえた。両生類飼育槽には再び活気がみなぎった。一九二三年にはペルシコフは週に八コマ講義をするようになった。研究所で三コマ、大学で五コマの講義を担当したのである。二四年になると週に一三コマも担当し、それに加えて労働者のための予科[5]でも講義をした。二五年の春にはペルシコフは、試験で七六人の学生を落第させたというのでとても有名になった。しかも落第者は全員、両生類の問題で落とされたのだった。

「なんだって？　両生類と爬虫類の違いがわからないのかね？」とペルシコフは尋ねた。「そんなことも知らないなんて、笑止千万だよ、君。両生類には後胤《こういん》がない。ないんだ。そういうことだよ。恥ずかしくはないかね。君はきっとマルクス主義者なんだろう？」

「はい、マルクス主義者です」消え入りそうな声で劣等生が答える。

「では、また秋に来てください」とペルシコフは丁寧に言い、パンクラートに向かって元気よく叫ぶ。「次の人！」

5 ロシア語では「ラブファク」。革命後新たに設置された課程で、それまでまともな教育を受けてこなかった貧しい労働者や農民の子弟が大学に入る準備のためのコースとして設けられた。予科を終えると入学試験を受けることなしに大学に入ることができたが、一般的に彼らの学力は低かった。

長い干ばつの後に最初の大雨が降るや否《いな》や生き返る両生類のように、ペルシコフ教授も一九二六年にはすっかり蘇《よみがえ》った。この年にはアメリカとロシアの合弁会社がモスクワ中心地のガゼトヌィ小路とトヴェルスカヤ通りの角のところから一五階建てのビルを一五棟建て、さらにモスクワ郊外にはそれぞれ八つの住居からなる労働者用集合住宅を三〇〇棟建てた。一九一九年から二五年までモスクワ市民を苦しめた、強烈でなおかつばかばかしくもある住宅難は、このようにして永久に解消されたのだった。[6]

ペルシコフの生涯でもきわだってすばらしい夏だった。彼はときどき、自分が家政婦のマリア・ステパノヴナとともにたった二部屋の住居に押し込まれていた頃のことを思い出すと、手をこすり合わせながら小声で満足げにヒヒヒと笑いをもらした。今や教授は五部屋をすべて取り戻して、そこに二五〇〇冊の本や動物の剝製《はくせい》、図表や標本をゆったり配置し、書斎のデスクの上には緑色のシェードのついたランプを置いていた。

研究所も見違えるようになっていた。壁はクリーム色に塗り替えられ、両生類を飼育している部屋には特殊な水道が備え付けられた。ガラスはすべてマジックミラーに取り換えられ、新しい顕微鏡を五台とガラス製の実験台をいくつか、二千ワットの電球のついた無影灯、反射鏡つき卓上ライト、それに資料室の陳列棚が取り寄せられていた。

ペルシコフは復活した。そのことを全世界が思いがけず知ったのは、一九二六年一二月に一冊の小冊子『ヒザラガイ綱あるいは多板綱の生殖問題再考』（全一二六ページ、第四大学紀要）が出版されたときのことだった。一九二七年の秋には三五〇ページからなる大著『ピパ科、ニンニクガエル科およびアカガエル科の発生学』（定価三ルーブル、国立出版局）が出版され、六カ国語に翻訳されたが、そのうちのひとつは日本語だった。

そして一九二八年の夏に、とても信じられないようなおぞましいことが起きたのである……

第二章　色とりどりのカーブした光の束

教授は電灯のスイッチを入れ、あたりを見回した。それから細長い実験台の上に置

6 ブルガーコフがこの小説を書いたのは一九二四年であり、二六年は近未来である。実際にはモスクワの住宅難はその後も解消されず、二一世紀の今日まで続いている。

かれた反射鏡つき卓上ライトのスイッチを入れて白衣に袖《そで》を通し、台の上で実験器具をカチャカチャいわせた。

一九二八年にモスクワの街を走り回っていた三万台の自動車のうちの多くが、滑らかな舗装道路の上でかすかにシューッと音をたてながらゲルツェン通りを走り抜けた。一分おきに一六番か二二番か四八番か五三番の路面電車がゴーゴー、キーキー音をたてながらゲルツェン通りをマハヴァヤ通りに向かって下って行った。研究室のマジックミラー張りの窓から外の光が色とりどりに差し込み、はるか遠くの空高く、シルエットになった救世主教会の暗く重々しい丸屋根[7]の横のあたりに、もやのかかった青白い三日月が見えた。

しかしペルシコフ教授は、月にも春めいてきたモスクワの喧騒《けんそう》にもまったく関心を示さなかった。彼は三本脚の回転椅子《いす》にすわり、煙草《たばこ》のヤニで茶色くなった指で、ツァイスの高性能顕微鏡の調節ねじを回した。顕微鏡には着色していないありきたりのアメーバの新しいプレパラートがセットされていた。ペルシコフが倍率を五千倍から一万倍に変えようとしている最中にドアが少し開いて、とがった顎鬚《あごひげ》と革製のエプロンが見え、それから助手が教授に声をかけた。

「ヴラディーミル・イパティエヴィチ、腸間膜の準備ができました。ご覧になりませんか？」

ペルシコフは回転椅子からさっとすべり降りると、顕微鏡のねじを調節の途中で放り出し、手の中で煙草をゆっくりと弄《もてあそ》びながら、助手の研究室の方へ行った。そこのガラスの実験台では、半ば窒息させられ、恐怖と苦痛のために失神しかけたカエルがコルク板の上で磔《はりつけ》になっていた。雲母《うんも》のように透明なカエルの内臓は血まみれの腹から取り出され、顕微鏡にセットされていた。

「よろしい」とペルシコフは言い、顕微鏡の接眼レンズに顔を近づけた。

おそらくカエルの腸間膜の、血液が川のように流れる血管の中で血球が元気よく動き回るところがはっきりと見えるその部分に、何かとてもおもしろいものを認めることができたのだろう。ペルシコフはアメーバのことを忘れて、一時間半にわたってイワノフと交代しながら顕微鏡を覗《のぞ》き込んだ。そうしながらふたりの学者は活発に、素人《しろうと》には理解できないような言葉を交わした。

7 ロシアで最も大きく、最も重要な大聖堂のひとつで、クレムリンの近くにある。一八八三年に完成し、以後、重要な教会行事と国家行事はすべてここで執り行われた。ソ連政府と教会の対立が深まる中、一九三一年にこの大聖堂は破壊（爆破）され、その跡地にはプールが造られたが、ソ連崩壊後、一九九〇年代に数年がかりで再建された。大きな黄金の丸屋根はモスクワのシンボルのひとつである。

ペルシコフはとうとう顕微鏡から身を離すと、言った。

「血が固まってしまった。もうどうしようもない」

カエルは大儀そうに頭をかすかに動かした。その死にかけた目には、次のような言葉をはっきりと見て取ることができた。「お前らは悪党だ、本当に……」

ペルシコフは凝り固まった脚をほぐしながら立ち上がり、自分の研究室に戻ってあくびをし、いつも炎症を起こしているまぶたを指でこすってから回転椅子にすわり、顕微鏡を覗いた。指を調節ねじに当てて回そうとしたが、その手を止めた。ペルシコフは右目で、いくらか不透明な白っぽい円形の中にぼやけた色あせたアメーバがいるのを見たが、その円形の真ん中に、女性の捲《ま》き毛にも似た虹色《にじいろ》の曲線が一本走っていたのだ。このような曲線はペルシコフ自身も、彼の何百人もの弟子たちもよく目にするもので、そんなものには誰も関心をもたなかったし、関心をもつ理由もなかった。この虹色の光の束は観察の邪魔になるだけだったし、プレパラートにピントが合っていないことを示すだけだった。だからこんな時はみんな情け容赦なく顕微鏡の調節ねじをひとひねりしてこの光の束を消し、円形が白っぽい光で均等に照らされるようにする。動物学者ペルシコフの長い指は調節ねじをしっかりとつかんでいたが、次の瞬間、ビクッとしてねじから離れた。その原因はペルシコフの右目にあった。右目は突如として緊張し、驚愕《きょうがく》し、落ち着きをなくしさえした。顕微鏡に向かっていたのが凡庸な学者でなかったことは、我が共和国にとっての不幸だった。顕微鏡を覗いていたのは何しろペルシコフ教授だったのだ！　一生涯彼はすべての思考を右目に集中させていたのである。それからおよそ五分間、石のように黙り込んだままピントの合っていないプレパラートに右目を凝らし、酷使しながら、高等な存在である教授は下等な生物を観察した。あたりはしんと静まり返っていた。パンクラートは玄関ホールにある守衛室でもう眠っていた。一度だけ遠くの方でガラス製の棚がチリンときれいな音を立てたが、それはイワノフが帰ろうとして研究室のドアを閉めたときの音だった。イワノフの背後で玄関の扉がうめくような音を立てた。それから教授の声が聞こえたが、誰に向かってした質問なのかはわからなかった。

「いったいこれは何なんだ？　全然理解できん……」

交通の途絶えた夜更《よふ》けにトラックが一台ゲルツェン通りを走り抜け、研究所の古びた壁を揺らした。ピンセットを置いた丸いガラス製のシャーレが台の上でカチャカチャと音を立てた。教授は青くなって、まるで母親が危険にさらされた子どもをかばうように両手を顕微鏡の上に掲げた。ペルシコフが調節ねじを回すことなど、もはや論外だった。とんでもない。彼は自分の見たものが、外から何らかの力が加えられることによって視界の外に追い出されてしまうことを恐れた。

教授が顕微鏡から離れ、こわばった脚で窓際《まどぎわ》に歩み寄ったとき、空はすでに白んで金色の光が研究所のクリーム色に塗られた玄関ポーチを横切っていた。彼が震える指でボタンを押すと、厚くて黒いブラインドが朝の光を閉め出した。研究室には再び、叡智《えいち》に満ちた学究の夜が蘇《よみがえ》った。黄色っぽい顔をしつつも高揚した気分のペルシコフは、足を広げて立ち、寄木細工の床を疲れた涙目でじっと見ながらしゃべり始めた。

「これはいったいどういうことだろう？　とんでもないことだ！　とんでもないことですぞ、諸君」と、彼は両生類飼育槽のヒキガエルに向きなおって言った。だがヒキガエルは眠っていたので、答えなかった。

教授はしばらく黙り込んだ。それからスイッチのところに行ってブラインドを上げ、すべての灯りを消してから顕微鏡を覗き込んだ。彼は緊張した面持ちで、もじゃもじゃの黄色い眉《まゆ》をしかめた。

「ふむ、ふむ」と彼はつぶやいた。「消えた。なるほど。なーるほど」彼は長くのばして言い、ほとんど異様なほどの興奮状態で頭上の消えた無影灯を見た。「簡単なことだ」

それから彼は再びブラインドをきしませながら下ろし、もう一度無影灯をつけた。

そして顕微鏡を覗くと、獲物を前にした猛獣のようにうれしそうにニヤリと笑った。「つかまえてやる」彼は指を立て、厳粛に重々しい口調で言った。「つかまえてやる。ひょっとしたら太陽光線でもうまくいくかもしれない」

ブラインドが再び上げられ、日の光が差し込んだ。太陽は研究所の壁を照らし、ゲルツェン通りの舗装道路に斜めの光を投げかけた。教授は窓から外を見て、昼間の太陽はどのあたりに位置するかを考えた。彼は踊るような軽いステップで窓から離れたり近づいたりし、しまいには窓の下枠に腹でもたれた。

それから教授は重大で謎《なぞ》めいた仕事に取りかかった。彼は顕微鏡に円筒形のガラスケースをかぶせ、ガスバーナーの青い炎で封蠟《ふうろう》をひとかけら溶かすと、ガラスケースの縁を台に貼《は》り付け、親指で封印した。それからガスを止め、研究室から出てドアのシリンダー錠をかけた。

研究所の廊下は薄暗かった。教授はパンクラートの部屋に行き、ドアを長々とノックしたが返答はなかった。しばらくしてようやくドアの向こうで番犬のうなるような声が聞こえ、それから痰《たん》を吐き出す音や、ムームーうめくような声がした。それから足首のところを紐《ひも》でしばった縞《しま》模様のステテコ姿で、パンクラートがほの明るい廊下に出てきた。彼は粗暴な目つきで学者をじっと見つめ、まだ半分寝ぼけているようにうなった。

「パンクラート」眼鏡越しに彼を見ながら教授は言った。「起こしてすまないがね、君、今朝は私の研究室に入らないでくれ。さわってもらっては困る仕事が置きっぱなしになっているんだ。わかったかい?」

「ウーウーウー、わ、わかりました」パンクラートは何も理解できないまま答えた。彼は体をふらふらさせながらうめいた。

「そうじゃない、よく聞くんだ、パンクラート、目を覚ませ」動物学者はそう言うと、パンクラートの肋骨《ろっこつ》のあたりを指でつついた。するとパンクラートの顔には驚きの表情が現れ、その目には理解能力がうっすらと浮かんだ。「研究室の鍵《かぎ》はかけておいた」とペルシコフは言った。「私が戻ってくるまで、掃除をする必要はないからね。わかったか?」

「かしこまりました」しゃがれ声でパンクラートは答えた。

「よろしい。また寝なさい」

パンクラートがくるりと背を向け、ドアの奥に消えると、すぐにバタンとベッドに倒れ込む音がした。教授は玄関ホールで身支度を整えた。グレーのスプリングコートを着て中折れ帽をかぶってから、顕微鏡で見たもののことを思い出し、オーバーシューズに目をやったが、まるで初めて見るように何秒間かじっと目を離さなかった。それから左足にシューズをはき、さらに右足用のシューズも左足に無理やりはこうとした。

「彼が私を呼びに来たのは、なんとすごい偶然だったことか」学者は言った。「さもなければ私はあれに全然気づかなかっただろう。どんな結果をもたらすだろうか？　きっととんでもない結果になるに違いない！」教授は苦笑しながら目を細めてオーバーシューズを見、左足に二重にはこうとしていたオーバーシューズをすっかり脱ぎ、右足用のシューズを右足にはいた。「ああ！　どんな結果になるか、全部想像するなんて不可能だ……」教授は今度は右足にはこうとしてうまくいかなかった左足用のシューズをいまいましそうに蹴《け》とばした。それから右足だけにオーバーシューズをはいて出口の方に向かい、その途中でハンカチを落とした。彼が外に出ると、その背後で扉がギーッと音を立てて閉まった。玄関ポーチのところで脇腹《わきばら》のポケットを叩《たた》いてマッチを探すのに時間をかけたが結局見つからず、火のついていない煙草を口にくわえたまま、通りを歩いて行った。

救世主教会のところまで教授は誰にも出会わなかった。教授は顔を上げて、教会の金色の丸屋根を見た。その片側にやわらかい太陽の光が気持ちよさそうにうっすらと当たっていた。

「どうして前には気がつかなかったんだろう。なんという偶然だ……おや、ばかじゃないのか」教授はかがみ込み、片方にだけオーバーシューズをはいた足を見て考えた。「うむ、どうしよう。パンクラートのところに帰った方がいいかな？　いや、彼を起こすなんてとうてい無理な話だ。かと言って、このいまいましい靴を捨てるのも惜しい。手に持って歩くしかないのか」彼はオーバーシューズを脱ぎ、いかにも嫌そうにそれを手に取った。

プレチステンカ通りの方から、三人連れの乗った古ぼけた車がやって来た。そのうちのふたりは酔っぱらっており、彼らの膝《ひざ》の上にはけばけばしい化粧をして、一九二八年に流行した絹製のトルコ風ズボンをはいた女がひとりすわっていた。

「ねえ、パパさん！」と彼女は低いしゃがれ声で叫んだ。「もう片方のオーバーシューズは酒代の形に取られてしまったの？」

「あのおやじ、きっとアルカサルで飲んだくれたんだよ」左側にすわっていた酔っ払いがわめいた。右側の男は車の窓から身を乗り出して叫んだ。

「おやじさん、ヴァルホンカ通りのバーはまだ開いてるかな？　そこに行くつもりなんだけど！」

教授は眼鏡越しに厳しい目つきで彼らをにらみつけ、煙草を口から取り落としたが、すぐにこの三人の存在を忘れた。プレチステンカ通りに輝く朝焼けの帯が現れ、教会の丸屋根が燃えるような色になった。太陽が昇ったのである。

第三章　ペルシコフは「つかまえた」

ことの次第はこうだった。教授がその天才的な目を顕微鏡の接眼レンズに近づけたとき、色とりどりのカーブした光の束の中に、特に目立ってくっきりと太い線があることに生まれて初めて気づいたのだ。この光線は鮮やかな赤い色で、何かとがったもののように、そう、たとえば針のように、光の束から少し飛び出していた。

この光線が数秒のあいだマエストロの熟練した目を惹《ひ》きつけてしまったことが、そもそもの不幸だった。

教授はこの光線の中に、光線そのものよりも千倍も重要で意義のあるものを認識したのである。この不安定な子どもは、顕微鏡の鏡とレンズの偶然の動きによって生まれたものだった。助手が教授を呼びに来たおかげで、アメーバが一時間半のあいだこの光線の作用を受けることになった。そのため、次のようなことが起こったのである。

丸く見えている部分の、光線が当たっていなかったところでは、粒状のアメーバは生気を失って弱々しかったのに対して、赤く鋭い刀のような光線が当たっているところでは奇妙な現象が起きていた。赤い筋状の光の部分では生命が生き生きと活動していたのだ。灰色がかったアメーバは仮足を伸ばして、あらん限りの力で赤い光線の方へ近づこうとしていた。そして光線の中に入ると、まるで魔法にでもかかったように活気に満ち溢《あふ》れた様子になった。何か不思議な力がアメーバに生気を吹き込んだかのようだった。アメーバは群れをなして押し合いへし合いし、光線の中のよりよい場所をとろうとして互いに格闘した。そこでは——他の言葉ではうまく表現できないのだが——激烈な増殖が起きていた。ペルシコフが掌《たなごころ》を指すがごとくに熟知しているあらゆる自然法則を破り、なぎ倒しながら、アメーバは彼の目の前でものすごいスピードで繁殖していた。アメーバは光線の中で分裂し、分裂した部分がそれぞれ二秒後には若々しく新しい有機体に生まれ変わった。これらの有機体も数秒後には大きく成熟し、またすぐに新しい世代を生み出したのである。赤い光線の部分と、さらには顕微鏡で見えている円形の部分は手狭になり、そのため必然的に争いが起きた。新たに生まれたアメーバは怒りに満ちて互いに襲いかかり合い、相手を粉々にして飲み込んだ。新たに生まれたものにはさまれて、生存競争に敗れたものの屍《しかばね》が横たわっていた。最もすぐれた最強のものが勝利を収めたのである。そして、その最もすぐれたものとは、おぞましいものでもあった。第一に、それらの体積は普通のアメーバの約二倍はあった。第二に、それらはなんとも独特な悪意とすばしっこさにおいて抜きん出ていた。それらは動きが速かったし、仮足も普通よりはるかに長く、アメーバはその仮足をそれこそタコの足のように動かしていたと言っても過言ではない。

二日目の晩、教授はやつれた様子でやせこけ、何も食べず、太い手巻き煙草《たばこ》だけで興奮状態を保ちながら、新世代のアメーバを調べていた。三日目にはそもそもの根源を調査の対象にした。すなわち赤い光線である。

バーナーのガスがかすかにシューッという音を立てていた。通りからは行き交う車の音が聞こえた。百本もの煙草の毒をふかし尽くした教授は、目を半ば閉じて肘掛《ひじか》け椅子《いす》の背にもたれた。

「ついにわかったぞ。アメーバを活発にしていたのは光線なのだ。まだ誰も調べたことのない、発見さえされていなかった新しい光線なのだ。まずはっきりさせなければならないのは、この光線が電灯によってのみ生じるものなのか、それとも太陽の光でも生じるものなのかということだ」ペルシコフはブツブツと独り言をつぶやいた。

その日の夜のうちにはそれも明らかになった。ペルシコフは三つの顕微鏡を使って三本の光線をとらえた。太陽光線ではそのような光線をとらえることはできなかった。それで次のように言った。

「太陽のスペクトルにはこの光線は含まれていない、と考えられる……ふむ、要するに、電灯の光からしかこの光線を取り出すことはできない、と考えられるわけだ」彼はさも愛《いと》おしそうに、天井に取り付けられた磨《す》りガラスの電球を見上げた。わくわくしながら少し考えた後、イワノフを自分の研究室に呼び出した。教授は彼にすべてを話し、アメーバを見せた。

大学では講師をつとめているイワノフはびっくり仰天し、うちのめされた。こんな細い針のような単純なものに、今までどうして気がつかなかったんだろう。ちくしょうめ！　誰にだって、このイワノフにだって発見することができたのに。それにしても本当にものすごいなあ！　まあちょっと見てくださいよ……

「まあちょっと見てくださいよ、ヴラディーミル・イパティエヴィチ」イワノフは目を接眼レンズにぴったりと当て、ぞっとしながら言った。「いったい何が起きているか！　見る見るうちに成長していく……見てください、見てくださいよ……」

「私はもう三日も観察しているんだよ」ペルシコフは感極まった様子で言った。

それからふたりの学者は会話を交わしたが、その内容は次のようなものだった。大学講師イワノフは、顕微鏡を使わなくてもこの光線を拡大してとらえることができるようなボックス装置を、レンズと鏡を用いて自分が作製すると言った。そういうものはすごく簡単に作れるでしょう、きっと作れます、とイワノフは言った。必ず光線をとらえることができますよ、ヴラディーミル・イパティエヴィチ、信じてください。ここでイワノフは言い淀《よど》んだ。

「ピョートル・ステパノヴィチ、私が論文を発表するときには、その装置が君の手で作製されたと明記するよ」ペルシコフは気まずさを解消するために口をはさんだ。

「ああ、そんなことはどうでもいいんです……でも先生がそうおっしゃるのなら……」

気まずさはすぐに吹き飛んだ。そうこうするうちにイワノフも光線に夢中になった。ペルシコフがどんどんやせこけ、憔悴《しょうすい》していきながら、昼間はもちろんのこと、夜も遅くまで顕微鏡に向かう一方で、イワノフは電灯でまぶしく照らされた物理学研究室で、レンズと鏡をいくつも組み合わせる仕事に精を出した。技師がひとり、イワノフを手伝った。

教育人民委員部を通じて注文したものが、三つの小包となってドイツからペルシコフのもとに郵送されてきた。その中には鏡と両凸面レンズと両凹面レンズと、さらには凹凸レンズまでもが入っていた。イワノフがボックス装置を完成させ、本当に赤い光線をとらえることに成功して、すべての作業が終わった。公正を期するためにも、イワノフの仕事ぶりがすばらしかったことを言い添えておかねばなるまい。光線は太くて幅が四センチもあり、力強くエネルギーに満ち溢れていた。

六月一日にボックス装置がペルシコフの研究室に備え付けられた。教授は待ち構えていたように実験を開始し、カエルの卵に光線を当てた。実験はショッキングな結果をもたらした。二昼夜のあいだにカエルの卵から何千匹ものオタマジャクシが孵《かえ》った。それで終わりではなかった。それから二四時間でオタマジャクシはカエルになるという尋常ではない成長ぶりをみせたが、それらのカエルは非常に凶暴で貪欲《どんよく》だったので、カエルのうちの半分が残りの半分をたちまちのうちに食べてしまった。生き残ったカエルは周期などは完全に無視して産卵し、二日後には光線を当てなくても無数の新しい世代が生まれた。教授の研究室は大混乱に陥った。オタマジャクシは研究室から這《は》い出して研究所じゅうに広がり、カエルになって両生類飼育槽の中と言わず、床の上と言わず、あらゆる場所に陣取って、まるで沼にでもいるかのように耳障《みみざわ》りな声で大合唱したのである。そうでなくても、火を恐れるようにペルシコフのことを恐れていたパンクラートはいまや、死の恐怖しか感じられなくなっていた。一週間後には教授自身も気が変になったように感じた。それで研究所にはエーテルと青酸カリの臭《にお》いが充満し、ガスマスクを早くはずしすぎたパンクラートはあやうく中毒死するところだった。人々は繁殖した沼の仲間たちをこの毒ガスのおかげでなんとか絶滅させることに成功した後、研究所の空気を入れ替えた。

ペルシコフはイワノフに言った。

「ねえ、ピョートル・ステパノヴィチ、卵黄あるいはそもそも卵細胞に及ぼす光線の作用は驚くべきものだよ」

イワノフはクールで控え目な紳士だったが、殺気立った口調で教授の言葉をさえぎった。

「ヴラディーミル・イパティエヴィチ、卵黄とか、そんな些末《さまつ》なことをおっしゃっている場合ではありませんよ。はっきり申し上げましょう。先生はとんでもない大発見をなさったのです」イワノフは見るからに辛《つら》そうだったが、とうとう次のような言葉を口にした。

「ペルシコフ教授、先生は生命の光を発見なさったのです!」

ペルシコフの青白い、無精ひげの生えた頬骨のところにほのかな赤味がさした。

「まあ、まあ、まあ」と彼はつぶやいた。

「先生は」とイワノフは続けた。「ものすごく有名になられるでしょう……頭がくらくらするほどです。おわかりですか」情熱を込めて彼は言った。「ヴラディーミル・イパティエヴィチ、ウェルズの主人公も先生に比べれば吹けば飛ぶようなものですよ……ウェルズなんて単なるおとぎ話だと思っていたんですが……『神々の糧《かて》』を覚えていらっしゃいますか?」

「ああ、あの小説ね」とペルシコフは答えた。

「小説と言っても、とても有名なものですよ!」

「もう忘れてしまったよ」とペルシコフは答えた。「前に一度読んだことは覚えているがね、中身はもう忘れてしまった」

「お忘れになったなんて! これをご覧になってください」イワノフはガラスの実験台からカエルの足をとってつまみ上げた。恐ろしく大きな死んだカエルで、腹が膨れていた。その顔には死んでもなお邪悪な表情が浮かんでいた。「驚嘆すべきしろものですよ!」

第四章　司祭夫人ドラズドヴァ

イワノフのせいなのか、それともセンセーショナルなニュースが空気を伝わってひとりでに広まったのかは神のみぞ知ることであるが、活気あふれる巨大都市モスクワに突如として、光線とペルシコフ教授のうわさがたち始めた。話のついでにほのめかすという程度ではあったが。不思議な発見についてのニュースは、照明で光り輝く首都の中をまるで撃たれた鳥のように姿を消したり、また高く舞い上がったりしながら、七月の半ばまで話題になっていた。それからイズヴェスチヤ紙の第二〇面、「科学技術ニュース」の欄に光線についての短い記事が載った。第四大学の著名な教授が、下等な有機体の生命活動を非常に高める光線を発見したが、この光線についてはまだ研究が必要だという内容がわかりにくく伝えてあった。教授の名前は間違って「ペフシコフ」と印刷されていた。

イワノフはこの新聞を持ってきて、ペルシコフに記事を見せた。

「ペフシコフだと」ペルシコフは研究室のボックス装置で作業しながら、不満げに言った。「いかさま記者はどこでかぎつけたんだろう?」

名前が間違って印刷されてはいたものの、残念ながら教授はそれに続く不愉快な出来事に巻き込まれざるを得なかった。それらは翌日にはさっそく始まり、ペルシコフの生活を乱したのである。

パンクラートはノックをして研究室に入ってきて、ペルシコフに艶《つや》のある紙でできた上等の名刺を渡した。

「向こうにおいでです」おずおずとパンクラートは付け加えた。

名刺にはエレガントな書体で次のように書かれていた。

アルフレッド・アルカーディエヴィチ・ブロンスキー
モスクワ発行雑誌・新聞記者
雑誌「赤いともしび」「赤いトウガラシ」
「赤いジャーナル」「赤いスポットライト」
新聞「赤い夕刊モスクワ」

「追い払ってしまえ」ペルシコフは無関心な様子で言い、名刺を机の下に投げ捨てた。

パンクラートは回れ右をして部屋から出たが、五分後にまた現れた。困った顔つきで、同じ名刺を手にしていた。

「いったい何なんだ？　からかっているのか？」ペルシコフはキーキー声で怒鳴り、怖い顔をした。

「ゲーペーユーからいらしたそうなんで」[8]青くなりながらパンクラートが言った。

ペルシコフは片手で名刺をひったくり——そのやり方が乱暴だったので、あやうく真っ二つに引きちぎるところだった——もう片方の手に持っていたピンセットを机の上に投げつけた。名刺にはわざとらしく気取った手書きの文字で、次のように書き添えてあった。「お願いします。すみませんが、会ってください。尊敬する教授先生、三分間ほど。社会的な報道問題のことです。それに私は風刺雑誌『赤いカラス』の記者でもあります。発行はゲー・ペー・ウー[9]」

「中に入れなさい」とペルシコフは言い、息を荒くした。

するとすぐにパンクラートの背後から、きれいに剃《そ》り上げててらてらした顔の若い男がひょっこり姿を現した。眉《まゆ》と目が特徴的だったが、眉はまるで中国人のようにず

8 GPU（正しい発音はゲー・ペー・ウー）は国家政治保安部の略称。GPUは秘密警察で、KGBの前身である。

9 この小説が書かれた当時、粛清により人々がGPUの手で次々と逮捕されたが、逮捕されるのはたいてい夜中で、自宅に黒い車が乗りつけられた。その車は「黒いカラス」と呼ばれていた（「黒いカラス」は死のメタファーとしてロシア民謡に繰り返し登場する）。ブルガーコフは独特のブラック・ユーモアで、ソ連特有の「赤い」色をGPUのシンボルと結び付けているのである。

っと上の方についていて、その眉の下にある小さくて真っ黒な目は相手の目を全然見ていないのだった。服装はまったく非の打ちどころがなく、流行のものだった。細身で膝丈《ひざたけ》の上着に、提灯《ちょうちん》のように幅の広いズボン。不自然なほど幅広のエナメルの靴のつま先は馬のひづめのような形をしていた。若い男は片手にステッキと先のとがった帽子とメモ帳を持っていた。

「何の用です?」ペルシコフは尋ねたが、その声はパンクラートがすぐさまドアの後ろに退いてしまったほどのものだった。「今は忙しいとお伝えしましたよね」

若い男は返事をする代わりに、教授に向かって左右にかしぐようなおじぎを二度した。彼の小さな目は研究室をきょろきょろと見回した。そしてすぐにメモ帳に何かのしるしを書きつけた。

「忙しいんです」と教授は、客人の目を嫌悪《けんお》を込めて見ながら言ったが、何の効果もなかった。相手の目をちゃんととらえることができなかったからだ。

「幾重にもお詫《わ》び申し上げます、敬愛する教授先生」と若い男はねこなで声で言った。「仕事場に押しかけて、貴重なお時間を奪ったりなんかしまして。でも、先生の大発見のニュースが世界中を駆け巡っているからには、うちの新聞に先生の何らかのコメントを載せたいのです」

「どんなコメントが世界中を駆け巡っていると言うのだ」ペルシコフは金切り声でわめき、顔が黄色になった。「コメントとか、そういうものを提供する義務はない……忙しいんだ……ものすごく忙しいんだ」

「何のお仕事をなさってるんですか？」若い男は甘ったるい声で尋ね、メモ帳にふたつ目のしるしを書きつけた。

「私は……あんたは何をしてるんだ？　何か載せるつもりなのか？」

「ええ」と若い男は言って、急に猛然と何かを書き始めた。

「第一に、この仕事が完了するまで、何も発表するつもりはない……あんたの新聞など論外だ……第二に、どこで嗅《か》ぎつけてきたんだね？」ペルシコフは突然どうすればいいのかわからなくなった。

「先生が新しい生命の光線を発見したというニュースは本当ですか？」

「新しい生命とは何事だ」教授はいきりたった。「ナンセンスなことを言うんじゃない！　私が扱っている光線の研究はまだ始まったばかりで、そもそもまだ何もわかってはいないのだ！　光線が原形質の活動を活発にするということは言えるかもしれないが……」

「何倍くらい？」若い男はせきこんで尋ねた。

ペルシコフは完全に困惑して、思った。なんて野郎だ。いったいもう、どうなってるんだ！

「何たる愚問……そんなことが知りたいのなら、たとえば千倍ということにしておこうか！」

若い男の小さい目の中に、猛獣のような喜びがきらりと光った。

「ということは、巨大な有機体が生じるわけですね？」

「そうじゃない！　私が手に入れた有機体は、まあ、通常よりは大きなものだったが……というか、新しい特質もいくつかあった……ここで重要なのは大きさではなくて、生殖の異常なまでの速さなのだ」不幸にもペルシコフはこう答え、しまった、と思った。若い男はまるまる一ページにわたってメモをとり、ページをめくってさらに書き続けた。

「書くのをやめなさい！」ペルシコフは絶望のあまりしわがれ声で叫んだ。彼はすでに降参し、若い男につかまってしまったと感じていた。「いったい何を書いてるんだ？」

「二昼夜で卵から二〇〇万匹のオタマジャクシを手に入れることができるというのは本当ですか？」

「どれくらいの量の卵から？」ペルシコフは再びいきりたちながら叫んだ。「あんたは卵を――たとえばアマガエルの卵を見たことがあるのか？」

「二分の一ポンド？」若い男はまったく動じることなく尋ねた。

ペルシコフは顔を真っ赤にした。

「いったい誰がそんな計り方をするのかね！　けっ！　ばかなことを言うんじゃない。まあもちろん、二分の一ポンドのカエルの卵があれば……ひょっとしたら……くそ、いまいましい、ひょっとしたらそれくらいか、それよりもっと多いオタマジャクシが生まれるかもしれん！」

若い男の目の中でダイヤモンドが輝いた。彼は一気にもう一ページ走り書きした。

「それが家畜の飼育に世界規模の革命をもたらすというのは本当ですか？」

「いかにも新聞記者らしい質問だな」とペルシコフはわめいた。「そもそも、こんなデタラメを書く許可は断じて与えん。あんたの顔を見ていれば、くだらんことを書きつけているのがよくわかるわ！」

「先生の写真を一枚ぜひとも頂戴《ちょうだい》したいのですが」と若い男は言って、メモ帳を閉じた。

「何だって？　お宅のくだらん雑誌のために私の写真がほしいだと？　あんたの書い

たデタラメ記事と一緒に載せるというのか？　とんでもない……私は忙しいんだ……もう帰ってくれ！」

「昔の写真でもかまいません。すぐにお返ししますので」

「パンクラート！」教授は怒りに燃えて叫んだ。

「それでは失礼します」若い男は言って、姿を消した。

パンクラートが現れる代わりに、機械が一定のリズムできしんでいるような奇妙な音と、何か金属でできたものが床にコツコツ当たる音がドアの向こうで聞こえて、シャツと、毛布の生地で作ったズボンを着た、とんでもなく太った男が研究室に入って来た。彼の金属でできた左脚がカチカチ、ジージー音を立てているのだった。手には書類カバンを持ち、髭《ひげ》を剃った丸い顔は黄色いプリンのようにぷよぷよしていて、愛想笑いを浮かべていた。彼は教授に向かって軍隊式のお辞儀をしてから身体《からだ》をぴんと伸ばしたが、そのとき脚のばねがパコンと音を立てた。ペルシコフは言葉を失った。

「先生」と見知らぬ男は、心地よいハスキーな声で話し始めた。「私のごとき凡庸な者が、先生のような孤高の存在のお邪魔をいたしまして、申し訳ございません」

「あんたも記者かね？」ペルシコフは尋ねた。「パンクラート!!」

「違うんであります、先生」太った男は答えた。「恥ずかしながら、自己紹介させていただきます。私は遠洋航海の船長で、人民委員会議発行の『産業通報』紙に寄稿している者です」

「パンクラート!!」ペルシコフはヒステリックに叫んだ。そのとき部屋の隅に置いてあった電話の赤いランプが点《とも》り、やさしい音色で呼び出し音が鳴った。「パンクラート!」教授は繰り返した。「もしもし……」

「フェアツァイエン・ズィー・ビッテ、ヘア・プロフェッサー」電話からしゃがれ声のドイツ語が聞こえた。「ダス・イヒ・シュテーレ。イヒ・ビン・ミットアルバイター・デス・ベルリーナー・ターゲブラッツ……」[10]

「パンクラート!」教授は受話器に向かって怒鳴った。「ビン・モメンタール・ゼア・ベシェフティヒト・ウント・カン・ズィー・デスハルプ・イェット・ニヒト・エムプファンゲン……[11]パンクラート!!」

そのとき研究所の玄関に置いてある電話が次から次へと鳴り始めた。

10「お邪魔して申し訳ありません、教授。私は『ベルリン日報』の者です」
11「今とても忙しいので、お相手はできません」

＊　＊　＊

「ブロンナヤ通りでおぞましい殺人事件!!」氾濫《はんらん》する街の灯りや車輪やヘッドライトの閃《ひらめ》きが太陽で暖められた六月の舗装道路の上で交錯する中、人間の声とは思えないようなしわがれ声がわめきたてた。「司祭夫人で未亡人のドラズドヴァ宅で発生した鶏《にわとり》のおぞましい疫病《えきびょう》、未亡人の写真入りだよ！　ペルシコフ教授がおぞましくも発見した生命光線！」

ペルシコフは急に身体の向きを変えたので、マハヴァヤ通りであやうく車にひかれるところだった。彼は激しい勢いで新聞をひったくった。

「三コペイカです、おじさん！」新聞売りの少年はこう叫んだ後、歩道上の雑踏の中に身を押し込んで、また大声を上げた。「赤い夕刊、未知の光線発見！」

ペルシコフは驚愕《きょうがく》し、新聞を広げて街灯に身体を押しつけた。第二面の左の隅にぼんやりした枠のイラストがあって、そこからはげ頭の男が下顎《したあご》をだらりと垂らし、異様な、焦点の定まらない目でこちらを見ていた。アルフレッド・ブロンスキーの芸術的創作の賜物《たまもの》だった。イラストの下には「V・I・ペルシコフ、謎《なぞ》の赤い光線の発見者」と説明書きがあった。さらにその下に「世界的な謎」というタイトルがあり、その記事は次のような言葉で始まっていた。

「『どうぞおかけください』と、著名なペルシコフ教授は私たちに愛想よく言った……」

記事の下には「アルフレッド・ブロンスキー（アロンゾ）」と、堂々と署名されていた。

大学の建物の上に緑色の光が投射され、空に「語る新聞」という光り輝く文字が現れた。マハヴァヤ通りはたちまち人でいっぱいになった。

「『どうぞおかけください!!!』」屋根の上に取り付けられたスピーカーから突然、いやらしいキーキー声が響いた。アルフレッド・ブロンスキーの声を千倍に拡大したような声だった。「と、著名なペルシコフ教授は私たちに愛想よく言った！『もうずいぶん前から、モスクワのプロレタリアートのみなさんに私の発見の詳細をお知らせしようと思っていたのですよ……』」

ペルシコフの背後で機械のきしむ小さな音がして、誰かが彼のそでを引っ張った。

振り向くとそこにいたのは黄色い丸顔の、機械仕掛けの脚の持ち主だった。男の目は涙で濡《ぬ》れ、唇が震えていた。

「先生、私にはすばらしい発見の詳細を教えてくださらなかったのに」と彼は悲しげに言って、深いため息をついた。「せっかくの一五ルーブルがパーになってしまいました」

男はメランコリックに大学の屋根を見つめた。そこに取り付けられた黒い、大きな口のような形をしたスピーカーのその奥で、姿の見えないアルフレッドが騒ぎ立てていた。ペルシコフはこの太った男がなんだかかわいそうになった。

「私はあいつに『どうぞおかけください』なんて言わなかったぞ！」憎悪にかられつつ、空から聞こえてくる声に耳を傾けながら、教授はもぐもぐと言った。「とんでもなく厚かましい野郎だ！　こっちは仕事をしているっていうのに、無理やり邪魔をしてくるんだから……もちろんあなたのことを言っているんじゃありませんよ……」

「ひょっとして、ボックス装置のことだけでも詳しく教えていただくわけにはいきませんかねぇ、先生？」うつうつとした調子で機械仕掛けの脚の男はへつらうように言った。「だって、もうここまできたら先生にとってはどうだっていいわけですから

……」

「『二分の一ポンドの卵から三日間のうちに数え切れないほどのオタマジャクシが生まれる』」と姿の見えない男がスピーカーからわめきたてた。

ブーブーとクラクションを鳴らしながら自動車がマハヴァヤ通りを走り抜けた。「ウォー、なんてこった、ウォー」頭を上に向けて聞いていた群衆がどよめいた。「悪党め！　そうじゃないか？」怒りに身を震わせながらペルシコフは機械仕掛けの脚の男に向かって、吐き捨てるように言った。「あんたはどう思うかね？　告訴してやる！」

「頭にきますね！」太った男も相づちを打った。

その時、燃えるような紫色の光が教授の目を射た。その光で周りのものすべてが照らし出された――街灯も、敷石代わりに道路に埋め込まれた木材も、黄色く塗られた壁も、好奇心に満ち溢《あふ》れた顔も。

「あなたを撮ってるんですよ、先生」太った男はうれしそうにささやいて、教授の腕に重りのようにぶら下がった。カシャカシャという音が聞こえた。

「いまいましいやつらめ！」ペルシコフはうんざりして叫び、重りをぶら下げたまま群衆から逃れようとした。「おい、タクシー。プレチステンカ通りまで頼む！」

塗料の剝《は》げかけた一九二四年製の古い車が歩道際《ぎわ》に止まり、ブルンブルンと音を立てた。教授は太った男から身をもぎ離そうとしながら、車の中に滑り込んだ。

「邪魔しないでくれ」と教授は男に向かって強い口調で言い、こぶしに固めた両手でフラッシュから身を守ろうとした。

「読んだか?! 何をわめいてるんだ?」――「ペルシコフ教授とその子どもたちがマーラヤ・ブロンナヤ通りで刺し殺されたんだ!」群衆がなりたてた。

「うちには子どもはおらん、ばかどもめが」ペルシコフが怒鳴ったその時、黒い機器の焦点がぴったり合って、教授は口を大きくあけ、怒った目つきの顔で写真をパチリと撮られてしまった。

ブルン、ブルンとタクシーが音をたて、群衆の間を無理やり通り抜けた。太った男もちゃっかりタクシーに乗り込み、教授の脇腹《わきばら》を温めていた。

第五章　鶏《にわとり》の話

地方にある小さな田舎町で、かつてはトロイツクと呼ばれていたが、今はステクロフスクと改名された市は[12]、コストロマ県ステクロフスク郡にあった。この町の、かつては大聖堂通りと呼ばれていたが、今は係員通りと改名された道沿いにある一軒の小さな家の玄関から、頭をスカーフで包み、グレーの木綿でできた花柄ワンピースを着たひとりの女が出て来て、わんわん泣き始めた。それは元大聖堂の元長司祭ドラズドフの未亡人で、その泣き声があまりにも大きかったために、まもなく向かいの家の窓からふわふわしたウールのスカーフをかぶったもうひとりの女が顔をのぞかせ、こう言った。

「どうしたのよ、ステパノヴナ。またなの?」

「一七羽目よ!」わんわん泣きながら元ドラズドフ夫人は答えた。

「あれまあ」ウールのスカーフをかぶった女はうめいて、頭を振った。「いったいどうしたのかしらねぇ。神様が怒っていらっしゃるに違いないわ! 本当に死んだの?」

12ソ連時代にはロシア帝政期に使われていた地名の多くが改名された。特に宗教に関係する名前は、ソ連にふさわしい名前に変えられた。ここではトロイツクがトロイツァ(三位一体)に由来する名前なので、ステクロフスク(ステクロフという人名がもとになっている)に変更された、という設定になっている。この作品が成立した時代に有名だったステクロフという名前の人物はふたりいて、ひとりはヴラディーミル・アンドレエヴィチ・ステクロフ(一八六四—一九二六)。ソ連科学アカデミーの物理学・数学研究所の創設者で、初代所長だった人物である。もうひとりのユーリ・ミハイロヴィチ・ステクロフ(一八七三—一九四一)は革命家で、革命後、新聞「イズヴェスチヤ」の編集長になり、有名な文芸雑誌「ノーヴィ・ミール」を創刊した。どちらがブルガーコフの念頭にあったかは不明だが、おそらくは後者の方だろう。

「自分の目で見てごらんなさいよ、マトリョーナ」長司祭未亡人が派手にしゃくり上げながら言った。「どうなっているか見てごらんなさいよ！」

垣根の少しかしいだような灰色の木戸がカシャンと音をたて、ふたりの女は裸足《はだし》でほこりだらけのでこぼこ道をパタパタと歩いて行った。涙で顔を濡《ぬ》らした未亡人は、マトリョーナを自分の鶏小屋《とりごや》に案内した。

世の中の反宗教的な動きをはかなんで[13]一九二六年に亡《な》くなった長司祭サヴヴァティイ・ドラズドフ神父の未亡人は、夫の死後もぼんやりしていないで、立派な養鶏場を経営し始めたのだった。そして、その経営が軌道に乗るか乗らないかのうちにとんでもない金額の税金がかかり、養鶏場は破産しかけたが、未亡人である彼女が養鶏協同組合を設立するという届け出を町役場に出すようにアドヴァイスしてくれたいい人たちがいて、なんとかもち直したのだった。この組合に加入したのは司祭夫人ドラズドヴァ自身と彼女の忠実な下女のマトリョーシュカ、それに耳の不自由な姪《めい》だった。おかげで税金は免除され、彼女の養鶏場はとてもうまくいって、一九二八年には砂ぼこりのたつ中庭をぐるりと鶏小屋がとり囲み、二五〇羽の鶏を飼うほどにまでなった。その中にはコーチン種もいた。未亡人の卵は毎週日曜日にステクロフスク市場で売られたのみならず、タンボフ市でも売られ、時にはモスクワの元「チーチキンのチーズとバターの店」のガラス製ショーウィンドウの中にさえも登場した。

　それなのに今朝のうちに、一七羽目のブラマ種が――彼女のお気に入りの鶏だった――中庭を歩き回ったとたんに吐いたのだった。「ゲー、ゲー、ゲロ、ゲロ、オエー」ブラマ鶏は声高く鳴き、悲しげな目をぐるりと回して、あたかも生まれて初めて見るかのように空を見上げた。鶏のクチバシの先に組合員マトリョーシュカが水の入ったボールをささげ持ち、しゃがんだ姿勢のまま、鶏の動きに合わせて踊るように動き回った。

「コッコちゃん、コッコッコ、いい子だからお水を飲んでね」マトリョーシュカは懇願しながら、クチバシの後を追ってボールをあちこち動かした。けれども鶏は水を飲もうとしなかった。鶏は口を大きく開けたり、頭をあげて上を見上げたりしていたが、そのうちに血を吐き始めた。

「まあ大変！」マトリョーシュカは叫んで腰をポンと叩《たた》いた。「いったいどうしたの

13 ブルガーコフは共産主義政権がとった反宗教的政策を皮肉っている。この時代、何万人もの聖職者が逮捕され、処刑されたり収容所送りになったりした。教会の建物も何百となく破壊され、教会財産や聖物は没収された。

かしら？ 本物の血よ。誓ってもいいけど、鶏が人間みたいにおなかを悪くすることがあるなんて、見たこともないわ」

それがかわいそうな鶏に対する別れの言葉となった。鶏は突然横向きにばったりと倒れ、砂ぼこりをクチバシで力なくつつくと、目玉を裏返した。それから仰向《あおむ》けになると、両脚を上げて横たわったまま静かになった。マトリョーシュカはボールに入った水をこぼしながら、バス歌手のような低い声で泣いた。協同組合長である未亡人も泣いた。隣人は未亡人の耳元にかがみ込み、ささやいた。

「ステパノヴナ、誓ってもいいけど、あんたんとこの鶏は呪《のろ》われてるわ。こんなの、見たこともない！ こんな鶏の病気なんて、ありゃしないわよ！ 誰かがあんたの鶏に呪いをかけたに違いないわ」

「悪党め！」未亡人は空に向かって叫んだ。「なんで私をあの世送りにしようってのよ」

この言葉に応《こた》えたのは雄鶏《おんどり》の大きな鳴き声だった。それからまるで落ち着きのない酔っ払いが千鳥足で居酒屋から出てくるような様子で、よれよれのやせこけた雄鶏が一羽、鶏小屋から斜めに走り出た。雄鶏は荒々しい眼つきで女たちをにらみつけ、地団太を踏んだかと思うと、翼をワシのように広げた。だがどこにも飛ぶことができず、つながれた馬のように中庭をぐるぐると走り回った。三周目に雄鶏は立ち止まり、吐いた。それからむせたり咳込《せきこ》んだりしながら血の混じったものを周囲に吐き散らした後、ひっくり返って両脚をマストのようにまっすぐ上に突き出した。女たちの泣きわめく声が中庭に響き渡った。その声に応えるように鶏小屋からケコケコ鳴く声と、羽をバタバタしたりウロウロ走り回ったりする音が聞こえてきた。

「ほら、やっぱり呪われているわ」と、隣人のマトリョーナは勝ち誇って言った。「セルギイ神父を呼びなさいよ。お祈りしてもらわないと」

夕方の六時、丸く燃える夕陽が沈みかけて、若々しいひまわりの丸い花の間から見えていたとき、大聖堂の主任司祭だったセルギイ神父は鶏小屋での祈禱《きとう》を終え、法衣を脱いだ。古びた柵《さく》の隙間《すきま》からは、興味津々《しんしん》の野次馬が顔をのぞかせていた。悲しげな未亡人は十字架に接吻《せっぷん》し、カナリヤ色の破れかけたルーブル紙幣を涙でびしょびしょに濡らして、それを神父に差し出した。神父はため息をつきながら、主はわれわれのことを怒っていらっしゃるというような意味のことを言った。神父はなぜ主が怒っていらっしゃるのかよくわかっている様子だったが、それを口に出しては言わなかった[14]。

それから道端の野次馬がいなくなった。鶏は早い時刻に寝るものなので誰も気づかなかったのだが、未亡人ドラズドヴァの隣人の鶏小屋で雌鶏《めんどり》が三羽と雄鶏が一羽、いっぺんに死んでしまった。この鶏たちはドラズドヴァの鶏と同じように吐いたが、彼らは鍵《かぎ》のかかった鶏小屋の中で静かに死んだのだった。雄鶏は頭を下にして止まり木から落ち、その姿勢のまま死んだ。未亡人が飼っていた残りの鶏たちも、祈禱のすぐ後に死んでしまった。晩方にはどこの鶏小屋も死の静けさに包まれ、硬直した死体が山のようにあった。

その翌朝、町は雷が落ちたような大騒ぎになった。というのも、惨事の規模が法外なものになったからである。昼の時点で、係員通りでまだ生きている鶏は、通りの一番はずれに家を借りた郡の会計監査人に飼われている三羽だけだった。しかしこの三羽も午後一時には死んでしまった。夕方には小さなステクロフスクの町全体が蜂《はち》の巣のようにざわつき、興奮していた。「疫病《えきびょう》」という恐ろしい言葉が町じゅうに広まった。ドラズドヴァという名前は、地方紙「赤い闘士」の「まさか鶏のペスト?」という記事に登場し、モスクワにもすぐに伝わった。

ペルシコフ教授の生活は奇妙で落ち着きがなく、スリリングなものになっていった。ひとことで言うなら、仕事などできないような状況になっていったのである。アルフレッド・ブロンスキーを追い返した日の翌日から、研究所の仕事場にある電話は鳴らないように受話器をはずしておかなければならなかった。晩になって路面電車でアホートヌィ・リャド通りを走っていたとき、教授は大きな建物の屋根に黒々と書かれた「労働者新聞」のタイトルとともに自分自身が映し出されているのを見た。緑色がかったちらつく映像で教授は目をぱちぱちさせてタクシーに乗り込み、その背後に毛布でできた服を身にまとった機械仕掛けの脚のふとっちょが腕にぶら下がってついて来た。屋根の上の白いスクリーンに映し出された教授は、両手をこぶしにして紫色に光るフラッシュから身を守った。そこに文字が浮かび上がった。「車中のペルシコフ教授が有名記者のステパノフ船長に説明した」そして実際に、自動車が救世主教会を通り過ぎてヴァルホンカ通りへと下って行く様子がちらつく映像で映し出され、教授はその車の中でもがいていた。その顔は追いつめられた狼《おおかみ》のようだった。

「やつらは人間じゃない、悪魔だ」動物学者は歯のすきまから押し出すような声でつぶやき、電車はさらに先へ進んでいった。

その日の晩、プレチステンカ通りの自宅に帰ると、教授は家政婦のマリア・ステパノヴナから留守中にかかってきた電話の番号を記したメモを一七枚手渡され、対応が

14　共産主義者のことを暗示している。

大変だったという報告を受けた。教授はメモをやぶり捨てようとしたが思いとどまった。というのも、番号のうちのひとつに「保健人民委員」と書き添えてあるのを見たからである。

「なんだろう？」変わり者の学者は心から驚いて思った。「みんないったいどうしたっていうんだろう？」

夜の一〇時一五分すぎに玄関の呼び鈴が鳴り、教授はまばゆいばかりに豪華な格好をした紳士と話をするはめに陥った。教授は名刺を見て、彼を家に入れざるを得なかったのである。そこには（名前は印刷されておらず）「在ソヴィエト共和国外国公館商務部全権代表」とだけ書かれていたのだ。

「悪魔にさらわれてしまえ！」とペルシコフは怒鳴り、緑のフェルトでできたデスクマットの上にルーペとグラフを投げつけて、マリア・ステパノヴナに言った。「書斎にお通ししなさい、その全権代表とやらを」

「なんのご用でしょう？」と尋ねたペルシコフの声は、全権代表が思わずびくっとなったほどのものだった。ペルシコフは眼鏡を鼻から額のところに持ち上げ、またもとに戻して、訪問客をじろじろと眺めた。客は全身ポマードや宝石でぴかぴか光っており、右目には片眼鏡をはめていた。「なんていやらしい面構《つらがま》えだろう」ペルシコフはなぜかそう思った。

客はすぐには用件に入らず、まず葉巻を吸ってもいいかと尋ねた。それでペルシコフはしぶしぶ、どうぞおかけくださいと言わざるを得なくなってしまった。それから客は、こんなに夜遅く訪問したことをくどくどと詫《わ》びた。「ですが……昼間は先生をつかま……ヒヒ……パルドン……お会いするのが不可能でしたので」(客はハイエナのように、しゃくり上げるような声で笑った。)

忙しいものですから、とペルシコフは答え、客はまたびくっとなった。

「それでも有名な先生のお邪魔をしようと思ったのです……時は金なりと言いますからね……葉巻がおいやではありませんか、先生？」

「ムルムルムル」と教授は不明瞭《ふめいりよう》につぶやいた。葉巻を吸ってもいいと言ったのだった。

「先生は生命の光線を発見なさったのですよね？」

「とんでもない、どんな生命ですって?! 新聞記者のやつらのでたらめですよ！」ペルシコフはいきり立って言った。

「いやいや、ヒヒヒ……本物の学者にとって謙遜《けんそん》が美徳だということは百も承知しております……そうですねぇ……今日電報が届いたんです。ワルシャワやリガのような世界的大都市ではもう光線の話は知られています。世界中がペルシコフという先生のお名前を繰り返し口にしています。全世界が息をのんで、先生のお仕事がどうなるか見守っているのです……けれども、ソヴィエト・ロシアにおける学者の状況がいかに困難であるかということも、みんなよく知っているのです。アントレ・ヌ・ソワ・ディ[15]……壁に耳ありということはありませんよね？　残念ながらこの国では学者の仕事が正当に評価されません。それで私は先生とお話ししようと思ったのです……ある国がまったく損得抜きに、先生の実験に援助を申し出ているのですが。豚に真珠、と聖書にも書かれていますが、どうしてそんなことをしなければいけないのでしょう。その国では、先生が一九年から二〇年にかけて、あの、ヒヒヒ……革命のときに苦労なさったことがよく知られているのです。もちろん、すべては極秘のうちに行われます……先生はその国に研究の成果を伝え、その国は先生を経済的に援助するのです。先生はボックス装置をお作りになりましたよね。その設計図をお見せいただけるとありがたいのですが……」

そう言って客は、上着の内ポケットから手の切れそうな新札の束を取り出した。

ほんのちょっとした額、たとえば五千ルーブルほどなら、教授には手付金としてすぐに渡すことができる。受領書は必要ない。それどころか、教授が受領書のことを口にしようものなら全権代表は腹を立てるだろう、と彼は言った。

「出て行け!!!」突然ペルシコフが恐ろしい剣幕で怒鳴りつけたので、客間に置いてあったピアノの高音部が小さく鳴った。

客はあっと言う間に姿を消した。それがあまりにも素早かったので、怒りに震えていたペルシコフ自身でさえほんの一分後には、客が本当にいたのか、それとも幻覚だったのかがわからなくなったほどだった。

「あいつのオーバーシューズか?!」しばらくしてペルシコフは玄関で怒鳴った。

「お忘れになったのですよ」と、マリア・ステパノヴナが震えながら答えた。

「捨ててしまえ!」

「捨てることなんかできませんよ。取りに戻って来られるでしょうから」

「住宅管理委員会に渡せ。受領書をもらって来い。あいつのオーバーシューズなんぞ、見るのも嫌だ! 管理委員会へ行け! 委員会のやつらがあのスパイのオーバーシューズを預かっておけばいいんだ!」

マリア・ステパノヴナは十字を切りながら高級な革製のオーバーシューズを手に取

15 フランス語で「ここだけの話ですが」の意。

り、勝手口の方へ持って行った。戸の後ろにしばらく佇《たたず》んだ後、彼女はオーバーシューズを物置にしまい込んだ。

「渡してきたか？」ペルシコフはがなり立てた。

「渡してきました」

「受領書をくれ」

「ですが、ヴラディーミル・イパティエヴィチ、委員長は字が書けないもので……」

「すぐに！　受領書を！　もらって来るんだ！　委員長でなくても、誰か他の字の書ける馬の骨がサインすればいい！」

マリア・ステパノヴナは頭を振りながら立ち去り、一五分後に受領書を手に戻って来た。

「ペルシコフ教授から管理委員会基金用にオーバーシューズを一（壱）足受領したことを証する。コーレソフ」

「で、何なんだ、これは」

「寄付バッジです」

ペルシコフはバッジを足で踏みつけ、受領書を文鎮の下に置いた。それから何か考えが浮かんだらしく、広い額を曇らせた。彼は大急ぎで電話の方へ行き、研究所のパンクラートに電話をかけて、「研究所はいつもどおりか?」と尋ねた。パンクラートは受話器に向かってうなるような声で何か言ったが、どうやら彼の考えではいつもどおりだということを言っているらしかった。だが、ペルシコフがほっとしたのはほんの束《つか》の間《ま》だった。陰気な面持ちで彼は電話をつかみ、受話器に向かって次のように言った。

「あれを頼む、ええとあれだ、ルビャンカだ。[16] メルシー……誰が担当者ですかな、私のところにオーバーシューズをはいたいかがわしい人物が現れたということをお伝えしたいのですが……第四大学のペルシコフ教授です」

電話はすぐに切れた。ペルシコフは電話機を離れ、歯の隙間からなにやら悪態をついた。

---

16 モスクワ中心部にある広場の名前で、そこに革命の後、今日に至るまで秘密警察の本部がある。そのためルビャンカは広場の名前ではなく、秘密警察を指す語として使われる。この名前はスターリンによる粛清などの陰惨な記憶と結びついている。

「お茶をお飲みになりますか、ヴラディーミル・イパティエヴィチ」マリア・ステパノヴナが部屋に顔をのぞかせて、おずおずと尋ねた。

「お茶なんかいらん、ブツブツブツ……みんな悪魔にさらわれてしまえばいいんだ。どいつもこいつもいかれとる」

きっかり一〇分後に教授は書斎で新たな客を迎えていた。そのうちのひとりは親切そうで丸々とした、とても礼儀正しい男で、フレンチと呼ばれるカーキ色の簡素な軍服型ジャケットと乗馬ズボンを身に着けていた。鼻の上にはクリスタル製の蝶《ちょう》のような鼻眼鏡が鎮座していた。全体的な印象は、まるでエナメル・ブーツをはいた天使のようだった。二人目は小柄で非常に陰気な男で、私服を着ていたが、いかにも窮屈そうだった。三人目は奇妙な男で、教授の書斎には足を踏み入れず、薄暗い玄関口にとどまっていた。そこからは照明のあかあかとともった書斎が煙草《たばこ》のけむり越しにくっきりと見えるのだった。やはり私服姿の三人目の男の顔には、濃い色のレンズが入った鼻眼鏡がのっていた。

書斎にいるふたりの男は訪問客の残した名刺を子細に点検したり、五千ルーブルについて問いただしたり、客の外見がどうだったかの説明を求めたりして、ペルシコフをさんざん苦しめた。

「そんなこと知りませんよ」とペルシコフはぶつくさ言った。「いやらしい顔つきでしたよ。退廃したやつですよ」

「片方がガラス製の義眼じゃありませんでしたか？」小柄な男がハスキーな声で尋ねた。

「知りませんよ。いや、義眼じゃなかったと思います。目がキョロキョロと動いていましたから」

「ルービンシュテインか？」小さな声で尋ねながら、天使が私服の小男の方を向いた。しかし、小男は陰気そうに頭を振った。

「ルービンシュテインが受領書なしで何かを渡すってことはあり得ない。絶対に」と彼はうなるように言った。「これはルービンシュテインの仕業じゃない。もっと大物だ」

オーバーシューズの話は男たちの興味を大いにそそった。天使は管理委員会に電話でごく短く次のように告げた。「国家政治保安部の命令だ。管理委員会書記のコーレソフは即刻ペルシコフ教授の住居にオーバーシューズを持って出頭するように」瞬《また》く間に青い顔をしたコーレソフがオーバーシューズを手に書斎に現れた。

「ヴァーシェンカ！」天使が玄関口にすわっていた男に、そう大きくない声で呼びかけた。男はけだるそうに立ち上がり、まるでネジがゆるんでいるかのようにのろのろと歩いて書斎に入って来た。濃い色のレンズのせいで男の目はまったく見えなかった。

「え？」男は短く、眠そうに尋ねた。

「オーバーシューズだ」

色つき眼鏡の目がオーバーシューズをちらっと見た。ペルシコフは一瞬、濃い色のレンズの奥から全然眠そうではなく、逆に刺すように鋭いまなざしが閃《ひらめ》いたように思った。が、それはまたすぐに消えてしまった。

「どうだね、ヴァーシェンカ？」

ヴァーシェンカと呼ばれた男はめんどくさそうな声で答えた。

「どうもこうもありゃしませんよ。ペレンジュコフスキーのオーバーシューズですよ」

管理委員会基金はあっという間にペルシコフ教授からの寄付の品を失ってしまった。オーバーシューズは新聞紙にくるまれた。軍服型ジャケットを着た天使はものすごくうれしそうな様子だった。彼は立ち上がって教授に握手をし、短い演説をしたほどだった。その内容は要約すると次のとおりである。教授のなさったことは立派でした。教授はもう安心なさって結構です。もう誰も教授の邪魔をすることはないでしょう。

研究所でも、ご自宅でも。すぐに対策を講じますので、教授のボックス装置は完全に安全な状態に置かれます……

「記者たちを銃殺することはできないんでしょうか？」ペルシコフは眼鏡越しに上目づかいに見ながら尋ねた。

この質問は客人たちをとても愉快な気分にした。陰気そうな小男のみならず、玄関口にいた色つき眼鏡の男までニヤニヤした。天使は顔を輝かせて、それはできないと答えた。[17]

「うちに来たあの野郎はいったい誰なんです？」

たちまちニヤニヤ笑いが男たちの顔から消えた。天使は遠回しに、どうってことないペテン師ですよ、と答えた。気にするほどのものではありません……ですから、今夜の出来事は決して誰にもおっしゃらないようお願いします。そう言って、客人たちは立ち去った。

ペルシコフは書斎のグラフに戻った。けれども、作業に没頭することはできなかっ

---

17 現実がどうだったかを考えると、笑えないエピソードである。ここでGPUの人々が「愉快な気分」になるのは、彼らには適当な理由をつけて相手が誰でも簡単に殺すことができたからである。

た。電話のパイロットランプが灯《とも》り、女性の声が、魅力的で情熱的な未亡人と再婚する気はありませんか、七部屋ある住居が手に入りますよ、と言った。ペルシコフは受話器に向かって怒鳴りつけた。

「ロッソリーモ教授[18]のところで治療してもらった方がいいですよ！」すると次の電話がかかってきた。

ペルシコフは口調をやわらげた。というのも、電話をかけてきたのはクレムリンにいるかなり著名な人物だったからだ。この人物はじっくり時間をかけ、好意的な態度でペルシコフに仕事のことを尋ねた。それから、実験室を訪問したいという意向を述べた。電話を切った後、ペルシコフは額をぬぐい、受話器をはずしたまま電話の横に置いた。そのとき上の階から恐ろしいトランペットの音がとどろき、ヴァルキューレの悲鳴が響き渡った。毛織物工場長のラジオがボリショイ劇場で開かれているワーグナーのコンサートを中継していたのだ。天井から降り注ぐ轟音《ごうおん》雷鳴の中で、ペルシコフはマリア・ステパノヴナに向かって言った。工場長を訴えてやる、ラジオをぶっこわしてやる、畜生め、モスクワなんか出て行ってやるぞ。みんなが私を追い出そうとしていることは明白だからな。教授はルーペを叩きつけて粉々にし、書斎の寝椅子《ねいす》に横たわった。そして、ボリショイ劇場から流れてくる有名なピアニストの繊細な音を聞きながらまどろんだ。

驚くような出来事は翌日も続いた。ペルシコフが路面電車で研究所に出向くと、流行の緑色の山高帽をかぶった見知らぬ市民が玄関口で待ち構えていた。彼はペルシコフをじろじろと眺めたが、何も尋ねなかったのでペルシコフは我慢した。だが、研究所の廊下に入ると、混乱した様子のパンクラートの他にもうひとり山高帽の男がいて、教授に礼儀正しく挨拶《あいさつ》した。

「おはようございます、先生」

「何の御用ですか」ペルシコフはパンクラートの手を借りてコートを剝《は》ぐように脱ぎ捨てると、恐ろしい声で尋ねた。山高帽の男はすぐにやさしい声でささやくように、興奮なさる必要はありませんよ、と教授をなだめた。自分はまさに、先生をありとあらゆる煩《わずら》わしい客から守るために来たのです……ご安心なさってください。先生の研究室はドアだけでなく、窓も安全が確保されています。こう言って見知らぬ男はさっと上着の前を開き、内側につけたバッジを教授に見せた。

18 グリゴリー・イヴァノヴィチ・ロッソリーモ（一八六〇—一九二八）。ロシアの有名な神経病理学者で精神科医。

「ふむ……お宅らはとても手際《てぎわ》がいいようですな」ペルシコフはぶっくさと言った。そして頓馬《とんま》にもこう付け加えた。「で、食事はどうするんです？」

山高帽の男はにっこりして、誰かと交代しますから、と答えた。

それから三日間は何もかも順調だった。教授のところにはクレムリンからのお客が二度あり、一度は学生たちが試験を受けにやってきた。一人残らず落第だった。学生たちの顔には、今や教授に対する不気味なまでの恐怖心がありありと浮かんでいた。

「路面電車の車掌にでもなりなさい！　あんたは動物学には向いてない」という声が研究室から聞こえてきた。

「厳しいのか？」山高帽の男がパンクラートに尋ねた。

「おお、そりゃもう、神様お助けください」とパンクラートは答えた。「合格する学生がいたとしても、かわいそうに、ヨレヨレになって出てきますよ。汗びっしょりで、居酒屋に直行です」

こういうことをしながら教授はいつの間にか三日を過ごしたが、四日目に現実に引き戻された。その原因は通りから聞こえてきた甲高いキーキー声だった。

「ヴラディーミル・イパティエヴィチ」という声が、ゲルツェン通りにある研究室の、開いた窓から聞こえてきた。その声の持ち主はラッキーだった。ペルシコフはここ数日間過労気味だったので、声が聞こえてきた時はちょうど休憩をとっているところだったのだ。彼は目の縁を赤くし、ぐったりと安楽椅子にすわって煙草を吸っていた。もうこれ以上仕事をするのは無理だった。そういう脱力した状態にあったので、思わず気をそそられて窓から顔をのぞかせると、歩道にいたのはアルフレッド・ブロンスキーだった。教授は先のとがった帽子とメモ帳を見て、すぐにそれがたくさんの肩書を印刷した名刺の持ち主だとわかった。ブロンスキーは窓に向かい、へりくだった様子で丁寧にお辞儀をした。

「ああ、あなたでしたか」と教授は言った。教授には腹を立てる気力もなかった。それどころか、これからどうなるのか、おもしろく感じてさえいた。窓のこちら側にいれば、自分はアルフレッドから守られているのだ。外で見張っていた山高帽が、すかさずブロンスキーの方に顔を向けた。ブロンスキーは満面に愛想笑いを浮かべた。

「ほんの二、三分ぽっち、お願いしますよ、先生」ブロンスキーは歩道から一生懸命大声を出した。「ちょっとお聞きしたいことがあるんです。まったく動物学的なことです。質問してもよろしいでしょうか？」

「よろしい」ペルシコフは短く皮肉を込めて答えてから、こう考えた。「この悪党にはどこかアメリカ的なところがあるな」

「鶏のせいで、どうお考えになりますか、先生」ブロンスキーは口に手を当ててメガホンのようにし、大声で言った。

ペルシコフは驚いた。彼は窓枠の張り出しに腰掛けていたが、立ち上がって呼び出しのベルを押し、窓の外を指さしながら叫んだ。

「パンクラート、歩道にいるあの男をここに連れて来なさい」

ブロンスキーが部屋に入ってくると、ペルシコフはとても好意的な様子で、「どうぞおかけください」とさえ言ったほどだった。

ブロンスキーは有頂天になって満面の笑みを浮かべ、回転椅子に腰を下ろした。

「説明していただきたいのですが」とペルシコフは言った。「新聞にお書きになりましたよね」

「はい」とアルフレッドは敬意を込めて答えた。

「まともなロシア語もしゃべれないのに、どうやって書いているのか、私には不思議でなりません。ほんの二、三分ぽっち、とか、鶏のせいで、というのはいったい何です？　本当は鶏について、と言いたかったのでしょう？」

ブロンスキーは相手を立ててちょっと笑い、こう言った。

「ヴァレンティン・ペトローヴィチが直してくれるんです」

「そのヴァレンティン・ペトローヴィチというのは、いったい誰です？」

「文芸部の部長です」

「まあ、いいでしょう。私は文学研究者ではありませんから。ペトローヴィチのことなんかどうでもいい。鶏の何について知りたいんですか？」

「先生のおっしゃることなら何でもです、先生」

そう言ってブロンスキーは鉛筆を構えた。ペルシコフの眼に勝利の火花が光った。

「私に尋ねても無駄ですよ。私は鳥類の専門家ではありませんから。第一大学のイェメリヤン・イヴァノヴィチ・ポルトゥガロフのところに行った方がいいですよ。私はあまり知りませんからね……」

ブロンスキーはうれしそうににっこり笑い、先生のジョークはよくわかっていますよ、という素振りを見せた。「ジョーク、あまり知らん」と彼はメモ帳に書きつけた。

「でも興味があるのなら、話してあげましょう。鶏あるいはヤケイ属は……キジ目キジ科の鳥です」ペルシコフは、ブロンスキーではなくどこか遠くを見ながら、まるで何千人もの聴衆を前にしているかのように大声で話し始めた。「キジ科……ファジアニダエです。肉づきのよいトサカをもっており、下顎《したあご》に肉垂がふたつあります。ふむ……下顎の真ん中にひとつだけある場合もありますが……さて、それから他にはまだ何があったかな。翼は短くて、丸い。尾は中くらいの長さで階段状になっていて、屋根のような形をしていると言ってもいいくらいだ。尾の中央部の羽は鎌状《かまじょう》に曲がっている……パンクラート、標本室から七〇五番の標本を持って来てくれ。雄鶏の断面標本だ……いや、あなたに見せる必要はありませんかね？　パンクラート、持って来なくていい……繰り返しますがね、私は専門家ではないので、ポルトゥガロフのところに行ってくださいよ。私が知っているのは六種類の野生種の鶏のことで……ふむ、ポルトゥガロフならもっと知っているでしょうがね……インドとマレー諸島にいるんです。たとえば、セキショクヤケイあるいはカジントゥ、この鶏はヒマラヤ山麓《さんろく》とインド全域、アッサム、ビルマに生息している……アオエリヤケイあるいはガルス・ヴァリウスはロンボク島、スンバワ島、フローレス島。ジャワ島にはガルス・アエネウスというすばらしい鶏がいる。南東インドのハイイロヤケイという美しい鶏はお勧めですよ……あとでスケッチをお見せしましょう。セイロンに関して言うなら、セイロンヤケイがいる。これはセイロンにしかいない」

ブロンスキーは目を丸くしてメモをとった。

「他にもまだ知りたいことがありますか？」

「鶏の病気について知りたいのですが」とアルフレッドは小声でささやいた。

「ふむ、私は専門家ではありませんのでね……ポルトゥガロフに尋ねてくださいよ……そうだな、どんな病気があるかと言うと……サナダムシ、吸虫、皮癬《ひぜん》ダニ、ニキビダニ、ワクモ、ニワトリハジラミ、蚤《のみ》、家禽《かきん》コレラ、ジフテリアによるクループ症候群……肺真菌症、結核、毛包虫症……ありとあらゆる病気がある……（ペルシコフの目に火花が散った）中毒ということもある、たとえばドクニンジンによるものとか。腫瘍《しゅよう》、くる病、黄疸《おうだん》、リュウマチ、アホリオン・シェーンライニ菌……とてもおもしろい病気だ。この病気にかかるとトサカにカビに似た小さな斑点《はんてん》ができる……」

ブロンスキーはカラフルなハンカチで額の汗を拭《ふ》いた。

「先生は今回の災難の原因は何だとお考えでしょうか？」

「どの災難だ？」

「なんですって、お読みになっていないのですか、先生」ブロンスキーは驚いて、書類かばんからしわくちゃになったイズヴェスチヤ紙を取り出した。

「新聞は読まん」ペルシコフは眉間《みけん》にしわを寄せて答えた。

「どうしてですか？」アルフレッドはやさしく尋ねた。

「ばかげたことしか書いてないからだ」ペルシコフはすかさず答えた。

「そんな」ブロンスキーはやんわりと言って、新聞を広げた。

「これはいったいどうしたことだ」とペルシコフは言って、椅子から立ち上がった。今度はブロンスキーの目に火花が散った。彼は手入れの行き届いた尖《とが》った爪《つめ》で、紙面いっぱいに大きく書かれた見出しに下線を引いた。「連邦に鶏の疫病」という見出しだった。

「なんだって」とペルシコフは、眼鏡を額の方に押し上げながら言った……

第六章　一九二八年六月のモスクワ

街は明るく輝いていた。ネオンサインが躍り、消えたかと思うとまた光った。劇場広場でバスの白いヘッドライトや路面電車の緑色の灯りがぐるりと回った。昔ミュル・アンド・メリリズ百貨店だった建物は一〇階まで増築されていて、その屋上ではカラフルな電光の女性が動き回り、カラフルな電光の文字をひとつずつ投げ出して「労働者ローン」という言葉にした。ボリショイ劇場の向かいにある小さな公園では、夜になると噴水が色とりどりの水を噴き出し、大勢の人がさざめいた。ボリショイ劇場の屋上で巨大なスピーカーががなり立てた。

「レフォルトヴォ獣医学研究所における鶏の予防接種はすばらしい成果を上げた。今日の鶏の死亡件数は半分に減少した……」

スピーカーの声は口調を変え、雑音が入った。劇場の屋上に緑色の光がともり、また消えた。スピーカーが嘆くような低音の声で言った。

「鶏疫病《とりえきびよう》取締り非常委員会[19]が設立された。メンバーは保健人民委員、農業人民委員、畜産担当の主任である同志トリ＝ブタマンスキー、ペルシコフ教授、ポルトゥガロフ教授、それに同志ラビノヴィチである！　鶏ペストに乗じた資本主義国の新たな内政干渉の試み！」スピーカーはジャッカルの高笑いやすすり泣きのような音をたてた。

劇場通りとニェグリンナヤ通りとルビャンカ通りでは白と紫色の光線が輝き、光のしぶきをあげた。車のクラクションが鳴り響き、ほこりが舞い上がった。大勢の人が告示の大きな紙の貼《は》ってある、赤いスポットライトで照らし出された壁の前に押し寄せた。

「鶏肉と鶏卵を食用にすることを固く禁ずる。違反した者は厳罰に処される。市場

19　GPUとKGBの前身が創設された時の名称「反革命・サボタージュ取締り全ロシア非常委員会」をもじったもの。

でこれを販売する個人事業者は刑法によって罰せられ、全財産を没収される。鶏卵を所有する市民は速やかに地区の人民警察に委譲すること。」

「労働者新聞」の屋上のスクリーンには、空にも届かんばかりにうずたかく積み上げられた鶏が映し出されていた。緑色がかったチカチカとちらつく歪《ゆが》んだ映像の中で、消防士たちがホースで灯油を撒《ま》いた。それから画面を赤い波が覆《おお》った。生気のない煙が湧《わ》き上がり、いくつかの塊になって上へ広がったり、地面を這《は》ったりした。それから「ホディンカ[20]で死んだ鶏を焼却」という光の文字が現れた。

昼休みと夕食時の休みを除いて夜中の三時まで営業しているいくつかの店の、あかあかと照明のついたショーウインドウが並ぶなか、「鶏卵の店　品質は保証付き」と書かれた看板の下にある、板を打ちつけたショーウインドウは、まるで失明した目のようだった。頻繁に不安をかきたてるサイレンを鳴らしながら、「モスクワ保健所救急車」と書かれた車が鈍重なバスを追い越し、交通整理をしている人民警察のそばを猛スピードで通り抜けた。

「また誰かが腐った卵を食ったな」と人々は噂《うわさ》し合った。

ペトロフスキイェ・リニイ通りにある世界的に有名なレストラン「アンピール」は、

緑色とオレンジ色の灯りに照らされていた。店の中のテーブル席では、持ち運びのできる電話機のそばにリキュールの染《し》みのついた厚紙が置いてあって、そこには次のように書いてあった。「当局の指示により、オムレツはご提供できません。新鮮な牡蠣《かき》が入荷しました。」

エルミタージュ公園では、生い茂った生気のない緑の中に中国風のランプがガラス玉のように点在しており、悲しげに光っていた。目がくらむほどまぶしい照明のついた野外劇場の舞台では、歌手のシュラムスとカルマンチコフが詩人アルドとアルグイエフの作った戯《ざ》れ歌を歌っていた。

ああ、ママ、教えてちょうだい
タマゴなしで、タマタマなしで、どうすればいいの⁇

20　モスクワ郊外にあるホディンカ原は、人々の記憶の中では大惨事と結びついている。一八九六年にここで行われたニコライ二世の戴冠を祝う祝賀行事で、集まった群衆が将棋倒しになり、千人を超す多数の死者が出た。

そう歌って、彼らは音高くタップを踏んだ。

フセヴォロド・メイエルホリドは周知のとおり、一九二七年にプーシキンの『ボリス・ゴドゥノフ』を上演中、裸の貴族たちを乗せた空中ブランコが落下した際に亡《な》くなったのだったが、[21]そのメイエルホリドにちなんで名づけられた劇場は、カラフルな文字を映し出す電光掲示板で、作家エレンドルク[22]の戯曲『トリコロリ』がメイエルホリドの弟子で共和国功労演出家のチキンマンによって上演されることを宣伝していた。その隣にあるアクヴァリウム公園では、虹《にじ》のように色を変える広告の光のなかで半裸の女性が輝いていた。そこの野外劇場ではやんやの喝采《かっさい》を浴びながら、作家レニフツエフのレヴュー『鶏の子ら』が演じられていた。トヴェルスカヤ通りでは頭の左右に小さな提灯《ちょうちん》をぶら下げたサーカスのロバが行列になって歩いていた。ロバたちは「コルシュ劇場でロスタンの『シャンテクレール』[23]を再上演」と書かれたピカピカ光るプラカードを運んでいた。

新聞売りの少年たちはタイヤの間をかいくぐって、大声で叫んだ。「地下の穴蔵でおぞましい発見！　ポーランドがおぞましい戦争を準備！　ペルシコフ教授のおぞましい実験!!」

旧ニキーチン・サーカスの、厩肥《きゅうひ》のいい匂《にお》いがする茶色の柔らかい土でできたアリーナでは、死人のように青ざめた道化のボムが、水ぶくれのような体をチェックの服で包んだビムに向かって言った。

「お前がなんでそんなに悲しそうにしているのか、知ってるよ」

「なんでさ？」ぴいぴい声でビムが尋ねた。

「土に埋めたタマゴが、一五区の人民警察にタマタマ見つかったんだろ」

「は、は、は、は！」サーカスの観客はあまりにも激しく大笑いしたので、楽しいと同時にぞっとするような恐怖も感じて、血も凍る思いだった。古びた丸天井の下では、空中ブランコと蜘蛛《くも》の巣が揺れた。

「ヘイ！」と道化たちが甲高い声で叫ぶと、餌《えさ》をたっぷり与えられた白馬が、ラズベ

21 一九二四年にこの作品を書いたブルガーコフは、ここで有名な演出家メイエルホリドの前衛的な実験を茶化している。実際にはメイエルホリドは、スターリンの粛清により一九三九年に逮捕され、拷問された挙句に、一九四〇年に銃殺された。
22 ロシアの作家イリヤ・エレンブルク（一八九一―一九六七）のもじり。
23『シラノ・ド・ベルジュラック』の作者として有名なフランスの劇作家エドモン・ロスタン（一八六八―一九一八）の寓意劇。シャンテクレールは、フランスの紋章にもなっているガリアの雄鶏の名前で、ロスタンの戯曲の主人公でもある。

リー色のレオタードを着た、すらりとした脚のすばらしい美女を背中にのせて現れた。

＊　＊　＊

思いがけず有名人になった一匹狼《おおかみ》のペルシコフ教授は、誰にも目を向けず、誰のことも気づかず、押されても気にせず、娼婦《しょうふ》たちが小さなやさしい声をかけても気に留めないで、高揚した気分でマハヴァヤ通りを、マネージュ[24]の明るく照明された時計の方に向かって突き進んでいた。周りに注意せず、物思いにふけって歩いていた教授はそこで、奇妙な流行遅れの格好をした男にぶつかり、男がベルトから吊《つ》り下げていた木製の拳銃《けんじゅう》ケースに指をしたたかに打ちつけた。

「あ、畜生め」とペルシコフは悲鳴を上げた。「おっと、失礼しました」

「すみません」ぶつかった男は嫌な感じの声で答えた。それからふたりはそれぞれ雑踏に紛れた。教授はプレチステンカ通りの方に向かいながら、この出来事をすぐに忘れてしまった。

第七章　ロック

レフォルトヴォ獣医学研究所の予防接種が効果を発揮したのか、サマラ地方の検疫《けんえき》部隊が有能だったのか、カルーガとヴォロネジでの卵販売業者に対する厳正な措置がよかったのか、はたまたモスクワの鶏《とり》疫病取締り非常委員会の働きがすぐれていたのかはよくわからないが、ペルシコフがアルフレッドと最後に会ってから二週間後には、連邦から鶏が完全に姿を消した。どこか地方にある小さな田舎町の中庭に見捨てられた羽根が落ちているくらいで、人々の涙を誘った。病院では、嘔吐《おうと》をともなう下血症状のあった食いしん坊患者の最後の何人かが回復した。死亡した人は幸いにも連邦全体で千人に満たなかったし、大きな騒動も起きなかった。ヴォロコラムスクに予言者がひとり登場し、鶏の大量死は他ならぬ共産主義活動家のせいであると告げたが、大した反響はなかった。ヴォロコラムスクの市場で、農家の女たちから鶏を取り上げた

24　赤の広場近くにある歴史的建造物。もともとは軍事教練のための建物だったが、現在では展示場として使われている。

何人かの人民警察が殴られ、同市の電信電話局の窓ガラスが壊されたくらいだった。幸いなことにヴォロコラムスク市当局は素早く対処した。その結果として、第一に予言者はその活動を停止し、第二に電信電話局には新しい窓ガラスがはめられた。

疫病は北上してアルハンゲリスクとシュムキン・ヴィシェロクにまで達すると、それ以上は広がらなかった。そこから先には進めなかったからだ。周知のように白海には鶏は生息していないからである。ウラジオストックでも同様だった。その先は海だからである。はるか南ではオルドゥバート、ジュルファ、カラブラクといった乾燥地帯で自然消滅した。西では不思議なことにポーランドとルーマニアの国境あたりで止まった。気候が違うからか、隣国の政府がとった予防措置がよかったからなのかはわからないが、ともかくも疫病はそれ以上広がらなかった。外国のメディアは史上初の鶏大量死についておもしろおかしく書きたてたが、ソ連政府は粛々と働き続けた。鶏疫病取締り非常委員会は養鶏再生促進非常委員会と改称し、一六人の委員からなる新たな特別三人体制《トロイカ》[25]が発足した。養鶏復興支援団が設立され、その名誉副団長にペルシコフとポルトゥガロフが選ばれた。新聞にふたりの写真が載り、その下に「外国で鶏卵大量買い出し」、「ヒューズ氏[26]、我が国の鶏卵キャンペーンを阻止」という大見出しの記事が書かれた。コレチュキンというジャーナリストの書いた毒のある風刺コラムがモスクワじゅうで有名になった。そのコラムは次のような文言で締めくくられていた。「ヒューズさん、私たちのタマゴをうらやましそうに見るのはやめてください。あなたには自分のタマタマがあるでしょう！」

ペルシコフ教授はこの三週間、へとへとになるまで働きに働いた。鶏の事件は教授の生活を一変させ、教授に二重の重荷となってのしかかった。さまざまな鶏関係の委員会で夜がつぶれ、アルフレッド・ブロンスキーや機械仕掛けの脚の男がやってきて長話をするのにも付き合わなければならなかった。ペルシコフはポルトゥガロフ教授やイワノフ助手、ボルンガルト助手とともに鶏を解剖して、ペストの病原菌を見つけるために顕微鏡で検査しなければならなかった。教授はさらに、三晩かけて「ペスト

25　一九二〇年代から三〇年代にかけて、行政や司法を速やかに執行するために、特別な権限をもつ三人からなる特別委員会、通称トロイカが設立された。たとえばスターリンの大粛清は、通常の裁判手続きを経ることなく、このトロイカによって迅速に大量処理された。一六人の委員からなるトロイカというナンセンスな表現によってブルガーコフは、ソ連の機構そのものがナンセンスであることを示している。

26　チャールズ・ヒューズ（一八六二―一九四八）はアメリカの政治家で、ブルガーコフがこの作品を執筆しているときに国務長官を務めていた。ヒューズはソ連に対する強硬姿勢で有名だった。

に罹患《りかん》した鶏の肝臓の変化について」という小冊子を大急ぎで執筆した。

ペルシコフは鶏には大した興味をもつこともなく働いた。それも当然のことである。彼の頭の中は、鶏の災難のせいで邪魔されてしまったが、本来のもっと重要な関心事でいっぱいだったのだ。つまり、例の赤い光線のことである。そうでなくてもあまりよくない教授の健康状態は、食事も睡眠もろくにとらなかったためにさらに悪化した。夜になってもプレチステンカ通りの自宅には帰らず、研究室に泊まり込んで、カバーのかかったソファで寝ることもしばしばだった。ペルシコフは夜遅くまでボックス装置や顕微鏡をいじくり回していたのだった。

七月の終わり頃には、この忙しさも一段落した。改称した非常委員会の活動もルーティンワークになり、ペルシコフは中断を余儀なくされていた仕事に戻ることができた。顕微鏡には新たなプレパラートがセットされ、ボックス装置の中では、魚とカエルの卵が光線に照射されて、驚くべき速さで孵化《ふか》していた。特別注文したレンズがケーニヒスベルクから航空便で届いた。七月の最後の数日間で、技師たちがイワノフの監督のもとに大きなボックス装置を新たにふたつ組み立てた。その装置では、もともと煙草《たばこ》の箱くらいの大きさの光線が直径一メートルに広がるようになっていた。ペルシコフはうれしくて両手をこすり合わせ、何やら謎《なぞ》めいた複雑な実験の準備を始めた。

彼がまず教育人民委員に電話をかけて交渉すると、受話器からカエルがゲロゲロ鳴くような声で、できる限りの援助をするという丁重な返事が聞こえてきた。それからペルシコフは非常委員会の畜産担当主任である同志トリ＝ブタマンスキーに電話をかけ、やはり非常に好意的な返事をもらった。用件はペルシコフ教授のために高額の品物を外国に発注するというものだった。トリ＝ブタマンスキーは、すぐにベルリンとニューヨークに電報を打つ、と言ってくれた。その後クレムリンから電話がかかってきてペルシコフの調子を尋ね、重々しい声で愛想よく、公用車は必要ないかと尋ねた。

「いいえ、結構です。私は路面電車の方がいいので」とペルシコフは答えた。

「おや、どうしてですか？」と謎めいた声が尋ね、鷹揚《おうよう》に笑った。

そもそもペルシコフと言葉を交わす者は、畏敬《いけい》の念を込め、恐れおののいて話すか、見かけは大人でも中身が子どものままの人間に話すように、愛想のよい薄笑いを浮かべるかのどちらかだった。

「電車の方が速いですから」とペルシコフが答えると、受話器からよく響く低音の声が言った。

「それではお好きなように」

それから一週間が過ぎた。ペルシコフは収束していく鶏の問題からどんどん遠ざかりながら、光線の研究に没頭した。彼の頭は睡眠不足と過労のために冴《さ》え、研ぎ澄まされて、軽やかになった。目の縁はいつも赤いままだった。彼はずっと研究室に寝泊まりしていた。一度だけ彼は隠棲《いんせい》している動物学研究所を離れ、プレチステンカ通りにある研究者生活向上中央委員会の大講堂で、光線と卵細胞に及ぼす影響について講演をした。それはこの変わり者の動物学者にとっての大勝利となった。円柱の立ち並ぶ大講堂では、天井から何かがパラパラと落ちてくるほど、万雷の拍手が鳴り響いた。アーク灯がシューッと音をたてながら、生活向上委員たちの黒いタキシードやご婦人方の白いイブニングドレスを照らしていた。壇上の講演台の横にガラス製のテーブルがあり、その上には大皿が置いてあって、そこで猫くらいの大きさの灰色に濡《ぬ》れたカエルがあえぐような息をしていた。人々は質問を記した紙切れを壇上に向かって投げた。その中にはラブレターが七通混じっていて、ペルシコフはそれらを破り捨てた。研究者生活向上中央委員会の委員長は、聴衆に向かってお辞儀をさせるためにペルシコフをもう一度無理やり壇上に登らせた。ペルシコフはイライラしながらお辞儀をした。手のひらは汗をかいて湿っていた。黒いネクタイはあごの下ではなく、左耳の方にゆがんでいた。目の前には黄色っぽい何百もの顔と男たちの白い胸があり、彼らの息が靄《もや》のように彼を包んでいた。突然、黄色い拳銃《けんじゆう》ケースがぱっと現れ、あっという間に白い円柱の後ろのあたりに消えた。ペルシコフはそれをぼんやりと眺めたが、すぐに忘れてしまった。ところが講演が終わり、帰ろうとして階段の緋色《ひいろ》のじゅうたんの上を歩いていると、急に気分が悪くなった。一瞬、エントランスホールのギラギラ光るシャンデリアが黒い影に覆《おお》われたような気がした。ペルシコフは不気味な気分に襲われて、軽い吐き気がした……何かが焼けるような臭《にお》いがし、ねばねばした熱い血液が首筋に降り注がれたような気がした……彼は震える手で手すりにしがみついた。

「ご気分でもお悪いのですか、ヴラディーミル・イパティエヴィチ」驚いた人々の声が四方八方から聞こえた。

「いやいや」とペルシコフは正気に返りながら答えた。「疲れただけです……そう……水を一杯いただけますかな」

＊　＊　＊

とてもよく晴れた八月のある日のことだった。太陽のまぶしさが邪魔だったので、教授はブラインドを下ろした。伸び縮みするアームのついた卓上ライトの反射鏡だけが明るい光の束を、さまざまな器具やレンズでいっぱいのガラス製実験台の上に投げかけていた。ペルシコフは回転椅子《いす》の背もたれを元に戻し、疲れ切った様子で煙草を吸って、筋状になった煙の隙間《すきま》から、死ぬほど疲れてはいるが満足した目つきでボックス装置の少し開いた扉の中を見た。そこには赤い光線の束が、研究室の中の息苦しいよどんだ空気を少しばかり暖めながら、静かに横たわっていた。

ノックの音がした。

「何だ？」とペルシコフは尋ねた。

ドアのかすかにきしむ音がして、パンクラートが入って来た。彼は両手をズボンの縫い目にぴったりそろえて気をつけの姿勢をとり、神を前にした不安で青くなりながら、次のように言った。

「先生、ロック[27]が来ました」

科学者の頬にほほえみのようなものが浮かんだ。彼は目を細めて言った。

「おもしろいね。でも、忙しいんだ」

「クレムリンからの公文書を持参した、とおっしゃっていますが」

「公文書を持った運命《ロック》だって？　それは珍しい組み合わせだな」とペルシコフは言って、こう付け加えた。「よかろう、通しなさい」

「かしこまりました」パンクラートは答えて、まるで蛇のようにドアから姿を消した。

一分後に再びドアのきしむ音がして、敷居のところにひとりの人間が現れた。ペルシコフは回転椅子をギーギーいわせながら、肩越しに眼鏡の上から訪問客をじろじろ見た。ペルシコフは浮世離れした生活をしており、日常生活には興味がなかった。けれどもそんなペルシコフでさえ、この男の本質的な特徴に気づいた。男は奇妙なほど流行遅れの格好をしていたのだ。一九一九年ならこの男の様子は首都の通りを歩くのにぴったりだっただろう。一九二四年の初め頃なら、まだ見逃してもらえたかもしれない。しかし一九二八年にもなると、この男の格好は目立って奇異に見えた。一九二八年にはプロレタリアートの中でも意識が最も遅れているグループ、つまりパン屋[28]ですらブレザーを着ていたし、モスクワでは軍服型ジャケットにはめったにお目にかかることがなかった。軍服型ジャケットという流行遅れのスタイルは、一九二四年の末

27この名前にはロシア語で「運命」の意味がある。この作品の「運命の卵」というタイトルにもこの名前とよく似た単語が使われている。

28ブルガーコフはここでボリシェヴィキのイデオロギーを皮肉っている。ボリシェヴィキによれば、人間は搾取する側（資本家）と搾取される側（労働者）に分けられたが、自分の店を所有するパン屋は、職人としてはプロレタリアートに属するが、店を持っている分、プロレタリアとしての意識が低いというわけである。

には完全にすたれてしまっていたのである。研究室に現れた男はダブルの革ジャケットにカーキ色のズボン、ゲートルに編み上げ靴といういでたちで、脇《わき》には巨大な古いタイプのピストルであるモーゼル銃を、傷だらけの黄色いケースに入れて提げていた。男の顔はすべての人に与えるのと同じ印象をペルシコフにも与えた。つまり、きわめて不愉快な印象を与えたのだ。小さな目は全世界を驚いたように見つめつつ、自信にあふれていた。偏平足《へんぺいそく》の短い脚には、どこか無遠慮なところがあり、髯《ひげ》の剃《そ》りあとは青々としていた。ペルシコフはすぐに眉《まゆ》をしかめた。彼は無慈悲に回転椅子をきしませて、男をもう眼鏡の上からではなく、眼鏡を通して見ながら尋ねた。

「公文書を持っているのですって？　どこです？」

男は研究室の中を見ておそらくは驚いたのだろう。もともと途方に暮れる能力のない男だったが、ここでは途方に暮れた様子だった。目つきからすると、一二段もあって天井まで届きそうな、本のいっぱい詰まった棚に圧倒されたらしい。それからもちろん、地獄のように赤い光がレンズで拡大されてちらついているボックス装置にも驚いたようだった。それに回転椅子にすわったペルシコフ自身も、反射鏡つき卓上ライトのまぶしい光線のすぐ脇の薄暗がりの中にいて、謎めいて威厳のある様子に見えた。男は教授から目を離すことができず、その自信に満ちた目の中には畏敬の念が浮かんでいた。男は公文書を出さずに、こう言った。

「アレクサンドル・セミョーノヴィチ・ロックです！」

「それで？　何なんです？」

「私はモデル・ソフホーズ[29]『赤い光線』の農場長に任命されました」と男は説明した。

「それで？」

「それで、同志、秘密文書を持ってきました」

「ほう、おもしろいですね。なるだけ手短にお願いしますよ」

男は革ジャケットのボタンをはずして、上質の厚い紙にタイプされた命令書を取り出し、それをペルシコフに手渡した。それから、おかけなさいと言われもしないのに、背もたれのない回転椅子に腰を下ろした。

「テーブルを押さないでください」憎々しげにペルシコフが言った。

男は驚いてテーブルの方を見た。テーブルの向こう側の端には、湿っぽく暗い穴の中で、何者かの生気のないエメラルド色の目が点滅していた。その目からは冷気が漂ってきた。

29 国内外でのプロパガンダ用に特別に作られたソフホーズ（国営の集団農場）。

ペルシコフは命令書を読むや否《いな》や椅子から立ち上がり、電話に向かって突進した。数秒後にはもう教授は急き込《せ》んで、極度に憤慨しながらしゃべっていた。

「失礼ですが……理解できません……いったいどうなっているんです？　私は……私の了解もなく、私に相談もなく……彼がいったい何をしでかすか、わかったもんじゃありませんよ!!」

これを聞いた男は気を悪くして、回転椅子の上でもぞもぞと動いた。

「失礼ですが、私は農場長……」と男は言いかけた。

けれどもペルシコフは、鉤形《かぎがた》の指で威嚇《いかく》して男を黙らせ、話を続けた。

「失礼ですが、私には理解できません……私は断固反対します。鶏卵を使った実験は許可しません。私が自分で実験しないうちはだめです……」

受話器からはカエルのような声が、ブッブツッという雑音に混ざって聞こえてきた。離れたところからでも、受話器から聞こえる鷹揚な声がまるで子どもを相手にしているかのように話しているのがわかった。顔を赤紫にした教授が受話器をガチャンと置き、壁に向かって次のように言うことで、通話は終了した。

「どうなったって私の責任じゃないぞ」

教授はテーブルに戻って文書を手に取り、上から下まで上目づかいに眼鏡の上からそれを読むと、今度は眼鏡のレンズを通して下から上まで読み直した。それから突然、大声でほえるように言った。

「パンクラート！」

パンクラートはまるでオペラの舞台で奈落《ならく》からせり上がってきたかのように、あっという間にドアのところに姿を現した。ペルシコフはパンクラートの方を見て、叫んだ。

「出て行け、パンクラート！」

パンクラートは驚いた表情ひとつ見せず、姿を消した。

それからペルシコフは訪問客の方に向き直り、話し始めた。

「よろしい、命令に従うことにしましょう。私とは関係ありませんから。興味もありませんし」

男は気を悪くしていたが、それよりも驚きの方がまさっていた。

「すみませんが」と男は言った。「同志、あなたは……」

「何なんです、さっきから同志、同志ばかり……」ペルシコフは陰鬱《いんうつ》そうにぶつくさ言いかけ、黙り込んだ。

これはしたり、という表情がロックの顔に浮かんだ。[30]

「すみませ……」

「まあ、よくお聞きなさい」とペルシコフは男をさえぎった。「これがアーク灯です。接眼レンズを動かすと、このアーク灯から光線の束が得られます」ペルシコフはカメラに似たボックス装置の蓋《ふた》をカチリと開いた。「対物レンズを動かすことによって、光線の束を一点に集中させることができます。この一番の対物レンズです……それから二番の反射鏡」ペルシコフがアーク灯をいったん消してからまた点灯させると、ボックス装置のアスベストでできた底の部分に光線が当たった。「光線が当たっているこの底の部分に何でも好きなものを置いて実験すればよいのです。ものすごく簡単でしょう？」

ペルシコフは皮肉と軽蔑《けいべつ》を込めて言ったのだが、訪問客はそれには気づかなかった。男は小さな目を輝かせて、ボックス装置の中をのぞき込んだ。

「注意しておきますがね」とペルシコフは続けた。「手を光線に当ててはいけませんよ。私が観察したところでは、光線は上皮細胞を増殖させますから……悪性のものかどうかは、残念ながらまだわかっていませんが」

訪問客は両手を大急ぎで体の後ろに隠したが、そのとき手に持っていた革製の鳥打帽を落としてしまった。それから男は教授の手を見た。教授の両手はヨードチンキで焼けただれていた。右の手首には包帯が巻いてあった。

「先生の手は大丈夫なんですか？」

「クズネツキー橋通りのシュヴァーベ店でゴム手袋を売っています」教授はいらいらしながら言った。「買うか買わないかは、私の知ったことではありませんけれどもね」

ペルシコフはまるでルーペをのぞき込むようにして訪問客を観察した。

「いったいどこから出てきたんです？　そもそも……どうしてあなたなんです？」

ロックはとうとう本格的に気を悪くした。

「すみませ……」

「だいたい、何が問題になっているのか、わかってるんですかね！　どうしてあなたたちはこの光線にこだわるんですか？」

「ものすごく重要なことだからですよ」

「そうですか。ものすごく重要なことね。それなら……パンクラート！」

パンクラートが姿を現すと、教授は言った。

30　当時「同志」は共産党員とその支援者などが互いに呼び合う時に使っていた。ペルシコフが「同志」という言い方に反発していることは、彼が共産主義者の仲間ではないことの表明となる。

「ちょっと待て。考えるから」

　パンクラートは素直に姿を消した。

「私は」とペルシコフは言った。「理解できないんですよ。どうしてそんなに急いでいるのか、しかも秘密にしておきたいのか」

「先生のおかげで頭が混乱してしまいました」とロックは言った。「鶏が一羽残らず死んでしまったのはご存知でしょう」

「それがどうしたんです」とペルシコフは怒鳴った。「鶏を全部よみがえらせたいとでも言うのですか？　なぜまだちゃんと研究されていない光線の助けが必要なんです？」

「同志先生」とロックは言った。「先生と話していると、頭が本当に混乱してしまいます。われわれには養鶏業を復興させることが必要なんですよ。外国ではわれわれについて卑劣なことを書きたてていますからね。そういうことです」

「書かせておけばいいじゃないですか」

「そういうわけにはいかないんですよ」ロックはいわくありげに答えて、頭を振った。「鶏を卵から孵《かえ》らせるというアイデアが誰の頭に思い浮かんだのか、知りたいものです」

「私のです」とロックは答えた。

「え、そうなのか……で、いったいまたどうしてそう思ったのか、教えていただけますかね。どこで光線の特徴をお知りになったのです？」

「先生の講演を聞いたんです」

「鶏の卵ではまだ何の実験もしていないんですよ！　今からやろうとしていたのに！」

「きっとうまくいきますよ」ロックは自信たっぷりに、急に誠意を込めて言った。「先生の光線は鶏どころか、象でも作れるというので有名ですから」

「ねえ、いいですか」とペルシコフは言った。「あなたは動物学者ではありませんよね？　違う？　それは残念……あなたならとても勇敢な実験者になれたのに……ほんとに……でもあなたは失敗する危険を冒している。そして私から時間を奪っている」

「ボックス装置はお返しします。それならどうですか？」

「いつ？」

「最初の一群が孵化したら」

「なんでそんなに自信たっぷりなんですか！　まあいい。パンクラート！」

「人手はありますから」とロックは言った。「それに警備員も」

夕方にはペルシコフの研究室はがらんとしてしまった。テーブルの上には何もなかった。ロックの連れてきた作業員たちが大きなボックス装置を三つとも全部持って行ってしまい、教授のもとには実験を始めた当初に作った最初の小さなボックス装置だけが残された。

夏の黄昏《たそがれ》が迫り、研究所は灰色に染まり、その色は廊下にまで忍び込んでいた。研究室には単調な足音だけが響いていた。それはペルシコフで、灯りもつけずに大きな部屋の窓からドアまでの距離を歩幅で測っているのだった……奇妙なことだった。この日の夕方、言うに言われぬ憂鬱な気分が研究所で働く人々や、そこで飼育されている動物に襲いかかったのだ。ヒキガエルたちはもの悲しいコンサートを執り行い、いかにも今から何か悪いことが起きそうだと警告するような不吉な声で鳴いた。パンクラートは廊下で檻《おり》から脱走した蛇をつかまえなければならなかった。つかまえられたとき、蛇はどこでもいいのでとにかくここから出たいというような様子だった。深い黄昏の中、ペルシコフの研究室の呼び出しベルが鳴った。パンクラートはドアの敷居のところに姿を現した。パンクラートはそこで奇妙なものを見た。科学者がひとりぼっちで研究室の真ん中に立ち、テーブルを見つめていたのだ。パンクラートは咳払《せきばら》いをして、その場にじっと立ち尽くしていた。

「ほら、パンクラート」とペルシコフは言って、からっぽのテーブルの上を指さした。パンクラートは仰天した。薄暗がりの中で教授が目を泣き腫《は》らしているように思われたからである。あり得ないことだったし、恐ろしいことだった。

「はい」と、ほとんど泣きそうになってパンクラートは答え、「怒鳴りつけてくれた方がましなのに！」と思った。

「ほら」ペルシコフは繰り返した。理不尽にも大好きなおもちゃを取り上げられた子どものように、唇を震わせていた。

「ねえ、パンクラート、知ってるか」窓の方に顔をそむけながらペルシコフは続けた。「私の妻なんだがね、一五年前に私を捨てたんだが、その後オペレッタ劇団に入ったんだ。その妻が亡《な》くなったのだそうだよ……こんなことってあるものかね、パンクラート……手紙が届いたんだ……」

ヒキガエルたちは嘆き悲しむように大声を上げた。黄昏が教授を包んだ。夜がやって来たのだ……モスクワの街……窓の向こうのどこかで白い電灯が輝いていた……パンクラートは狼狽《ろうばい》し、気を滅入《めい》らせた。彼は不安のあまり気をつけの姿勢のまま、両手をズボンの脇の縫い目にぴったりとそろえていた。

「もう行ってもいいぞ、パンクラート」教授は重苦しい気分で言って、手で合図した。

「もう寝なさい。お前はいいやつだな、パンクラート」

夜になっていた。パンクラートは爪先立《つまさき》ちで研究室を出て自分の部屋に駆け込み、隅に積み上げてあったぼろ服をかき回し、そこから飲みかけのロシア製ウォッカの瓶を取り出して、一気にティーカップ一杯分を飲み干した。それから塩を振りかけた黒パンを食べると、目元に少しうれしそうな表情が浮かんだ。

夜遅く、真夜中に近い時刻に、パンクラートはわずかな灯りしかともっていない玄関ホールのベンチに裸足《はだし》ですわっていた。彼はときどき木綿のシャツの上から胸を掻《か》きながら、夜勤に当たっていた山高帽の男と話をした。

「殺された方がましなくらいだよ、誓ってもいいが……」

「本当に泣いていたのか？」山高帽の男が興味津々《しんしん》で尋ねた。

「本当さ、誓ってもいい……」パンクラートはうなずいた。

「あんな大学者がなあ」山高帽の男が言った。「いくらなんでも、カエルは奥さんの代わりにはならんわな」

「まったく」とパンクラートは言った。

パンクラートは少し考えてから、付け加えた。

「うちのかみさんを呼び寄せようかと思うんだよ……田舎にいたってしょうがないん

だから。でも、ここの生き物がうちのやつには我慢できないんだ……」

「そりゃそうだろう。まったくいやらしい生き物だからな」山高帽は同意した。

教授の研究室からは物音ひとつ聞こえてこなかった。灯りもついていなかった。床と扉の隙間からは何の光ももれていなかった。

第八章　ソフホーズでの出来事

スモレンスク県などの八月の盛りほどいい季節はない。一九二八年の夏はすばらしかった。周知のとおり、春のちょうどよい時季に雨が降った後、太陽がカンカンに照りつけて、最高の収穫をもたらしたのだ。かつてシェレメーチェフ家の領地だったところにりんごが熟し、森は青々として、畑は黄色いじゅうたんのように広がっていた……人間も自然の懐《ふところ》に抱かれると善良になるものだ。アレクサンドル・セミョーノヴィチ・ロックの外見も街中で見るほど悪くはなかった。彼はもうあの嫌らしい革ジャケットを着ていなかった。顔は赤銅色《しゃくどういろ》に日焼けし、ボタンをはずした木綿のシャツから黒くて濃い毛の生えた胸を見せ、キャンバス地のズボンをはいていた。目つきもリラックスして、善良そうだった。

アレクサンドル・セミョーノヴィチは屋敷の円柱が立ち並ぶ玄関前の階段を大急ぎで下りた。玄関先には「ソフホーズ 赤い光線」と書かれた、星印のついた看板がかかっていた。彼はまっすぐ軽トラックのところに行った。厳重な警備のもと、三つの黒いボックス装置が運ばれて来たのだった。

アレクサンドル・セミョーノヴィチは助手の手を借りながら、一日かけてかつてシエレメーチェフ家の冬の庭園、つまりオランジェリーだった場所にボックス装置を備え付けた。作業は夕方には終了した。ガラス張りの天井の下には白い磨《す》りガラスの電球がともっていた。彼らはレンガ造りの床の上にボックス装置を取り付けた。ボックス装置と一緒にやってきた技師が真新しいネジを回し、カチッという音をさせ、黒いボックス装置の底に敷いたアスベストの上に神秘的な赤い光線を生み出した。

アレクサンドル・セミョーノヴィチは熱心に働いて、自らはしごに上って電線をチェックした。

その翌日、軽トラックが駅から戻ってきて、すべすべした化粧板でできた立派な木箱を三つ降ろした。それらの箱には荷札がいっぱい貼《は》られており、さらに黒地に白い文字で「Vorsicht: Eier! 卵に注意!」と書いてあった。

「たったのこれっぽちしか送ってこなかったのか?」アレクサンドル・セミョーノヴ

ィチは驚いたが、すぐに仕事にとりかかり、箱から卵を取り出し始めた。荷解きの作業は例のオランジェリーで行われたのだが、この作業にはアレクサンドル・セミョーノヴィチ自身の他にも、まるまると太った妻のマーニャと、かつてシェレメーチェフ家の庭師だったが今ではソフホーズに雇われている片目で何でも屋の守衛、今やソフホーズで暮らすことを余儀なくされてしまった警備兵、それに掃除婦のドゥーニャが参加した。ここはモスクワではなかったので、すべてが簡素で家庭的で親密だった。アレクサンドル・セミョーノヴィチは卵の入った木箱に愛情のこもったまなざしを向けながら指示を出した。木箱はオランジェリーのガラス製の天井から差し込む繊細な夕日の中で、しっかりした立派な贈り物のように見えた。いかにものどかにライフル銃を戸口に立てかけたまま、警備兵はペンチで木箱の留め金や薄い金属でできたバンドをはずした。ガチッガチッという音が鳴り響き、ほこりが舞い上がった。アレクサンドル・セミョーノヴィチはサンダルをパタパタさせながら、木箱の周囲をせかせかと動き回った。

「そんなに乱暴にしないでくれよ」と彼は警備兵に言った。「もっとそっとして。卵なんだから」

「大丈夫ですよ」地方都市から来た警備兵は作業を続けながら、しわがれ声で言った。

「もうすぐです……」

バキッと音がして、ほこりが舞い上がった。

卵は申し分なく梱包《こんぽう》されていた。木製の蓋《ふた》の下にはまずパラフィン紙の層があり、その下には吸い取り紙の層があり、その下には鉋屑《かんなくず》がぎっしり詰まった硬い層があり、その下にはおが屑の層があって、その中から白っぽい卵が顔をのぞかせていた。

「外国の梱包はすごいなあ」アレクサンドル・セミョーノヴィチはおが屑の中に手をつっこんで、うっとりして言った。「我が国のやり方とは大違いだ。気をつけて、マーニャ、割るんじゃないぞ」

「アレクサンドル・セミョーノヴィチ、あんた頭がおかしくなったんじゃないの」と妻が答えた。「金でできてるわけじゃあるまいし。私が卵を見たことがないとでも言うつもり？　まあ、こんなに大きな卵！」

「外国産だからな」アレクサンドル・セミョーノヴィチは卵を木製のテーブルの上に置きながら言った。「我が国の田舎の卵とは大違いだ。全部ブラマ鶏《どり》の卵なんじゃないのか、こん畜生！　ドイツ産だ……」

「ほんとにそうです」警備兵がうっとりと卵を見ながら言った。

「ただ、よくわからないんだが、なんでこんなに汚いんだろう」と、アレクサンドル・セミョーノヴィチは考え込んで言った。「マーニャ、ここで見といてくれ。みんなは荷解きを続けて。ちょっと電話をかけてくる」

アレクサンドル・セミョーノヴィチは中庭を横切って、ソフホーズの事務所にある電話に向かった。

その日の夕方、動物学研究所の研究室の電話が鳴った。ペルシコフ教授は髪の毛をかきむしりながら、電話のところに行った。

「なんだ？」と彼は尋ねた。

「地方からの電話です」受話器から、歯の隙間《すきま》から出しているような女性の声が小さく聞こえた。

「つないでくれ」ペルシコフは電話の黒い口に向かって、いかにも嫌そうに言った。

何かがカチッと音をたてて、遠くの方から不安そうな男の声が聞こえてきた。

「卵を洗った方がいいんですかね、先生」

「何？　何だって？　何の話だ？」ペルシコフはいらいらして言った。「どこからかけているのかね？」

「スモレンスク県ニコルスコエ村からです」受話器の声が答えた。

「わけがわからん。ニコルスコエ村など、まったく知らん。あんたは誰かね？」

「ロックです」と厳《いかめ》しい声が聞こえた。

「ロック？　ああ、あんたか……何を訊《き》きたかったのかね？」

「洗った方がいいんですか？　外国から鶏卵が届いたんですが……」

「それで？」

「泥つきなんです」

「何か勘違いしてるんじゃないのかね。泥つきだなんて。まあ、ちょっとはついているかもしれないが……乾いた糞《ふん》とか……何かがちょっとついていることはあるかもしれないが……」

「じゃあ洗わなくてもいいんですね？」

「もちろんだとも……もう装置に卵を入れるつもりなのか？」

「はい、入れます」と受話器の声が答えた。

「ふむ」ペルシコフはうなった。

「じゃあね」ガチャンと音がして、通話は途絶えた。

「『じゃあね』だと？」ペルシコフは憎々しげに助手のイワノフに向かって言った。「ピョートル・ステパノヴィチ、ああいうタイプをどう思うかね？」

イワノフは笑った。

「彼だったんですか？　あの人が卵で何をしでかすか、目に浮かぶようですよ」

「う、う、う」とペルシコフは怒って言った。「考えてもみてくれ、ピョートル・ステパノヴィチ……まあいい。ひょっとしたら光線は両生類の卵黄に及ぼしたのと同じ作用を鶏の卵黄にも及ぼすかもしれない。鶏が卵から孵《かえ》ることは大いにあり得る。けれども、君にも私にも、どんな鶏が孵るのかはわからないのだ……ひょっとしたら何の役にも立たない鶏かもしれない。生後二日で死んでしまうような鶏かもしれないし、食用にはならない鶏かもしれない！　ちゃんと両脚で立って歩けるかどうか、私には保証できんよ。骨がもろいかもしれないからな」ペルシコフはどんどん激してきて腕を振り回し、数を数えるように指を折った。

「おっしゃるとおりです」イワノフは同意した。

「ピョートル・ステパノヴィチ、君には保証できるかね、そういう鶏が次世代を生み出すことができるかどうか。ひょっとしたらあの男は不妊の鶏を飼育することになるのかもしれない。犬くらい大きくなったとしても、雛《ひな》の誕生は最後の審判の日まで待たないといけないかもしれん」

「確かに保証はできませんね」とイワノフは相槌《あいづち》を打った。

「なんて無礼なんだろう」ペルシコフはますます怒りに燃え立ちながら言った。「あのお調子者めが！　しかも、私はあの悪党を指導するよう委任されているんだ」ペルシコフはロックが持参した公文書を指さした。（それは実験台の上に投げ出してあった。）「あんなばか者《もの》をどうやって指導しろと言うんだ、自分でもこの問題に関してはわかっていないのに」

「断るわけにはいかなかったんですか？」とイワノフは尋ねた。

ペルシコフは顔を真っ赤にして公文書を手に取り、イワノフに差し出した。イワノフはそれを読み、皮肉な微笑を浮かべた。

「そういうことですか……」イワノフはいわくありげに言った。

「それに、私は注文の品が届くのをもう二カ月も待っているのに、何の音沙汰《おとさた》もないんだ。それなのにあいつのところにはあっという間に卵が届いて、その上ありとあらゆる援助の手が差し伸べられている……」

「でも、やつはきっと大コケしますよ、ヴラディーミル・イパティエヴィチ。結局はボックス装置が私たちのところに戻ってくることになりますよ」

「すぐにそうなってほしいものだ。さもないと私の実験が遅れてしまう」

「ええ、それは困りますよね。私の方の準備はもう整っています」

「防護服は手に入ったかね？」

「はい、今日」

ペルシコフは少しほっとして、元気になった。

「ほほう……こうすることにしよう。手術室のドアを密閉して、窓を開けるんだ」

「そうしましょう」とイワノフは同意した。

「ヘルメットは三つ？」

「はい、三つです」

「そうか……それでは君と私と、誰か学生を連れてくることにしよう。その学生が三つめのヘルメットを使うんだ」

「グリンムートはどうでしょうか」

「君のところでサラマンダーを扱っている学生かね？　ふむ、彼は悪くない……だが待てよ、彼は春の試験の時に軟骨魚類の浮き袋がどういう構造になっているか、説明できなかったんじゃないか」ペルシコフは執念深く付け加えた。

「いや、彼は大丈夫です。とても優秀な学生です」イワノフは学生をかばった。

「一晩徹夜になる」ペルシコフは続けた。「ピョートル・ステパノヴィチ、ガスを検査してくれないかね。化学振興協会のばかどもが何を送ってきたか、わかったもんじゃないからな。とんでもない代物《しろもの》を寄越してきたということもあり得る」

「いや、いや」とイワノフは手を振った。「昨日もう検査してみたんです。協会の化学者たちはちゃんとしていますよ、ヴラディーミル・イパティエヴィチ、まともなガスです」

「何で試してみたのかね？」

「普通のヒキガエルです。ガスを一吹きしただけで、みんな死んでしまいました。ヴラディーミル・イパティエヴィチ、こうしたらどうでしょう。電気銃を送ってくれるよう、先生がゲー・ペー・ウーに申請書をお書きになるのです」

「そんなもの、私には扱えない……」

「私がやります」とイワノフが言った。「クリャージマ川で面白半分に撃ったことがあるんです……隣にゲー・ペー・ウー部員が住んでいたものですから……いい銃ですよ。まったくすばらしいものです……音も出ないし、百歩くらいの距離にあるものならあっと言う間に殺せます。私たちはカラスを撃ったんですが……あれがあればガスはいらないくらいだと思います」

「それはいいアイデアだな……すごくいいアイデアだ」ペルシコフは部屋の隅に行き、受話器を取ってカエルのような声で話し始めた。

「あれを頼む、ええとあれだ、ルビャンカだ……」

＊　＊　＊

焼けつくように暑い日が続いていた。畑の上で熱せられた空気が透明なゼリーのようにたゆたうのがはっきり見えた。すばらしい夜で、緑に染まっているさまはまるで夢の中のようだった。満月が輝き、かつてのシェレメーチェフ家の領地をえも言われぬ美しさにしていた。ソフホーズ屋敷は砂糖菓子のように光り、庭では影がちらちらと動いていた。池は月光の銀色の帯と底なしの漆黒の二色に染まっていた。月明りでイズヴェスチヤ紙が苦もなく読めた。小さいノンパレイル体で印刷されたチェス欄だけは別だったが。けれども、こんな夜にいったい誰がイズヴェスチヤ紙なぞ読もうと思っただろうか……掃除婦のドゥーニャはソフホーズの裏にある林に来ていた。そこには偶然にも、赤い口髭《くちひげ》を生やしたソフホーズのポンコツ軽トラックの運転手も来ていた。そこでふたりが何をしたかは定かではない。彼らはちらちらする楡《にれ》の木陰に敷いた運転手の革コートの上で気持ちよく過ごした。台所には灯りがともっていて、野菜畑で働いている農夫がふたり、夕食を食べていた。マダム・ロックは白いゆったりした部屋着を着て円柱の立ち並ぶベランダにすわり、美しい満月を見ながらいろいろ空想していた。

一〇時になり、ソフホーズの裏手にあるコンツォフカ村から何の物音も聞こえてこなくなったとき、牧歌的な風景は繊細でうっとりするようなフルートの音に包まれた。その音色が森やかつてのシェレメーチェフ家の屋敷の円柱にどれほどよく似合っていたか、言葉にはできないほどだった。「スペードの女王」[31]の華奢《きゃしゃ》なリーザが情熱的なポリーナに声を合わせる二重唱で、そのメロディーは古くはあるけれども、涙が出そうなほどいとしい時代の幻のように月にまで昇って行った。

「消えていく……消えていく……」

フルートは高く響き、トリルし、嘆き悲しむように歌った。

林はしんと静まり返っていた。ドゥーニャは森の妖精《ようせい》のように抗《あらが》いがたく魅惑的な様子で、その頬を赤毛の運転手のたくましく男らしい頬に寄せて、フルートの音色に聞き入った。

「うまく吹きやがるなあ、こん畜生」ドゥーニャの腰を力強い腕で抱きながら、運転手が言った。

フルートを吹いていたのは、ソフホーズの農場長アレクサンドル・セミョーノヴィチ・ロックその人だった。彼の演奏が本当にうまかったことは認めなければならないだろう。実はかつて、フルートがアレクサンドル・セミョーノヴィチの職業だったのである。彼は一九一七年までは、かの有名なマエストロ・ニワトリスキーの楽団のメンバーだったのだ。この楽団は毎晩、エカテリーノスラフ市にある映画館「チャーミング・ドリーム」の居心地のいいラウンジで美しいハーモニーを響かせていた。けれども、偉大な年である一九一七年に多くの人々の人生は大きな変更を余儀なくされたのだった。アレクサンドル・セミョーノヴィチの人生もこの年にすっかり変わってしまった。彼は「チャーミング・ドリーム」と、そのラウンジに掛かっていた星柄のほこりっぽいサテンのカーテンのもとを去り、フルートを人殺しの武器であるモーゼル銃に持ち替えて、戦争と革命の海に身を投じた。しばらくの間、彼は波に弄《もてあそ》ばれ、あるときはクリミア半島に、またあるときはモスクワやトルキスタンに、あるときはウラジオストックにまでも押し流された。アレクサンドル・セミョーノヴィチが本領を発揮することができるようになるためには、革命が必要だった。彼が実は偉大な人物であることが判明した。「チャーミング・ドリーム」のラウンジにただぼーっとすわっているような人間ではなかったのだ。詳細に立ち入ることはやめておくが、一九二

31 プーシキンの中編小説をもとに書かれたチャイコフスキーのオペラ。

七年から一九二八年初めにかけてアレクサンドル・セミョーノヴィチはトルキスタンに滞在し、そこでまず大新聞の編集者になり、それから経済最高委員会の現地委員になって、トルキスタンの灌漑《かんがい》に大車輪の働きを見せたことで有名になった。一九二八年にロックはモスクワに出てきたが、それはそれまでの功績によって得た休暇のようなものだった。この田舎っぽい流行遅れの男は、自分の所属する機関の最高委員会委員証をいつも誇らしげにポケットに入れて持ち歩いていたが、委員会は彼の功績を認めて、名誉ある閑職を与えたのだった。しかし、なんとまあ残念なことだろうか。連邦にとって不幸なことに、アレクサンドル・セミョーノヴィチの活発な頭は休むということを知らなかった。ロックはモスクワでペルシコフの発明を知り、ペルシコフの光線の力を借りれば一カ月のうちに連邦の養鶏業を再興できるというアイデアを、トヴェルスカヤ通りのホテル「赤いパリ」の一室で思いついた。畜産委員会がロックの話を聞いて、そのアイデアに同意した。それでロックはぶ厚い紙を手に、変わり者の動物学者のもとへ赴いたのである。

ガラスのような水面の池と林と庭園に響き渡るコンサートが終わりに近づいたとき、ある事態が起きて、ぷっつりと中断されてしまった。この時刻にはもうとっくに眠っているはずのコンツォフカ村の犬たちが急に激しく吠《ほ》え始め、その声は次第に苦しげな遠吠えに変わっていったのである。その遠吠えは大きくなりながら畑を横切り、突然それに池の何百万匹ものカエルたちの大合唱が応じた。それがあまりにもぞっとするようなものだったので、一瞬、謎《なぞ》めいた魔法の夜がその精彩を失ったかのように思われた。

アレクサンドル・セミョーノヴィチはフルートを置き、ベランダから出てきた。

「マーニャ、聞こえるか？　いまいましい犬どもめ……なんであんなに騒いでるんだと思う？」

「私にわかるわけないじゃない」と、マーニャは満月を見ながら答えた。

「ねえ、マーニェチカ、ちょっとうちの卵ちゃんの様子を見に行かないか？」アレクサンドル・セミョーノヴィチは提案した。

「あらまあ、卵と鶏のことですっかり頭がいかれちまったのねぇ、アレクサンドル・セミョーノヴィチ。少しは休みなさいよ！」

「いや、行ってみようよ、マーニェチカ」

オランジェリーには電灯があかあかと灯《とも》っていた。ドゥーニャもほてった顔に瞳《ひとみ》を輝かせてやって来た。アレクサンドル・セミョーノヴィチが観察用のガラス製の窓をそっと開け、全員がボックス装置の中をのぞき込んだ。白いアスベストでできた底の上できちんと列に並んだ斑《まだら》の染《し》みのある卵が光線を浴びて赤く輝いていた。ボックス装置の中は静かだった。上についているろうそく一万五千本分の明るさの電球がジーッという小さな音をたてていた……

「なあ、いい雛が生まれるに違いないぞ！」アレクサンドル・セミョーノヴィチは装置の横についている観察用の窓からのぞいたり、上にある大きな通気口からのぞいたりしながら、情熱的に叫んだ。「見てごらん……何だって？　信じないのか？」

「でもねえ、アレクサンドル・セミョーノヴィチ」とドゥーニャがにっこりして言った。「コンツォフカ村の農民たちは、あなたのことを反キリスト者だと言っていますよ。あなたの卵は悪魔の卵だって。機械で孵化《ふか》させるなんて罪だそうです。あなたのことを殺してやりたいと言っています」

アレクサンドル・セミョーノヴィチはびくっとして、妻の方に向き直った。彼の顔は黄色くなった。

「何をか言わんやだ。いまいましい連中め！　まったくどうしようもないやつらだ。ええ？　マーニェチカ、集会を開かないといけないな……明日、郡から人を呼んでくることにする。農民たちには私が自分で話をしよう。連中にはまだ教えなくちゃならんことがたくさんある。熊《くま》しかいないような僻地《へきち》だからな……」

「無知だから」オランジェリーの戸口に敷いた軍服のコートの上に寝そべっていた警備兵が言った。

その翌日、説明もできないような奇怪な出来事が起きた。朝、太陽が顔を出すと、普通なら林から鳥が元気な鳴き声であいさつしたものだが、その日はまったく静まり返っていた。それにはみんなが気づいた。まるで嵐《あらし》の前のようだった。けれども嵐の兆候はまったくなかった。ソフホーズで交わされる会話は奇妙で、アレクサンドル・セミョーノヴィチには裏の意味があるように思われた。とりわけ「山羊《やぎ》の喉袋《のどぶくろ》」というあだ名で、コンツォフカ村の扇動者であり、賢者としても有名なおじさんが、すべての鳥が集まって群れとなり、日の出とともに旧シェレメーチェフ領からどこか北の方へ飛び立ったと話したことが噂《うわさ》として広まっていたが、まったくもってばかばかしいにもほどがあった。アレクサンドル・セミョーノヴィチは機嫌を悪くし、グラチョフカ市に電話をかけるのにその日一日を費やした。グラチョフカ市は二日後には、国際情勢と養鶏復興支援団の問題というふたつのテーマに関して話ができる人を送るとアレクサンドル・セミョーノヴィチに約束した。

その晩にも驚くことがあった。朝、林が静まり返り、木々の間で何の物音もしないことがいかに不気味であるかが明らかになったのだが、昼にはソフホーズの中庭からスズメが姿を消し、晩には旧シェレメーチェフ領の池が黙り込んだのである。まったく驚くべきことだった。ここから四〇露里[32]の範囲内に住む者は誰でも、旧シェレメーチェフ領のカエルの大合唱のことをよく知っていたからである。そのカエルがまるで死に絶えたようだった。池からは何の声も聞こえてこず、スゲがひっそりと生えているだけだった。アレクサンドル・セミョーノヴィチが完全に機嫌を損ねたということは認めねばなるまい。これらの出来事のことで人々はひそひそ話を始めた。それもとても不愉快なやり方で話した。つまり、アレクサンドル・セミョーノヴィチに隠れてこそこそ話をしたのである。

「まったく奇妙なことだ」昼食の時にアレクサンドル・セミョーノヴィチは妻に言った。「なんで鳥がどこかへ行かなければならなかったのか、まったく理解できん」

「私にわかるわけがないでしょ」マーニャが答えた。「あんたの光線のせいかしらね？」

「おい、マーニャ、お前は本当にばかだぞ」と、アレクサンドル・セミョーノヴィチはスプーンを投げ捨てて言った。「まるで農民みたいだ。光線と何の関係があるんだ？」

「知らないわよ。ほっといてよ」

その晩、もうひとつ驚くべきことが起きた。またもやコンツォフカ村の犬たちが吠え始めたのだ。それもものすごい吠え方で！　月明りに照らされた畑の上には、絶え間ないうめき声と、憎しみに満ちた陰鬱《いんうつ》な苦悶《くもん》の声が響いた。

オランジェリーでもうひとつ驚くべきことが起きて——今度はうれしい驚きだった——アレクサンドル・セミョーノヴィチは少し報われた気分になった。ボックス装置の中からひっきりなしに、赤く照らされた卵をコンコンとつつく音が聞こえてきたのである。コツ……コツ……コツ……コツ……ひとつの卵から音がしたかと思えば、もうひとつの卵から音がし、また別の卵から音が聞こえてきた。

卵から聞こえてくる音はアレクサンドル・セミョーノヴィチにとっては勝利の音だった。林や池の中の不愉快な出来事は即座に忘れ去られ、全員がオランジェリーに集まってきた。マーニャ、ドゥーニャ、守衛、ライフル銃を戸口に置きっぱなしにしている警備兵である。

「どんなもんだい」とアレクサンドル・セミョーノヴィチは勝ち誇って言った。みん

32 ロシア語ではヴェルスタ。距離を測るのに用いるロシアの古い単位で、一ヴェルスタはおよそ一〇六七メートル。

な興味津々《しんしん》で第一ボックス装置の蓋に耳を押しつけていた。「雛がくちばしで卵をつついているんだよ」アレクサンドル・セミョーノヴィチは喜びに顔を輝かせて言った。

「雛なんか孵らないと、お前たちは言ってなかったっけ？　とんでもない」彼は感極まって警備兵の肩をたたいた。「みんなが驚くような雛を孵してみせるぜ。さあ、よく気をつけておくんだ」と彼は厳しい声で付け加えた。「卵から出てきたら、すぐ私に知らせてくれ」

「わかりました」守衛とドゥーニャと警備兵が声をそろえて答えた。

コン……コン……コン……第一ボックス装置でひとつの卵から音がしたかと思えば、もうひとつの卵から音がした。光線に照らされた卵の薄い殻から新しい生命が誕生するのを目《ま》の当たりにすることは本当に興味深かったので、その場にいた全員がそれからしばらくの間、ひっくり返した木箱にすわって、ちらちらする謎めいた赤い光の中で卵が成熟していくのを見ていた。寝ることにしたのはもうずいぶん遅い時刻になってからで、ソフホーズもその周りもすっかり緑色の夜に染まっていた。神秘的で、少し怖いくらいの夜だった。それはおそらく、完全な静寂がコンツォフカ村の犬たちの、理由なく繰り返される陰鬱で哀れっぽい遠吠えに破られるせいだった。犬たちがなぜ騒ぐのかはわからなかった。

その翌朝、アレクサンドル・セミョーノヴィチを待ち受けていたのは不愉快な出来事だった。警備兵はとても困惑した様子で両手を何度も胸に押し当て、神にかけて誓うが、居眠りはしなかったのに何も気づかなかった、と言った。

「わけがわかりません」警備兵は弁解した。「でも私の責任じゃないんです、ロック同志」

「どうもありがとう。心から感謝する」とアレクサンドル・セミョーノヴィチは彼をなじった。「いったい何を考えているんだ、同志。あんたがどうしてここに配置されているのか、わかってるのか。見張るためだろ。雛はどこに行ったのか、言ってくれ。卵からは出てきたんだろう？　つまりは、どこかへ逃げて行ったということだ。ということは、あんたが戸口を開けっ放しにしていて、自分もどこかへ行っていた、ということだ。雛を連れ戻してこい！」

「私がどこへ行ったと言うんですか。自分の義務はよくわきまえていますよ」今度は気を悪くして兵士が言った。「根拠もなく非難しないでくださいよ、ロック同志！」

「それじゃあ雛はどこにいるんだ？」

「そんなこと知りませんよ」と兵士は憤慨して言った。「どうやって見張れと言うんですか？　私の任務は何です？　ボックス装置が盗まれないようにすることです。その務めは果たしています。ボックス装置はそこにあるじゃないですか。雛をつかまえるのは私の仕事ではありません。どんな雛が孵ったのか、わかったもんじゃない。自転車でも追いかけられないかもしれないでしょう！」

アレクサンドル・セミョーノヴィチははっとして、まだ何かぶつぶつとつぶやいたが、それから驚きの気持ちでいっぱいになり、考え込んだ。本当に奇妙なことだった。最初に卵を入れた第一ボックス装置の中では、光線の真ん中に置かれたふたつの卵が割れており、そのうちのひとつは横の方にころがっていた。殻のかけらがアスベストの上に散らばっていた。

「わけがわからん」アレクサンドル・セミョーノヴィチはつぶやいた。「窓はしまっている。まさか天井から出て行ったわけでもないだろうに！」

彼は頭を上げて、天井の格子《こうし》のいくつかにはガラスがはまっていないのを見た。

「まさか、アレクサンドル・セミョーノヴィチ」とドゥーニャがあきれかえって言った。「雛が飛ぶわけないじゃないですか。ここらへんにいるに決まってますよ……雛ちゃん、おいで……おいで……」彼女は大きな声で呼び始め、オランジェリーの隅の、ほこりだらけの植木鉢や板などのがらくたが置いてあるところを捜した。けれども雛の答えはなかった。

すべての従業員が二時間かけてソフホーズの中庭を走り回り、ちょこまかした雛を捜したが、どこにもいなかった。その日は興奮のうちに過ぎていった。ボックス装置の見張りには守衛が加わって、さらに厳重なものとなった。守衛にはボックス装置の観察用の窓を一五分おきに見て、もし何かあればアレクサンドル・セミョーノヴィチに伝えるようにと、厳しく言い渡されていた。警備兵は陰気な様子で戸口にすわり、ライフル銃を脚の間にはさんでいた。アレクサンドル・セミョーノヴィチは多忙をきわめ、一時を過ぎてからようやく昼食をとった。食事の後、彼は涼しい日陰に置いてある、かつてシェレメーチェフ家の財産だった寝椅子《ねいす》で小一時間昼寝をした。それからソフホーズで作ったクワス[33]をたっぷり飲み、その後オランジェリーに立ち寄って、異常のないことを確認した。年老いた守衛はゴザの上にうつぶせに横たわり、目をぱちぱちさせながら第一ボックス装置の観察用窓をのぞき込んでいた。警備兵はしゃんとした様子で、戸口から離れようとはしなかった。

ニュースがあった。最後に入れた第三ボックス装置の卵から、まるで誰かが中です

33 ロシアの伝統的な飲み物。干した黒パンを発酵させて作る、甘酸《あまず》っぱい味のする発泡飲料である。大人から子どもまで楽しめる夏の飲み物として、今日でも非常に好まれている。

すり泣きでもしているように、ズルズル、シューシュー音がし始めたのだ。

「おお、育ってるな」とアレクサンドル・セミョーノヴィチが言った。「育ってるぞ。私にはわかる。お前も見たか？」彼は守衛に尋ねた。

「ええ、すばらしいですね」守衛は曖昧《あいまい》に答えて頭を振った。

アレクサンドル・セミョーノヴィチはしばらくボックス装置のそばにしゃがんでいたが、その間に孵化した雛はいなかった。彼は立ち上がり、しびれた脚をほぐして、自分は敷地からは出て行かない、せいぜい池で水浴びするくらいだ、何かあったらすぐに知らせるように、と言った。彼は大急ぎで屋敷の寝室に行った。そこにはしわくちゃのシーツがかかった幅の狭いスプリングベッドがふたつ置いてあった。床の上には緑のリンゴが山積みになっており、雛の餌《えさ》として用意されたキビの袋が積み重ねてあった。彼はタオルを取り出し、少し考えてから、水辺での時間をよりすばらしいものにするためにフルートも手に取った。それから元気に屋敷から走り出てソフホーズの中庭を横切り、柳の並木道を歩いて池の方へ向かった。彼はタオルを元気よく振り回し、フルートは脇《わき》に抱えていた。空は柳の木の間から熱気を降り注いだ。体がだるく、早く水辺に行きたかった。ロックの右手にゴボウの茂みが見え始め、彼はそこに唾《つば》を吐いた。すると葉の茂みの奥でシューシュー音がした。丸太をひきずるような音だった。アレクサンドル・セミョーノヴィチは心臓のあたりにちょっと嫌な感じを覚えて、いぶかしそうに茂みの方に顔を向けて見た。この二日間、池からは何の音も聞こえてこなかったからだ。物音は消えた。ゴボウ越しに池のなめらかな水面と水浴び小屋の灰色の屋根が、魅惑的な姿を見せていた。トンボが何匹か、アレクサンドル・セミョーノヴィチの前を飛んでいった。木でできた桟橋の方へ曲がろうとしたとき、緑の中でまたあの音がした。今度は短く、蒸気機関車からオイルや蒸気が噴き出すようなシュッシュッという音も聞こえてきた。アレクサンドル・セミョーノヴィチは耳をそばだて、注意深く雑草の茂みの中を見た。

ちょうどその時、「アレクサンドル・セミョーノヴィチ」という妻の声が響いた。彼女の白いブラウスがラズベリーの茂みの間から見え隠れした。「ちょっと待って。私も泳ぎに行くから」

妻は池の方に急いでやって来たが、アレクサンドル・セミョーノヴィチは何も答えず、まるで金縛りにあったようにじっとゴボウの茂みを見つめていた。茂みの中から灰色がかったオリーブ色の丸太が持ち上がってきて、見る見るうちに大きくなっていったのだ。その丸太一面に何やらぬらぬらした黄色い斑がついているように、アレクサンドル・セミョーノヴィチには思われた。その丸太はくねくね曲がったり動いたりしながら伸び上った。そして低い柳の木よりも大きくなったのである……丸太の先がクッと曲り、少し下にかがんだ。それを見て、アレクサンドル・セミョーノヴィチはモスクワの巨大な街灯を思い出した。ただ、目の前のものは街灯の三倍の太さがあり、うろこ模様のおかげで街灯よりもずっと美しかった。アレクサンドル・セミョーノヴィチにはまだ何もわかっていなかったが、恐怖のあまり背筋をゾクゾクさせながら、この恐ろしい丸太の上の方を見た。彼の心臓は数秒間止まった。八月のさなかに厳しい寒波がやってきたかのようだった。まるで夏物のズボンの生地を通して太陽を見ているように、目の前がかすんだ。

丸太の先には頭があった。平たくて尖《とが》っていて、オリーブ色の地の上に黄色の斑がついていた。まぶたのない冷酷そうで細長く見開かれた目が平たい頭の上についており、その目つきはこれまで見たこともないほど邪悪なものだった。頭が空気中をついばむようなしぐさをすると、丸太全体がゴボウの茂みの中に引っ込んだ。目だけを茂みから出して、まばたきもせずにアレクサンドル・セミョーノヴィチを見つめた。彼はねばねばした汗にまみれ、正気を失いそうな恐怖の中で、まったく場違いな言葉を口走った。茂みからのぞいた目は、それくらいものすごかったのである。

「冗談はやめてくれ……」

それから彼は蛇使いのことを思い浮かべた。そうだ、インド……絵にあるような編み籠《かご》……蛇をなだめるんだ……

頭がまた持ち上がり、身体《からだ》も茂みの中から姿を現した。アレクサンドル・セミョーノヴィチはフルートを唇に当ててかすれた音をたて、あえぐように一秒ごとに息を吸いながら、「エヴゲーニイ・オネーギン」[34]のワルツを吹いた。緑の茂みの中の目にはすぐさま、このオペラに対するすさまじい憎悪《ぞうお》が燃え立った。

「こんなに暑いさなかにフルートを吹くなんて、頭がおかしくなったんじゃないの」

というマーニャのうれしそうな声が聞こえ、アレクサンドル・セミョーノヴィチは右目の端の方に白いものを認めた。

それに続いてかん高い悲鳴がソフホーズ全体に響き渡った。悲鳴は爆発的に大きくなり、空の方へ舞い上がった。ワルツの曲はまるで片足を折ったようなひょこひょこしたものになった。鎌首《かまくび》は茂みから前へ突き出された。その目はもはやアレクサンドル・セミョーノヴィチを見ていなかった。彼は無罪放免になったのだ。蛇はおよそ一〇メートルの長さがあり、人間くらいの太さで、バネのようにゴボウの茂みから跳び

34 プーシキンの同名の韻文小説をチャイコフスキーがオペラ化している。

上がった。道に砂ぼこりが舞い上がり、ワルツは終わった。蛇はソフホーズ農場長のそばをさっと通り過ぎ、路上の白いブラウスの方へ突進した。ロックははっきりと見た。マーニャの顔は血の気を失って黄色くなり、長い髪の毛は三〇センチばかり、針金のように頭上で逆立った。ロックの目の前で蛇はさっと口を開け、フォークのようなものをひらひらっとのぞかせると、道の上で転びそうになっているマーニャの肩に歯で咬《か》みついて、彼女を七〇センチほど持ち上げた。マーニャは再び切り裂くような断末魔の叫び声を上げた。蛇は一〇メートルある身体をらせん状にくねらせ、尾で竜巻を起こしながらマーニャを締めつけた。マーニャはもう声を上げることもできず、ロックは骨の砕ける音を耳にしただけだった。マーニャの頭は地面からはるか離れた高みにあり、蛇の頬にやさしく寄り添っているように見えた。マーニャの口から血が噴き出し、折れた腕がぶら下がった。その手の爪《つめ》の先からも血が噴き出ていた。それから蛇は顎《あご》をはずして口を大きく開き、その頭をマーニャの頭にかぶせた。そしてまるで手袋でもはめるようにマーニャを飲み込み始めた。蛇の熱い息が四方八方に広がり、ロックの顔にもかかった。彼は蛇の尾でなぎ倒されて、窒息しそうなほどほこりだらけの道からはね飛ばされそうになった。その時だった、ロックの頭が真っ白になったのは。ブーツのように真っ黒だった彼の頭の、まず左半分が白髪になり、それから右半分も白髪になった。死にそうなほどの嘔吐《おうと》に襲われながら、彼はやっとのことで道から身をもぎ離した。何も目に入らず、誰のことにも気づかずに、荒々しい叫び声を辺り一帯に響かせながら、ロックは一目散に逃げた。

第九章　にゅるにゅるした生き物のかたまり

国家政治保安部ドゥギノ駅支局の部員シューキンはとても勇敢な男だった。彼は考え込みながら、同僚で赤毛のポライティスに言った。

「まあ、行ってみよう。オートバイを取ってきてくれ」彼は少し間をおいてから、ベンチにすわっている人に向かってこう付け加えた。「フルートを置いたらどうですか」けれども白髪頭の、国家政治保安部ドゥギノ駅支局のベンチの上でぶるぶる震えている男は、フルートを離さずに泣き始め、ムームーとうめいた。それでシューキンとポライティスは、男の手からフルートをもぎ取るしかないということがわかった。男の指はフルートにからみついていた。サーカスの怪力男くらい力持ちのシューキンは、男の指を一本ずつ引きはがし、全部の指をはがすことに成功した。それでようやくフルートを机の上に置くことができた。

それはマーニャが死んだ翌日の、よく晴れた早朝のことだった。

「あなたも一緒に来るんです」と、シューキンはアレクサンドル・セミョーノヴィチに向かって言った。「どこで何があったか、教えてください」

ロックは恐怖にかられた様子で身を後ろに引き、恐ろしい化け物を見るまいとでもするかのように、両手を顔の前に突き出した。

「教えるんだ」とポライティスは厳しい口調で言った。

「もうほっといてやろう。正気じゃないんだから。わかるだろ」

「モスクワに行かせてください」アレクサンドル・セミョーノヴィチは泣きながら訴えた。

「ソフホーズには帰らないつもりなんですか？」

ロックは答える代りに、また両手を顔の前に突き出した。その目からは恐怖心が流れ出していた。

「まあいいでしょう」とシューキンは言った。「どうやら本当に無理みたいですね……今から急行が出ますから、それに乗ってください」

それから駅の守衛が何度か持ってきてやった水を、アレクサンドル・セミョーノヴィチがところどころ色の剝《は》げた青いカップにカチカチと歯をぶつけながら飲んでいる間に、シューキンとポライティスは相談した。ポライティスは、ロックが話したようなことが起きたわけではない、ロックは精神を病んでいて幻覚に襲われたのだ、と主張した。けれどもシューキンの方は、グラチョフカ市で興行中のサーカスからボアが逃げ出したのではないか、という考えだった。自分の話を疑っているようなひそひそ話を耳にしたロックは立ち上がり、少しばかり正気を取り戻した様子で、聖書に出てくる預言者のように両手を広げて言った。

「よく聞いてください、よく聞いて。どうして私の話を信じてくれないんですか。蛇は本当にいるんです。あれが幻なら、妻はどこにいるんですか」

シューキンは黙り込み、真剣になって、すぐにグラチョフカ市に電報を打った。シューキンの命令で三人目の部員がアレクサンドル・セミョーノヴィチに付き添ってモスクワまで行くことになった。シューキンとポライティスは遠征の準備を始めた。手元にあるのは電気銃が一挺《ちょう》だけだったが、それでも防衛用には十分だった。二七年式の五〇連発、フランスの技術の粋を集めた接近戦用で、百歩くらいの距離にしか届かないが、その距離以内のものなら直径二メートルの範囲にいるすべての生き物をあっという間に完璧《かんぺき》に殺すことができた。はずれる心配はまずなかった。シューキンがこのピカピカ光るおもちゃのような電気銃を装着した。ポライティスは普通の二五連発のサブマシンガンを身に着け、予備の弾倉を持った。それからふたりは一台のオートバイにまたがり、朝露とさわやかな空気の中、ソフホーズへと向かった。オートバイはソフホーズまでの二〇露里の距離を一五分でとばした。（ロックは死の恐怖にかられてときどき道端の草むらに身を隠さなければならなかったせいで、一晩がかりだった。）太陽が強く照りつけるようになったころ、そのふもとを小さなトーピ川が曲がりくねって流れている丘の上に、円柱の立ち並ぶ砂糖菓子のような屋敷が緑の中に見えてきた。あたりは死の静寂に包まれていた。ソフホーズのすぐ近くまで来たとき、部員たちは荷馬車に乗った農夫を追い越した。農夫は急ぐ様子もなく、何かを入れた袋を運んでおり、すぐに後方に遠ざかった。オートバイは橋を渡った。ポライティスは誰かが出てくるよう、クラクションを鳴らした。けれども、誰も姿を現さなかった。遠くでコンツォフカ村の激昂《げっこう》した犬の鳴き声がしただけだった。オートバイはスピードを落としながら、緑青《ろくしょう》で緑色になったライオン像のある門のところに行った。黄色のゲートルを巻き、ほこりまみれになった部員たちは跳び下りて、オートバイをチェーンで柵《さく》につなぎ、中庭に足を踏み入れた。あまりの静けさにふたりは驚いた。

「おーい、誰かいないか？」シューキンが大声で言った。

彼の低音の声に対する答えはなかった。部員たちは驚きの念をどんどん大きくしながら、中庭を歩き回った。ポライティスは額を曇らせた。シューキンは真剣な面持ちで調べ始めた。彼はブロンドの眉《まゆ》をますますしかめた。彼らは閉まった窓から台所の中を見た。そこには誰もいなかった。床の上には白い食器のかけらが散らばっていた。

「見たところ、本当に何かあったようだな。大事件だ」ポライティスが言った。

「おーい、誰かいないのか？　おーい」とシューキンは叫んだが、台所の高い天井からこだまが返ってくるだけだった。

「畜生め！」シューキンがうめいた。「蛇が一度に全員喰っちまったわけでもなかろうに。それとも逃げたのか。家の中に入ろう」

円柱の並んだベランダの扉が開けっ放しになっていた。屋敷の中は空っぽだった。部員たちは中二階にも行ってみたし、ありとあらゆるドアをノックして開けてみた。けれども誰にも出会わなかった。彼らはまた人っ子一人いない玄関の階段を下りて、中庭に出てきた。

「屋敷の周りを歩いてみよう。まずオランジェリーだ」シューキンが言った。「全部見回った後で電話しよう」

レンガを敷きつめた小道を通って、部員たちは花壇の横を過ぎ、裏庭に行った。裏庭を横切った時に、オランジェリーの輝くガラスの建物が目に入った。

「ちょっと待て」と、シューキンがささやき声で言い、電気銃をベルトからはずした。ポライティスは耳をそばだて、サブマシンガンを構えた。奇妙な、濃縮されたような声がオランジェリーとその裏のあたりから聞こえてきた。それは蒸気機関車の立てる音に似ていた。ザウ、ザウ……ザウ、ザウ……シューッシューッという音がオランジェリーからしていた。

「気をつけろ」と、足音をたてないように用心しながらシューキンがささやいた。部員たちはガラス製の壁に近づき、オランジェリーの中をのぞき込んだ。

ポライティスはすぐさまのけぞった。顔が真っ青だった。シューキンは口を開け、電気銃を手にしたまま、凍りついたようになった。

オランジェリーはにゅるにゅるした生き物のかたまりでいっぱいだった。だんご状にからまり合ったり、またほぐれたりしながらシューシュー音をたて、体を伸ばしたり、探るように動き回って頭を左右に振ったりしながら、巨大な蛇が何匹もうごめいていた。割れた卵の殻が床の上に散らばり、蛇の体の下敷きになってギシギシと音をたてた。天井には大きな電球が青白い光を投げかけていた。そのせいでオランジェリーの内部はまるで映画の映写機によって照らされているように見えた。床の上には大きな写真機のように見える黒い箱が三つ置いてあった。そのうちの二つは押しのけられ、傾いて、真っ暗だった。三つ目の箱では、小さいが強い真っ赤な光が輝いていた。ありとあらゆる大きさの蛇が電線の上を這《は》いまわり、ガラスのはまった窓枠に沿って上にのぼり、天井にあいた穴から外に出ていた。天井の電球には、何メートルもあるような斑《まだら》模様の真っ黒な蛇がからまっていた。その頭は電球からぶらさがって振子のように揺れた。オランジェリーからはシューシューいう音の合間におもちゃのガラガラのような音が聞こえた。シューシューからは腐った池のような臭《にお》いがした。ほこりっぽい隅に白い卵が山のように置いてあり、奇妙な、脛《すね》の長い巨大な鳥がぴくりともしないでボックス装置の脇《わき》に横たわっていて、グレーの服を着た人間の死体がライフル銃の立てかけてある戸口のそばに倒れているのが、部員たちの目にぼんやりと見えた。

「引き返せ」とシューキンが叫び、左手でポライティスを後ろに押しやって、右手では電気銃を構えながら後ずさりを始めた。彼は九回ほど撃つことができた。ビシッという音をたてながら緑色の光線がオランジェリーの脇で光った。シューキンの銃撃に応《こた》えるようにシューシューという音がひときわ高まり、オランジェリーの内部は怒り狂った激しい動きでいっぱいになった。ガラスのはまっていないすべての部分から平べったい頭がちらちらと出入りした。銃撃の轟《とどろ》きがソフホーズ全体に響き渡り、壁にはね返ってこだました。ポライティスが後ずさりしながらダダダダッとマシンガンを撃った。背後から四足動物の這うような奇妙な音がした。ポライティスは恐ろしい悲鳴を上げて、仰向《あおむ》けに倒れた。がに股《また》の脚と茶色がかった緑色の体、巨大なとがった鼻づら、櫛形《くしがた》にぎざぎざの尾をもった、巨大なトカゲを思わせる姿の生き物が納屋《なや》の角から飛び出してきて、怒り狂ったようにポライティスの脚を嚙《か》み砕き、地面に引きずり倒したのだ。

「助けてくれ」とポライティスが叫ぶと、彼の左手が大きな口の中に飲み込まれ、ポキッと折れた。右手でマシンガンを持ち上げようとしたがうまくいかず、地面の上をずるずると引きずった。シューキンは振り返ったが、どうすればいいのかわからなかった。一度は電気銃を発砲したが、同僚を殺してしまうのではないかという恐れから、だいぶ横に逸《そ》らして撃つことになった。二発目はオランジェリーに向かって発砲した。小さめの蛇の頭の間から巨大な灰色がかったオリーブ色の頭が突き出して、シューキンの方へまっすぐ体を伸ばしてきたからである。この二発目の銃撃で彼は巨大な蛇を倒した。それから彼は、すでに半分死んだようになってワニの口にくわえられているポライティスの周囲を走り回り、同僚を傷つけることなく恐ろしい怪物を殺すことができる場所を探した。ようやくそれがうまくいき、彼の電気銃は二度ビシッという音をたてて、あたりを緑色の光で染めた。ワニは飛び上がってからぐっと体を伸ばして死に、ポライティスを放した。ポライティスは腕や口から血を流し、無傷の右手で体を支えながら折れた左脚を引き寄せた。彼の目からは生気が失われつつあった。

「シューキン、逃げろ……」彼はうめくように言って、ゴロゴロと喉《のど》を鳴らした。

シューキンはオランジェリーの方に向かって何度か撃ち、ガラスが飛び散った。ところが、オリーブ色のくねくねしたバネのような巨大な蛇が背後にあった地下室の窓から出て来て、中庭いっぱいに一〇メートルもある体を伸ばしながら横切り、あっという間にシューキンの脚に巻きついた。彼は地面に叩《たた》きつけられ、ピカピカの電気銃はどこかに吹っ飛んでしまった。シューキンは大声で叫んだが、すぐに息が詰まった。頭以外の部分に蛇がすっかり巻きついていた。頭にもう一巻きしたときに頭皮がはがれ、頭蓋骨《ずがいこつ》がメリメリと割れた。ソフホーズからはもはや銃声はしなかった。すべてがシューシューという音に飲み込まれてしまった。その音に応えるように、はるかかなたから風に乗ってコンツォフカ村の遠吠《とおぼ》えが聞こえてきた。しかしそれが犬の声なのか人間の声なのかは、もう区別がつかなかった。

第一〇章　破滅

夜、イズヴェスチヤ紙の編集部には電灯があかあかとともされていた。翌朝の紙面の責任者である太った編集長は、レイアウトの二番目の「共和国連邦通信」に載せる各地からの電報を植字台の上で割り付けしている最中だった。一枚のゲラが目にとまった。彼は鼻眼鏡でゲラをじっくり読み、わははと笑い始め、校正室にいた校正係や製版係を呼び寄せてゲラを見せた。湿っぽい紙の上に細長く、次のように印刷されていた。

「スモレンスク県グラチョフカ市。郡内に馬ほどの大きさで、馬のように足蹴《あしげ》りをくらわす鶏が出現した。尻尾《しっぽ》の代わりにブルジョワ婦人の羽飾りがついている」

植字工たちは大笑いした。

「私がまだ若くて」と、太った編集長はヒヒヒと笑いながら言った。「ヴァーニャ・スイチンの新聞『ルスコエ・スロヴァ』[35]で働いていたときに、みんなでしたたかに酔っぱらって、象が見えたことがあった。本当だよ。最近ではダチョウが見えるらしい」

植字工たちは大笑いした。

「確かにこれはダチョウですね」と製版係が言った。「それで、これを印刷することにしますか、イヴァン・ヴォニファティエヴィチ？」

「ばかなことを言うなよ。秘書がよくもまあ、こんな記事を通したもんだな。酔っ払いの電報じゃないか」

「しこたま飲んだに違いありませんよ」植字工はうなずき、製版係がダチョウのニュースを台からどけた。

それで翌日のイズヴェスチヤ紙にはいつものように興味深い記事が満載されていたが、グラチョフカ市のダチョウについては一言もなかった。いつもイズヴェスチヤ紙を隅から隅まで読む習慣のあった助手のイワノフは、自分の研究室で新聞紙を折りたたみ、あくびをして「おもしろい記事はないな」と言い、白衣を着た。それからしばらくの間、彼の研究室ではガスバーナーが燃え、カエルがゲロゲロと鳴いた。一方、ペルシコフ教授の研究室は混乱をきわめていた。怯《おび》えた様子のパンクラートが、両手

35 革命前のロシアの大新聞のひとつ。一日の発行部数は約一〇〇万部だった。一九世紀末から廃刊になる一九一七年までイヴァン・スイチン（一八五一―一九三四）が発行人だった。

をズボンの脇《わき》の縫い目にぴったりとそろえて立っていた。

「わかりました……かしこまりました」と彼は言った。

ペルシコフは封印した封書をパンクラートに手渡して言った。

「畜産担当の主任トリ＝ブタマンスキーのところへまっすぐ行って、面と向かってお前なんか豚野郎だと言ってこい。この私が、ペルシコフ教授がそう言っていると伝えるんだ。それからこの書状を渡してくれ」

「まったくけっこうな話だ」青くなったパンクラートはこう思いながら、封筒を持って出て行った。

ペルシコフは憤慨していた。

「とんでもないことだ」彼は嘆きながら研究室を歩き回り、手袋をはめた両手を揉《も》み合わせた。「この私と動物学に対する侮辱としか言いようがない。いまいましい鶏卵は山のように送ってよこすのに、本当に必要なものは二カ月も届かないなんて。まるでアメリカがものすごく遠いところにあるとでも言わんばかりだ！　いつまでたってもこの混乱、いつまでたってもこの怠慢だ！」彼は指を折って数え始めた。「捕獲するのにせいぜい一〇日、まあ一五日ということにしておこう……百歩譲って二〇日かかるとしよう。飛行機で輸送するのに二日、ロンドンからベルリンまで一日……ベルリンからここまで六時間……まったくとんでもない怠慢だ」

彼は激怒しながら電話機の方に突進し、どこかに電話をかけ始めた。

研究室の中では何やら謎《なぞ》めいた、とても危険な実験の準備がすっかり整っていた。ドアの隙間《すきま》に貼《は》るための細長く切った紙や、空気供給ホースのついた潜水用のヘルメットと、「化学振興協会　さわるな」と書いてあり、髑髏《どくろ》マークのついたラベルを貼りつけた、水銀のように光り輝くボンベがいくつもあった。

教授が少しは落ち着くのに、少なくとも三時間はかかった。それから彼はこまごました作業に取りかかることにした。夜の一一時まで研究所に残って仕事をしたので、クリーム色の壁の外で何が起きているのか、彼はまったく知らなかった。モスクワじゅうに広まっていた、何やら蛇についてのばかげた噂《うわさ》のことも、夕刊売りが大声で引用している電報のことも、まったく知らなかった。助手のイワノフはモスクワ芸術座で『皇帝フョードル・イオアンノヴィチ』[36]を観《み》ていたので、教授にこのニュースを伝える人がいなかったのである。

ペルシコフは真夜中ごろにプレチステンカ通りの自宅に帰って横になったが、ベッ

36 アレクセイ・K・トルストイの悲劇（一八六八年）。

ドの中でまだしばらく、ロンドンから取り寄せている雑誌「動物学報」の英語論文を読んでいた。それから彼は眠り、夜遅くまで活動しているモスクワの街も眠った。が、トヴェルスカヤ通りの巨大な灰色のビルだけは眠らなかった。そこではイズヴェスチヤ紙の輪転機がブンブン轟《とどろ》くような音をたてて回り、建物全体を震わせていた。編集長室はとんでもなく混乱し、カオス状態だった。編集長は目を真っ赤にし、半狂乱になって走り回ったが、何をどうすればいいのかわからず、辺りかまわず悪態をついた。製版係が彼の後ろについて回り、酒臭い息を吐きながら言った。

「ねえ、イヴァン・ヴォニファァティエヴィチ、どうってことはありませんよ。明日の早朝、号外を出しましょう。輪転機から新聞をひっぱり出すわけにはいきませんからね」

植字工は家には帰らず、何人かで集まってはその夜の間じゅう届き続ける電報を読んだ。一五分おきに届く電報は、どんどん恐ろしく、異様なものになっていった。アルフレッド・ブロンスキーの先のとがった帽子が印刷所を照らすバラ色の光の中で見え隠れした。機械仕掛けの脚をした太った男がギーギー音をさせ、よろめきながら、あっちで姿を見せたかと思うと、こっちでも姿を見せた。正面玄関の扉がひっきりなしにバタン、バタンと音をたて、夜通し記者が出入りした。印刷所にある一二台の電話はどれもこれも途切れなく鳴り響き、電話局はどうしてこんなにかかってくるのか、わけのわからない電話に対し、ほとんど機械的に「話し中です」、「話し中です」と繰り返した。交換手として不眠不休で働いているお嬢さんたちのもとで、呼び出し音が鳴り続けた。

植字工たちは機械仕掛けの脚の男の周りに集まった。この遠洋航海の船長は言った。「毒ガスを搭載した飛行機を向かわせないといけない」

「そのとおり」と植字工たちは言った。「まったくひどい話だ」

それから悪態が飛び交い、甲高い声が叫んだ。

「あのペルシコフは銃殺だ」

「ペルシコフには何の関係もない」と誰かが言った。「ソフホーズのばか野郎、あいつを銃殺にしないといけないんだ」

「見張りをつけるべきだったのに」とまた誰かが叫んだ。

「そもそも卵のせいじゃないかもしれないぞ」

輪転機の動きでビル全体が揺れてブンブン音をたて、灰色のみすぼらしい建物は火事のように燃えさかる電気エネルギーに包まれているようだった。

その翌日もその火事は収まらなかった。逆に、電灯は消されたにもかかわらず、さらにひどくなったくらいだった。オートバイが自動車に交じって入れ替わり立ち替わり、アスファルト舗装した中庭に入って来た。モスクワの街じゅうが目覚め、白い朝刊の紙が鳥のように飛び交い、モスクワを覆《おお》い尽くした。新聞がばらまかれ、人々はバリバリ音をたててそれをめくり、イズヴェスチヤ紙はその月には一五〇万部の発行部数を誇っていたにもかかわらず、午前一一時には新聞売りの手元にはもはや一部も残っていなかった。ペルシコフ教授はバスに乗ってプレチステンカ通りから研究所に向かった。そこである知らせが彼を待ち受けていた。薄い金属でできたバンドが丁寧に巻かれた木製の箱が三個、玄関ホールに並べてあったのだ。箱には外国のラベルがあちこちに貼られて、ドイツ語で何かが書いてあったが、その上にチョークで「卵につき注意！」とロシア語で書かれていた。

教授は有頂天になった。

「ついに来た」と彼は叫んだ。「パンクラート、すぐに箱を開けろ。ひとつもこわさないように注意するんだぞ。それから研究室に持ってこい」

パンクラートはすぐに命令に従い、一五分後にはおが屑《くず》と紙屑だらけになった研究室に教授の声が響き渡った。

「私のことをばかにしているのか」教授は卵をいじり回し、こぶしを振り回して怒鳴った。「トリ＝ブタマンスキーは鳥じゃなくて豚だ。私のことをばかにするなんて、許さないぞ。いったいこれは何なんだ、パンクラート？」

「卵です」とパンクラートは心配そうに答えた。

「鶏のだ、鶏の卵だよ、わかるか。畜生め。こんなもの、いるわけないじゃないか。ソフホーズのあの悪党のところに送ればいいものを！」

ペルシコフは部屋の隅にある電話機に飛びかかったが、電話をかけることはできなかった。

「ヴラディーミル・イパティエヴィチ！　ヴラディーミル・イパティエヴィチ！」研究所の廊下から助手のイワノフの大声が聞こえた。

ペルシコフは電話から離れた。パンクラートは脇に飛びのいて、助手が通れるようにした。イワノフはいつもなら紳士的に振舞うのだが、このときはうなじのあたりにずれたグレーの帽子を脱ごうともしないで、新聞を手に研究室に駆け込んできた。

「ヴラディーミル・イパティエヴィチ、何が起きたかご存知ですか？」と彼は叫んで、ペルシコフの目の前で「号外」と書かれた新聞をひらひらと振った。真ん中にはけばけばしい色の写真が載っていた。

「いや、それよりもやつらがどんなことをしでかしたか聞いてくれ」ペルシコフは助手には耳を貸さずに言った。「私に鶏の卵を送りつけてきやがった。トリ＝ブタマンスキーは本物のアホだよ。見てくれ！」

イワノフは言葉を失った。ショックを受けた様子で彼は荷解きをした箱を見、それから号外を見た。まん丸になった目は顔から飛び出さんばかりだった。

「そういうことか……」彼はあえぎながらつぶやいた。「やっとわかったぞ……いや、ヴラディーミル・イパティエヴィチ、とにかくこれを見てください」イワノフはさっと号外を開き、震える指でペルシコフに色つきの写真を指した。そこには、奇妙に塗りつぶしたような緑を背景に、黄色の斑《まだら》のあるオリーブ色の蛇が消防車のホースのようにおどろおどろしくうねっている様子が写っていた。小型飛行機で慎重に蛇の上を飛びながら撮影した写真だった。「これは何だとお考えですか、ヴラディーミル・イパティエヴィチ」

ペルシコフは眼鏡を額に押し上げてからまた元の目の位置に戻し、写真をじっくり眺めてから、ひどく驚いたような口調で言った。

「いったいどうしたことだ。これは……これはアナコンダじゃないか。湿地帯に生息するボアだ……」

イワノフは帽子を投げ捨てて椅子《いす》にすわり、一言ごとにこぶしでテーブルをたたきながら言った。

「ヴラディーミル・イパティエヴィチ、このアナコンダはスモレンスク県で撮影したものです。とんでもないことが起きたのです。おわかりですか、あの悪党は鶏の代わりに蛇を孵化《ふか》させてしまったんですよ。そしてその蛇がカエルと同じようにとてつもない繁殖力を見せているのです！」

「何だって？」とペルシコフは言った。顔が土気色になった。「冗談はよしてくれ、ピョートル・ステパノヴィチ……なんで鶏が蛇になるんだ？」

イワノフは一瞬言葉を失い、それからまた口がきけるようになって、白い卵が黄色いおが屑から顔をのぞかせている箱を指差しながら言った。

「これですよ」

「何だってぇ?!」ようやく事情が飲み込めてきたペルシコフが大声を上げた。イワノフは確信に満ちた様子で両手のこぶしを振り上げて叫んだ。

「間違いありません。彼らは先生が注文なさった蛇とダチョウの卵をソフホーズに送り、代わりに鶏の卵を先生のところに送ってきたのです」

「ああ、何ということだ、何ということだ」とペルシコフは繰り返し、真っ青になって回転椅子に座り込んだ。

パンクラートはわけがわからないまま、青い顔で黙ったままドアのところに立ち尽くしていた。イワノフは飛び上がって新聞をつかみ、とがった爪《つめ》の先で記事を一行一行たどりながら教授の耳元で叫んだ。

「彼らはこれからおもしろい目に遭うことになりますよ！　どんなことが起きるのか、私には想像すらできません。ヴラディーミル・イパティエヴィチ、とにかくこれを見てください」と彼は叫んで、しわくちゃになった号外の記事の適当な箇所を大声で読み上げた。「蛇は群れをなしてモジャイスク方面に向かっている……大量の卵を産みながら。卵はドゥホフシーナ郡でも確認された……ワニとダチョウも出現した。特殊部隊と国家政治保安部の部隊はヴャージマ近郊の森に火を放って蛇の移動を止め、ようやくパニックを鎮《しず》めた……」

青と白の入り混じった斑の顔色のペルシコフは、異様な目つきで回転椅子から立ち上がり、あえぎながら叫び始めた。

「アナコンダ……アナコンダ……湿地帯のボア……何ということだ！」イワノフもパンクラートもこんな教授は見たことがなかった。

教授はネクタイをさっともぎ取ると、ボタンを飛ばしながらシャツの前を開け、脳卒中でも起こしたような恐ろしい真っ赤な顔でふらふらしながら、何も見えていないガラスのような目をして、どこかへ立ち去ってしまった。教授のわめき声だけが研究所の石造りの高い天井に響き渡った。

「アナコンダ……アナコンダ……」こだまが響いた。

「教授をつかまえろ！」イワノフはうろたえてその場でじたばたし始めたパンクラートに向かって金切り声を上げた。「水を飲ませろ……発作を起こしたんだ」

第一一章　戦いと死

モスクワの夜はギラギラする電気の照明で燃え立つようだった。ありとあらゆる照明がつけられ、どの住居でもランプシェードをはずした電球がともっていないような部屋はなかった。人口四〇〇万人のモスクワにあるどんな家でも、まだ何もわからない子ども以外に、誰一人眠っている者はいなかった。人々はとにかく手元にあるものを飲み食いし、何かを大声で叫んだ。どの階の窓からも頻繁に歪《ゆが》んだ顔が突き出されて、サーチライトが縦横無尽に駆け巡っている空を見上げた。空には絶えず白い光が現れ、モスクワの街を放射状に青白く照らしては消えていった。上空では低空飛行している飛行機の鈍い音がずっと響いていた。特に恐ろしい様相を呈していたのはトヴェルスカヤ・ヤムスカヤ通りだった。アレクサンドロフスキー駅には一〇分おきに列車が到着したが、それらは貨車やさまざまな等級の車両やタンク車を手当たり次第に連結したもので、ほとんど正気を失った人々がびっしり張りついていた。トヴェルスカヤ・ヤムスカヤ通りはそのようにして到着した人々であふれ返り、バスに乗ったり路面電車の屋根に上ったり、押し合いへし合いしたりして、車輪に轢《ひ》かれてしまう者もいた。駅では頭上でひっきりなしに威嚇《いかく》射撃のダダダダッという音がして、不安をかきたてていたが、それはスモレンスク県からモスクワに向かって線路づたいに避難してきた錯乱した群衆のパニックを押しとどめるために、軍の部隊が発砲しているのだった。駅の窓ガラスがすすり泣くような音をたててひっきりなしに割れ、蒸気機関車の汽笛が鳴り響いた。どの通りも投げ捨てられ、踏みにじられたビラでいっぱいだった。同じビラはまだ何枚か壁に貼《は》ってあって、まぶしい赤いランプに照らし出されていた。その内容はもう誰でも知っていて、それを読もうとする者はいなかった。そのビラはモスクワが厳戒態勢にあることを告げていた。また、パニックをあおるような者は処罰を受けること、毒ガスで武装した赤軍の部隊が次々にスモレンスク県に派遣されているとも書かれていた。しかし、そういうビラも夜の喧騒《けんそう》を止めることはできなかった。どの家の中でも食器や花瓶の割れる音がし、人々は走り回って家具の角にぶつかったり、カランチョフスカヤ広場のヤロスラフスキー駅かニコライェフスキー駅に行けるのではないかという空《むな》しい希望のもとに、包みやトランクに物を入れたり出したりした。けれども残念ながら、北や東へ向かう列車の出る駅は大勢の歩兵隊に包囲されていた。巨大なトラックが財務人民委員部の地下室に貯蔵されていた金貨と、「注意、トレチャコフ美術館」という張り紙をした大きな箱を運び去った。トラックは鉄の鎖をガチャガチャ揺らし、うずたかく積み上げてある箱の上には先の尖《とが》ったヘルメットをかぶった兵士がすわって、銃剣を四方八方に向けていた。多くの自動車が威嚇するような音を鳴らしながら、モスクワじゅうを走り回った。

はるか遠くの空には火事の照り返しがチラチラと見え、八月の漆黒の闇《やみ》を揺さぶるような大砲の音が絶えず聞こえてきた。

夜が明け始める頃、一睡もせず、明かりを消すこともなかったモスクワの街を、上り坂になったトヴェルスカヤ通り沿いに何千人もの騎馬兵が列をなし、舗装された道路に蹄《ひづめ》の音を高く響かせながら行進して、その場にいる者をみな蹴《け》散《ち》らし、建物の入り口やショーウインドウに押しつけて窓ガラスを割った。赤いバシュリーク[37]の先がグ

37 フードとマフラーが一体となったような頭巾状の帽子。

レーの背中で揺れ、槍《やり》の先が空に向かってそびえていた。どこもかしこも混乱を極めている街を切り裂くように、列を組んでどんどん前に進んでいく騎馬兵を見て、それまで走り回ったり叫んだりしていた群衆はあっという間に生気を取り戻した。歩道にいた人々は期待に満ちた大声を上げた。

「騎兵隊ばんざい！」熱狂した女の金切り声が叫んだ。

「ばんざい！」男たちがそれに応じた。

「押しつぶされる！　つぶさないで！」どこかで悲鳴がした。

「助けて！」歩道からも叫び声が上がった。

煙草《たばこ》の箱や銀貨や腕時計が歩道から騎馬隊の列に投げ込まれた。どこかの女たちが命がけで車道に飛び込み、馬の隊列の脇《わき》を歩いて鐙《あぶみ》にしがみつき、それにキスをした。絶え間なく続く蹄の音に混じって、ときどき小隊長の声が響いた。

「手綱を引け」

楽しげで厚かましい歌声がどこからか聞こえてきた。赤い帽子をあみだにかぶった兵士たちの顔が、ちらつく宣伝用電光掲示板に照らされながら、馬上から見下ろしていた。顔をむき出しにした騎馬兵の隊列には、奇妙なマスクを顔につけてホースを後ろにたらし、ベルトでボンベを背負った騎兵部隊がいくつも混じっていた。マスクをつけた兵隊の列の後ろには、まるで消防車のような長いホースをつけた巨大なタンク車と、細く光る銃眼以外には窓のない重い戦車のキャタピラが、敷石代わりに道路に埋め込まれた木材を押しつぶしながら続いた。騎兵隊の列には同じようなホースを突き出した灰色の装甲車も混じっていて、その両脇には白い髑髏《どくろ》マークと「ガス　化学振興協会」という字が書かれていた。

「みんなを救ってくれ、兄弟たち」と人々は歩道から叫んだ。「蛇どもをやっつけてくれ……モスクワを救ってくれ！」

「こんちくしょ……」という声が隊列のあちこちから上がった。煙草の箱が電光に照らされた夜明けの空中を飛び交い、馬上の兵士たちは半狂乱の群衆に向けて白い歯を見せた。隊列に沿って低く、心を揺さぶるような歌声が聞こえてきた。

「起《た》て飢えたる者よ　今ぞ日は近し……
　我らを解放する者はいない
　エースでもクィーンでもジャックでもない
　我らは必ず蛇どもをやっつける[38]……」

「ばんざい！」という叫びが群衆の間で広がった。隊列の先頭には一〇年ほど前に伝説的人物となり、それ以来いくらか年をとって白髪になった司令官がいて、他の騎馬兵と同じようにやはり馬に乗り、赤いバシュリークをかぶって進んでいる、という噂《うわさ》が流れたからだった。群衆はわめきたて、不安な心をいくらかは鎮《しず》めながら「ばんざい……ばんざい……」という叫び声を空に向かって響かせた。

＊　＊　＊

研究所にはわずかな照明しかともされていなかった。一連の出来事に関するニュースも、ここにはバラバラの、あまりはっきりしない鈍い反響のようなものとしてしか伝わってこなかった。一度だけ、マネージュにある照明された時計の下で一斉射撃の音がとどろきわたったが、それは騒ぎに乗じてヴァルホンカ通りにあるマンションのひとつを襲って略奪しようとした者たちをその場で射殺した音だった。ここでは通りを走る自動車の数も少なかった。ありとあらゆる交通は駅に向かって集中していたからである。教授の研究室では薄暗い電灯がひとつだけつけられ、一筋の光をテーブルの上に投げかけていた。ペルシコフは両手で頬杖《ほおづえ》をついてすわり、黙り込んでいた。

彼の周りを煙草のけむりが層をなして漂っていた。ボックス装置はまっくらだった。飼育槽のカエルは眠っており、静かだった。教授は仕事をしておらず、本を読んでもいなかった。左肘《ひじ》の下には夕方発行された細長い号外の速報ニュースがあった。そこには、スモレンスク市全域が火災に見舞われており、砲兵隊がモジャイスクの森をしらみ潰《つぶ》しに砲撃して、湿った地面の割れ目に産みつけられた大量のワニの卵を壊滅させようとしていると書かれていた。さらに、航空部隊がヴャージマ近郊で郡のほぼ全域に毒ガスを放ち、かなりの成功を収めたが、住民が決められたとおりに避難するのではなく、パニックに陥ってちりぢりに小さなグループに分かれ、それぞれが勝手にめちゃくちゃに逃げ惑ったため、犠牲者が相当な数にのぼったとも書かれていた。独立作戦任務コーカサス騎兵師団がモジャイスク方面でダチョウの群れを相手に輝かしい戦果を挙げ、ダチョウを八つ裂きにした上、大量の卵を破壊した。その際、師団の受けた被害はわずかだった。政府の発表では、爬虫類《はちゆうるい》を首都から二〇〇露里のところで阻止することができなかった場合、首都全体が整然と順序正しく避難することになる、とのことであった。勤労者は冷静に労働を続けるように。政府は、スモレンスク

38　革命歌「インターナショナル」のパロディで、トランプ・ゲームの言い回しを使っている。

のような事例を繰り返さないよう、真摯《しんし》に対処する。スモレンスクでは、何千匹ものガラガラヘビに急襲され極度に混乱した住民が、火のついたままペチカを放置して一斉に空しい逃亡を図り、市内のあちこちで火災が発生したのである。モスクワには少なくとも半年分の食料の蓄えがある。最高司令部は、赤軍と航空その他の部隊が爬虫類の襲撃を押しとどめられなかった場合、住居の防備を固めて、モスクワ市街戦に備えるための緊急の措置を講ずる。

これらの記事を教授は読んでいなかった。ガラスのように空《うつ》ろな目をしてぼんやり煙草を吸っていた。研究所には教授のほかにふたりの人間がいた。パンクラートと、何度も繰り返し涙を流している家政婦マリア・ステパノヴナだった。彼女はもう三晩もろくに眠らないで教授の研究室に泊まり込んでいた。教授が手元にただひとつ残された、電気のつかないボックス装置のそばを離れようとしなかったからである。マリア・ステパノヴナは薄暗い隅に置かれたカバーのかかったソファの一角に陣取り、教授のために用意した紅茶の入ったポットがガスバーナーの三脚の上で沸いているのを眺めながら、黙って悲しい物思いにふけっていた。研究所はひっそりしていた。それからすべてのことが突然起きたのだった。

歩道から憎悪《ぞうお》に満ちた大声が聞こえてきたので、マリア・ステパノヴナは飛び上がって悲鳴を上げた。通りではあちこちに街灯が光っていた。玄関ホールでパンクラートの声がした。教授の耳にはこの騒ぎはほとんど入ってこなかった。彼は一瞬頭を上げて、つぶやいた。「ああ、騒いでいるな……私に何ができるというんだ」それからまたじっと動かなくなったが、その状態も長くは続かなかった。研究所のゲルツェン通り側にある出入り口の、鉄を打ちつけた扉がものすごい音を立てた。壁が揺れ、隣の部屋の鏡が割れた。教授の研究室の窓ガラスもガチャンと割れ、床に散らばった。灰色の石が窓から飛び込み、ガラスの実験台を砕いた。飼育槽のカエルたちは驚いて、ゲロゲロと鳴き始めた。マリア・ステパノヴナはおろおろして悲鳴を上げ、教授の方に駆け寄ると教授の両手をつかんで叫んだ。「逃げてください、ヴラディーミル・イパティエヴィチ、逃げて」教授は回転椅子《いす》から立ち上がると、背筋を伸ばし、指を鉤《かぎ》形《がた》に曲げてこう言った。その目にはかつての才気煥発《かんぱつ》なペルシコフを思わせるような鋭い輝きが宿っていた。

「どこにも行かん」と彼は言った。「ばかばかしい。やつらの騒ぎは正気を失っているとしか思えん……もしモスクワ中が正気を失っているのなら、私はどこへ行けばいいというのだ。大声を出すのはやめなさい。私とは関係ない。パンクラート！」彼は叫んで、呼び出しベルを押した。

おそらく教授は日ごろから忌《い》み嫌っていたこの大騒ぎを、パンクラートが収めてくれると思ったのだろう。けれども、すでにパンクラートの手には負えない状態になっていた。研究所の入り口の扉が開き、遠くから銃声が聞こえてきたときに、この騒ぎは止《や》んだ。それからこの石造りの建物には人々の走る足音と叫び声とガラスの割れる音が鳴り響いた。マリア・ステパノヴナはペルシコフの袖《そで》をつかみ、彼をどこかへ連れて行こうとした。しかし、ペルシコフはそれを振り払い、すっくと立って、白衣姿のまま廊下に出た。

「何事ですか」と彼は尋ねた。廊下のドアがぱっと開き、そこにまず姿を現したのは左腕に赤い腕章と星の徽章《きしょう》をつけた軍人の背中だった。彼は怒り狂った群衆に押されて銃を撃ちながら、後ろ向きに廊下に入ってきた。それから軍人はペルシコフのそばに駆け寄って、大声を上げた。

「教授、逃げてください。私にはもうどうすることもできません」

それにはマリア・ステパノヴナが悲鳴で応じた。軍人は白い彫像のように立ち尽くしているペルシコフのそばを大急ぎで通り過ぎ、反対側の曲がりくねった廊下の暗がりに逃げ込んだ。群衆は大声でわめきながら玄関の扉から廊下に飛び込んできた。

「やつに打ちかかれ！　殺してしまえ……」

「大悪党め！」

「貴様が蛇どもを野放しにしたんだろう！」

　歪んだ顔や引き裂かれた服が廊下にあふれた。銃声がした。あちこちに棒が見えた。ペルシコフは少し後ずさり、研究室のドアを閉めようとした。マリア・ステパノヴナは恐怖のあまり研究室の床にひざをつき、まるで十字架にかけられたように両腕を広げていた……ペルシコフは群衆を研究室の中に入れたくなかったので、興奮して叫んだ。

「まったく正気の沙汰《さた》とは思えん……あんたたちはまるで野獣のようだ。何のつもりかね？」彼は大声で叫んだ。「ここから出て行け！」それから皆がよく知っているいつもの短いフレーズで言葉を終えた。「パンクラート！　こいつらを追い出せ！」

　しかし、パンクラートはもう誰一人追い出すことはできなかった。パンクラートは頭を叩《たた》き割られ、踏みにじられ八つ裂きにされて、玄関ホールにじっと横たわっていたからである。群衆は次から次へとパンクラートのそばを通り過ぎ、通りで軍が発砲するのを気にもとめなかった。

　猿のように曲がった脚をして、引き裂かれた上着と、ボロボロになって脇にずれた前立てのシャツを着た背の低い男が真っ先に現れ、ペルシコフのところまで来て、棒の恐ろしい一撃で彼の頭を叩き割った。ペルシコフはよろめき、横ざまに倒れながら最後の言葉を発した。

「パンクラート……パンクラート……」

まったく何の罪もないマリア・ステパノヴナも研究室で殺され、八つ裂きにされてしまった。電気のつかないボックス装置もぐちゃぐちゃに壊された。飼育槽も粉々に打ち砕かれた。恐怖のあまり狂ったようになったカエルたちは殺され、踏み潰された。ガラス製の実験台や反射鏡つき卓上ライトも粉々にされた。一時間後、研究所は炎に包まれていた。建物の脇には死体がいくつかころがり、電気銃で武装した者たちがぐるりと周りを取り囲んでいた。消防車が消火栓から水を汲《く》み上げ、轟々《ごうごう》と炎を噴き出しているすべての窓に向かって放水した。

第一二章　機械仕掛けの厳寒の神

一九二八年八月一九日から二〇日にかけての夜、前代未聞《ぜんだいみもん》の寒波が来襲した。どんな年寄りも経験したことがないような、夏のさなかの厳寒だった。この寒波は二昼夜とどまり、マイナス一八度にまで達した。それまで混乱の極みにあったモスクワの街では、すべての建物の窓と扉が閉ざされた。三日目の終わりごろになって初めて、住民たちはこの寒波が首都と、一九二八年に大災難に見舞われた広大な首都周辺の地域を救ったことを理解した。モジャイスク付近に駐屯していた騎兵隊はすでに構成員の四分の三を失って疲弊しており、毒ガス部隊ももはや、モスクワの西、南西、南を半円状に囲むようにして首都へと向かう不気味な爬虫類《はちゅうるい》の動きを止められない状態になっていた。

この爬虫類の息の根を止めたのは寒波だった。二昼夜にわたって続いたマイナス一八度の酷寒を、いやらしい爬虫類の大群は耐えることができなかったのである。八月下旬に湿った地面と空気と、予想もしなかった寒さに焼けてしまった木々の葉だけを残して寒波が去ったときには、もはや戦う相手はいなかった。災厄は終わった。森や野原や果てしなく広がる湿原はまだ色とりどりの、中にはこの辺では見たこともないような奇妙な模様――行方不明になってしまったロックはこの模様を汚れと間違えたのだった――のついている卵に覆《おお》い尽くされていたが、これらの卵はまったく無害だった。もう死んでいたからである。その中にある胚はすでに生命を失っていた。

果てしなく広がる大地の上ではそれからもまだ長い間、無数のワニや蛇の死体が腐敗し続けた。この生き物たちは、ゲルツェン通りの天才の目が発見した神秘的な光線によって命を得たが、もはや危険なものではなくなっていた。暑い熱帯の腐ったような湿地帯に生息する、寒さに弱い動物たちは、三つの県に悪臭と腐敗と膿《うみ》を残して、二日間のうちに全滅したのだった。

それからも長期にわたって伝染病が発生し、爬虫類と人間の死体のせいでさまざまな病気が広まったために、軍もまだしばらくは休むわけにはいかなかった。兵士たちは今や毒ガスではなく、埋葬するための道具と灯油タンクとホースを手に、大地を清掃した。この仕事も終わり、すべてが収束したのは一九二九年の春だった。

一九二九年の春には、モスクワでは再び電気の照明が躍ったり、光ったり、ぐるぐる回ったりし、かつてのようにまた自動車がシューッと音を立てて通りを走り抜け、救世主教会の丸屋根のあたりに、糸につるされたような三日月が見えた。一九二八年八月、焼け落ちた二階建ての研究所の跡に御殿のような新しい動物学研究所が建てられ、その所長にはかつて助手だったイワノフがおさまっていた。けれどもペルシコフはもういなかった。もう誰の目の前にも、鉤形《かぎがた》に曲げられた、確信に満ちあふれた指は現れなかったし、もう誰の耳にもカエルのようにしゃがれたキーキー声は聞こえてこなかった。光線と一九二八年の大災難についてはそれからも長い間、世界中で話題になり、いろいろ書きたてられた。しかし、ヴラディーミル・イパティエヴィチ・ペルシコフ教授の名前は霧に包まれ、四月の夜に教授によって発見された赤い光線もろとも消えてしまった。かつてはエレガントな紳士で、今や教授となったピョートル・ステパノヴィチ・イワノフは何度か試みたにもかかわらず、この光線をもう一度生み出すことはできなかった。最初に作られたボックス装置はペルシコフが殺された夜、怒り狂った群衆によって破壊された。残りの三つのボックス装置は、航空部隊と爬虫類との最初の戦闘のときに、ニコルスコエ村の「ソフホーズ　赤い光線」で燃やされた。このボックス装置をもう一度作ることはできなかった。レンズと反射された光の束との組み合わせで光線を生み出すのは簡単だったはずなのに、イワノフがどんなに努力してもその組み合わせは二度と成功しなかったのである。それには知識のほかに、明らかに何か特別なものが必要だった。その特別なものを持っていたのは、世界中でただひとり、今は亡《な》きヴラディーミル・イパティエヴィチ・ペルシコフ教授だったのである。

モスクワ、一九二四年一〇月

訳者あとがき

二〇世紀のロシアの歴史は波乱万丈だった。二度の世界大戦のみならず、三つの革命、内戦の勃発《ぼっぱつ》、ロシア帝国の崩壊とソヴィエト連邦の樹立、スターリンの恐怖政治、クーデターとソ連の崩壊など、国全体を揺さぶる出来事が連続し、政治体制が変わるたびに公的な歴史認識も変わった。そうした不安定な動きのなかで、かつての英雄が裏切り者のレッテルを貼《は》られ、逆に敵だったはずの人物が英雄に格上げされたりもした。ある批評家はそのような現実を前に、「ロシアは予見できない過去をもった国である」と皮肉を込めてコメントしている。

この「予見のむずかしさ」は文学にもあてはまる。ソ連の巨匠としてさんざんもてはやされた作家たちが実はまったく取るに足らない三文文士で、しばらくするとすっかり忘れられてしまうという現象が見られることも稀《まれ》ではなかった。それとは逆に、ペレストロイカ期に政治体制が変わったときには、生前は迫害を受け続け、死後は忘却のかなたにあった作家たちが脚光を浴びることになった。

こうして後世になって「発見」された作家のひとりがミハイル・ブルガーコフ（一八九一—一九四〇）である。ブルガーコフはキエフの教養市民層の生まれで、父は神学大学の教授だった。キエフ大学医学部を優秀な成績で卒業した後、ロシアの農村部で医者として働き始め、内戦の時代（一九一七—一九二二）には白軍で働いたり赤軍で働いたりしたが、それは彼の政治的信条とはまったく関わりなく、単に医者として必要とされたからだった。その後、先輩格のアントン・チェーホフ（やはり医者だった）と同様、ブルガーコフも文学への興味に目覚め、前途洋々たる医者のキャリアを捨てて身分の不安定な作家へと転身した。

一九二〇年代の初頭、秀逸なストーリー展開とユーモアたっぷりな語り口が特徴的な短編小説が新聞や雑誌に発表されるや否《いな》や、ブルガーコフは世間から注目されるようになる。彼はさらに演劇界とも関係をもつようになり、戯曲をいくつか創作する。だが、ソ連での暮らしを風刺するような文章は間もなく当局との確執を生むことになった。二〇年代の終わり頃には、ブルガーコフの作品は発禁処分となり、劇場も彼との契約を打ち切った。仕事も、作品を読者や観客に届けるすべも失ったブルガーコフは、自殺してもおかしくない状況にまで追い詰められた。

一九三〇年、ブルガーコフはソヴィエト政府に手紙をしたため、外国に移住する許可を求めた。失敗すると収容所で死ぬ他はない、絶望的な一手を打ったのだ。数日後、ブルガーコフのアパートの電話が鳴った。「スターリンに代わります」と電話の声が言った。スターリンは次のような質問で話を切り出した。「あなたは私たちにもううんざりしてしまったのですか？」彼は神のようにふるまうのが好きで、このときは慈悲深い態度をとろうとしたのである。結局外国への移住は許可しなかったものの、ブルガーコフが劇場とまた契約を結ぶことができるようにしてやった。なぜスターリンがこのように寛容な態度をとったのかは謎《なぞ》である、と伝記作家たちは書いている。偉大な詩人マヤコフスキーが自殺した直後のことだったので、ひょっとしたら世間を騒がせるような自殺者がもうひとり出ることを嫌ったのかもしれない。いずれにせよ、スターリンがブルガーコフの才能を高く評価していたことは確かである。彼の戯曲のひとつで、その反革命性をメディアがこぞって批判した作品を、スターリンは自ら手配して、あるモスクワの劇場でのみ上演されるようにした。この例外的措置をスターリンは自分自身のためにとったのだった。お忍びでこの劇場を訪れ、何十回も観劇したと伝えられている。

三〇年代にはブルガーコフはいくつかの劇場で働くことができたが、当局は猫がねずみを狩るようなゲームを彼に仕掛けることをやめなかった。メディアは彼のことをソヴィエト性に欠けると非難し続け、作品は発禁処分になり、戯曲は上演が許可されたかと思うと、すぐに禁止されたりもした。一九三九年に最新作が唐突に上演禁止になり、ストレスのせいで腎臓病《じんぞうびょう》が悪化したブルガーコフは、数カ月後に急逝する。この時のこととして、次のようなエピソードが伝えられている。ブルガーコフが亡《な》くなった翌日、彼のアパートの電話が鳴った。電話の声の主はスターリンの秘書を名乗った後、次のように尋ねた。「作家ブルガーコフが亡くなったというのは本当ですか？」「本当です」と答えると、電話の主は何も言わずに受話器を置いた。

ブルガーコフが亡くなってから二〇年余りの歳月が流れ、ポスト・スターリン時代の民主化の動きの中で、ソ連では慎重を期しながらも、彼のいくつかの作品を出版しようとする試みが始まった。一九六六年、ソ連の文芸誌に掲載された長編小説『巨匠とマルガリータ』が大センセーションを巻き起こす。この雑誌の発行部数は一五万部だったが、それが一日のうちに売り切れてしまうほどだった。欧米諸国はこぞって翻訳権を取得しようとし、アメリカの「ニューヨーク・タイムズ」紙やドイツの「シュピーゲル」誌の書評欄は、この小説を絶賛した。また、ノーベル賞作家のガブリエル・ガルシア＝マルケスはブルガーコフを師と仰ぎ、二〇世紀最大の作家とみなした。

ブルガーコフは長編小説のみならず戯曲や短編小説の名手でもあり、幅広いジャンルの作品を書き残している。本書に訳出した中編小説はいずれも、傑作としてよく知られた作品である。これらの小説はほぼ同時期に成立したが、それぞれの作品がたどった運命は異なっていた。一九二四年に執筆された『運命の卵』*Роковые яйца* は、一九二五年の初頭に文芸誌上で発表され、翌二六年には本として出版された。その数カ月後に書かれた『犬の心臓』*Собачье сердце* も、もともとは『運命の卵』のときと同じ文芸誌に発表される予定だった。ところが、検閲により発禁となってしまったのである。三〇年代になると『運命の卵』の方も、大変人気のある作品だったにもかかわらず、版を重ねることはなくなった。『犬の心臓』の原稿は家宅捜索の際に没収されてしまい、その数年後にゴーリキーの努力によってブルガーコフの手元に戻されはしたものの、一九八〇年代後半にペレストロイカが始まるまで陽の目を浴びることはなかった(ちなみに、国外では一九六〇年代末にまずイギリスとドイツで出版された)。

これらの小説が発禁処分になったのは偶然ではなかった。一見奇想天外に思えるこれらの物語には、当時のソ連政権に対する手厳しい批判精神が込められている。ロシア革命のことを知っている読者なら、これらの作品の中に様々なほのめかしを読み取ることができるだろう。たとえば『運命の卵』の、「赤い光線」によって大量に生み出された攻撃的な怪物がモスクワに押し寄せてくるというプロットは、ロシア全土を血に染めた赤軍のもじりだろう。怪物を生み出す卵がドイツから送られてきたという設定は、マルクス主義がドイツで生まれたことをほのめかしている。ペルシコフ教授の研究所がゲルツェン通りに建っていることになっているが、ゲルツェンはロシアの革命運動最大の指導者のひとりであるし、ペルシコフ教授自身もふたりの実在の人物を連想させる。ひとりは、当時非常に有名だった医学者で生理学者のアレクセイ・アブリコーソフ（一八七五―一九五五）で、ペルシコフ（ペルシク＝桃）もアブリコーソフ（アブリコス＝杏）もいずれも果物の名前に由来する。もうひとりは、ソ連の赤い怪物を創造した張本人のレーニンで、どちらも一八七〇年四月に生まれており、丸い禿《は》げ頭の持ち主である。また、レーニンがRをうまく発音できなかったことを反映して、作品中では「ペルシコフ」の名が「ペフシコフ」という誤った発音で印刷されている（二四五頁参照）。さらに、レーニンとアブリコーソフには奇妙な因縁がある。つまり、ブルガーコフがちょうど『運命の卵』を構想していた一九二四年にレーニンが亡くなると、その遺体に永久保存処理を施したのがアブリコーソフだったのだ。

『犬の心臓』と『運命の卵』には、ソ連の日常に対する辛辣《しんらつ》な風刺の他にもうひとつ重要な観点がある。創造主がその実験結果に負う責任という、古くから存在する倫理的・哲学的テーマである（ファウストやフランケンシュタインのテーマと言い換えてもいいだろう）。ある大胆な実験というモチーフ、すなわち、理論的にはすみずみまで考え抜かれているにもかかわらず、いざ実践されると思いもよらない怪物が誕生してコントロールがきかなくなり、悲劇的な結末を迎えるような実験のモチーフは、ブルガーコフにおいては当時の現実と深く結びついていた。ロシアで行われていた革命という名の実験が迎えるであろう悲劇的な結末を、ブルガーコフはすでに予見していたのだ。先に書かれた『運命の卵』では、卵の入った箱の取り違えという偶然によって悲劇が起きるのに対し、『犬の心臓』においては、ユートピアを志向する革命という名の実験が失敗する必然性が明確に示されている。

犬のコロが人間のコロフに変身する話は、「新しい人間」の創造という共産主義の夢を寓話《ぐうわ》化したものである。共産主義の理論家たちによると、資本主義から社会主義に移行することによって、搾取《さくしゅ》から解放されたプロレタリアは高い精神性と教養とを有する調和のとれた人格者へと成長するはずだった。革命家たちは人間の本性をよりよいものにしたいという救世主的な意識に満たされていた。革命直後は可能なことと不可能なこととの区別があいまいになっていたので、ユートピア的理念の多くは実現可能なことと思われたのである。実際に熱狂的な信奉者たちは「新しい人間」の誕生を急ぐあまり、教育やプロパガンダのみならず、優生学に始まって若返りや人間と動物の交配にいたる似非《えせ》科学の助けを借りようとしたのだった。

ブルガーコフは主人公である医学者に創造主（神）としての特徴を与えている。プレオブラジェンスキーという名前はキリスト教の伝統と密接な関係があり、「主の変容」を意味する。犬から「新しい人間」が誕生するのは一二月の終わりから一月の初めにかけてということになっているが、これはカトリックとロシア正教のクリスマスの時期にあたり、たびたび言及される「プレチステンカ通りの星」は、イエスが誕生したときに出現したベツレヘムの星を連想させる。手術中の教授の、まるで魔術師のような様子はエジプトの神官になぞらえられており、教授がしばしば歌劇「アイーダ」の神官たちの合唱のメロディーを歌うのも偶然ではない。

けれども、教授はやはり人間にすぎず、人間は神にはなれない。「新しい人間」の創造は彼の手に余ることなのだ。ブルガーコフは、このような実験からよいものは何も生まれないと警告を発していると解釈できるだろう。善良な犬のコロから悪党のコロフが誕生する。コロフを洗練された人間に教育しようとする教授のさまざまな試みを、ブルガーコフは苦々しいアイロニーを込めて描写している。教授のあらゆる努力は無駄に終わり、後に残されたのは地獄の日々である。幸いなことに、作品においてはすべてをリセットすることが可能であり、結局はすべてが元どおりになる。けれども、現実の世界ではこのようなリセットは不可能である。革命によって無数のコロフたちが登用され、権力の座についたのに対して、プレオブラジェンスキー教授のような人々は粛清されるか、コロフたちの支配下に置かれることになってしまったのだった。

革命後のブルガーコフは、いつ命を落とすことになるかわからない綱渡りの人生を送ったが、それでも闘いをやめることはなく、机の引き出しのために原稿を書き続けた。発禁処分になったり、自らの手で原稿を焼却せざるを得ない状況になったりもしたが、彼の作品は最終的には読者のもとに届けられ、作者に名声をもたらした。「原稿は燃えない」というのは、『巨匠とマルガリータ』に登場する人物のナンセンスとも思えるせりふであるが、ブルガーコフの作品の運命はこのせりふの正しさを証明しているのである。

『運命の卵』と『犬の心臓』にはいくつかの版が存在するが（違いはわずかである）、本書では底本としてМихаил Булгаков: *Собрание сочинений в восьми томах.* Т.

3. СПб : Азбука-классика, 2002を用いた。この八巻からなる著作集に収録されている『運命の卵』は一九二六年に出版されたときのテクストであり、『犬の心臓』の方は一九二五年に執筆された最初のタイプ原稿である。原作では犬の名前は「シャリク」、犬から生まれた人間は「シャリコフ」となっている。「シャリク」はロシアではよく犬につけられる名前で、「小さな玉」という意味がある。コロコロ太った犬が「シャリク」と呼ばれるといった描写が何度か出てくるので、この言葉遊びを日本語でも再現できるよう、あえて「コロ」と訳した。猫なら「タマ」という訳がぴったりだっただろう。

最後に、これらの作品を翻訳するきっかけを与えてくださった柴田元幸先生と、私たちの翻訳が本になるまでにいろいろな形で関わってくださった新潮社の北本壮さん、川上祥子さん、太根祥羽さんに心からの感謝を捧げたい。『犬の心臓』を訳してみたい、と柴田先生にお伝えしてから刊行にこぎつけるまでに五年もかかってしまったが、それでも何とか世に出すことができたのは、ひとえに編集者の方々の忍耐強さのおかげである。

二〇一五年一〇月

増本浩子／ヴァレリー・グレチュコ

本作品中には、今日の観点からは差別的表現ともとれる箇所が散見しますが、作品の持つ文学性ならびに芸術性、また、歴史的背景に鑑み、原書に出来る限り忠実な翻訳としたことをお断りいたします。（新潮文庫編集部）

ドストエフスキー
木村浩訳

白痴（上・下）

白痴と呼ばれる純真なムイシュキン公爵を襲う悲しい破局……作者の〝無条件に美しい人間〟を創造しようとした意図が結実した傑作。

ドストエフスキー
木村浩訳

貧しき人びと

世間から侮蔑の目で見られている小心で善良な小役人マカール・ジェーヴシキンと薄幸の乙女ワーレンカの不幸な恋を描いた処女作。

ドストエフスキー
原卓也訳

賭博者

賭博の魔力にとりつかれ身を滅ぼしていく青年を通して、ロシア人に特有の病的性格を浮彫りにする。著者の体験にもとづく異色作品。

ドストエフスキー
江川卓訳

地下室の手記

極端な自意識過剰から地下に閉じこもった男の独白を通して、理性による社会改造を否定し、人間の非合理的な本性を主張する異色作。

ドストエフスキー
原卓也訳

カラマーゾフの兄弟（上・中・下）

カラマーゾフの三人兄弟を中心に、十九世紀のロシア社会に生きる人間の愛憎うずまく地獄絵を描き、人間と神の問題を追究した大作。

ドストエフスキー
工藤精一郎訳

罪と罰（上・下）

独自の犯罪哲学によって、高利貸の老婆を殺し財産を奪った貧しい学生ラスコーリニコフ。良心の呵責に苦しむ彼の魂の遍歴を辿る名作。

チェーホフ
神西清訳
桜の園・三人姉妹

急変していく現実を理解できず、華やかな昔の夢に溺れたまま没落していく貴族の哀愁を描いた「桜の園」。名作「三人姉妹」を併録。

チェーホフ
神西清訳
かもめ・ワーニャ伯父さん

恋と情事で錯綜した人間関係の織りなす日常のなかに、絶望から人を救うものは忍耐であるというテーマを展開させた「かもめ」等2編。

チェーホフ
小笠原豊樹訳
かわいい女・犬を連れた奥さん

男運に恵まれず何度も夫を変えるが、その度に夫の意見に合わせて生活してゆく女を描いた「かわいい女」など晩年の作品7編を収録。

チェーホフ
松下裕訳
チェーホフ・ユモレスカ
―傑作短編集I―

哀愁を湛えた登場人物たちを待ち受ける、あっと驚く結末。ロシア最高の短編作家の、ユーモアあふれるショートショート、新訳65編。

ツルゲーネフ
神西清訳
はつ恋

年上の令嬢ジナイーダに生れて初めての恋をした16歳のウラジミール――深い憂愁を漂わせて語られる、青春時代の甘美な恋の追憶。

ツルゲーネフ
工藤精一郎訳
父と子

古い道徳、習慣、信仰をすべて否定するニヒリストのバザーロフを主人公に、農奴解放で揺れるロシアの新旧思想の衝突を扱った名作。

ソルジェニーツィン
木村浩訳
イワン・デニーソヴィチの一日
スターリン暗黒時代の悲惨な強制収容所の一日を克明に描き、世界中に衝撃を与えた小説。伝統を誇るロシア文学の復活を告げる名作。

トルストイ
木村浩訳
アンナ・カレーニナ（上・中・下）
文豪トルストイが全力を注いで完成させた不朽の名作。美貌のアンナが真実の愛を求めるがゆえに破局への道をたどる壮大なロマン。

トルストイ
原卓也訳
クロイツェル・ソナタ
悪魔
性的欲望こそ人間生活のさまざまな悪や不幸の源であるとして、性に関する極めてストイックな考えと絶対的な純潔の理想を示す2編。

トルストイ
原久一郎訳
光あるうち光の中を歩め
古代キリスト教世界に生きるパンフィリウスと俗世間にどっぷり漬った豪商ユリウス。二人の人物に著者晩年の思想を吐露した名作。

トルストイ
工藤精一郎訳
戦争と平和（一〜四）
ナポレオンのロシア侵攻を歴史背景に、十九世紀初頭の貴族社会と民衆のありさまを生き生きと写して世界文学の最高峰をなす名作。

トルストイ
原卓也訳
人生論
人間はいかに生きるべきか？人間を導く真理とは？トルストイの永遠の問いをみごとに結実させた、人生についての内面的考察。

ヘミングウェイ
高見浩訳
老人と海

老漁師は、一人小舟で海に出た。やがて大物が綱にかかるが。不屈の魂を照射するヘミングウェイの文学的到達点にして永遠の傑作。

ヘミングウェイ
高見浩訳
誰がために鐘は鳴る（上・下）

スペイン内戦に身を投じた米国人ジョーダンは、ゲリラ隊の娘、マリアと運命的な恋に落ちる。戦火の中の愛と生死を描く不朽の名作。

ヘミングウェイ
沼澤洽治訳
海流のなかの島々（上・下）

激烈な生を閉じるにふさわしい死を選んだアメリカ文学の巨星が、死と背中合せの生命の輝きを海の叙事詩として描いた自伝的大作。

ヘミングウェイ
高見浩訳
われらの時代・男だけの世界
―ヘミングウェイ全短編1―

パリ時代に書かれた、ヘミングウェイ文学の核心を成す清新な初期作品31編を収録。全短編を画期的な新訳でおくる、全3巻の第1巻。

ヘミングウェイ
高見浩訳
移動祝祭日

一九二〇年代のパリで創作と交友に明け暮れた日々を晩年の文豪が回想する。痛ましくも麗しい遺作が馥郁たる新訳で満を持して復活。

ヘミングウェイ
高見浩訳
日はまた昇る

灼熱の祝祭。男たちと女は濃密な情熱と血においに包まれて、新たな享楽を求めつづける。著者が明示した〝自堕落な世代〟の矜持。

ディケンズ
加賀山卓朗訳
大いなる遺産（上・下）

莫大な遺産の相続人となったことで運命が変転する少年。ユーモアあり、ミステリーあり、感動あり、英文学を代表する名作を新訳！

ディケンズ
中野好夫訳
デイヴィッド・コパフィールド（一〜四）

逆境にあっても人間への信頼を失わず、作家として大成したデイヴィッドと彼をめぐる精彩にみちた人間群像！　英文豪の自伝的長編。

ディケンズ
加賀山卓朗訳
二都物語

フランス革命下のパリとロンドン。燃え上がる激動の炎の中で、二つの都に繰り広げられる愛と死のロマン。新訳で贈る永遠の名作。

ディケンズ
加賀山卓朗訳
オリヴァー・ツイスト

オリヴァー8歳。窃盗団に入りながらも純粋な心を失わず、ロンドンの街を生き抜く孤児の命運を描いた、ディケンズ初期の傑作。

デュマ・フィス
新庄嘉章訳
椿姫

椿の花を愛するゆえに〝椿姫〟と呼ばれる、上品で美しい娼婦マルグリットと、純情多感な青年アルマンとのひたむきで悲しい恋の物語。

E・ケストナー
池内紀訳
飛ぶ教室

元気いっぱいの少年たちが学び暮らすギムナジウムにも、クリスマス・シーズンがやってきた。その成長を温かな眼差しで描く傑作小説。

カミュ
窪田啓作訳
異邦人
太陽が眩しくてアラビア人を殺し、死刑判決を受けたのちも自分は幸福であると確信する主人公ムルソー。不条理をテーマにした名作。

カミュ
清水徹訳
シーシュポスの神話
ギリシアの神話に寓して"不条理"の理論を展開、追究した哲学的エッセイで、カミュの世界を支えている根本思想が展開されている。

カミュ
宮崎嶺雄訳
ペスト
ペストに襲われ孤立した町の中で悪疫と戦う市民たちの姿を描いて、あらゆる人生の悪に立ち向うための連帯感の確立を追う代表作。

カミュ
高畠正明訳
幸福な死
平凡な青年メルソーは、富裕な身体障害者の"時間は金で購われる"という主張に従い、彼を殺し金を奪う。『異邦人』誕生の秘密を解く作品。

カミュ・サルトル他
佐藤朔訳
革命か反抗か
人間はいかにして「歴史を生きる」ことができるか——鋭く対立するサルトルとカミュの間にたたかわされた、存在の根本に迫る論争。

カミュ
大久保敏彦訳
最初の人間
突然の交通事故で世を去ったカミュ。事故現場には未完の自伝的小説が——。戦後最年少でノーベル文学賞を受賞した天才作家の遺作。

スタンダール
大岡昇平訳
パルムの僧院（上・下）

〝幸福の追求〟に生命を賭ける情熱的な青年貴族ファブリスが、愛する人の死によって僧院に入るまでの波瀾万丈の半生を描いた傑作。

スタンダール
小林　正訳
赤と黒（上・下）

美貌で、強い自尊心と鋭い感受性をもつジュリヤン・ソレルが、長年の夢であった地位をその手で摑もうとした時、無惨な破局が……。

スタンダール
大岡昇平訳
恋愛論

豊富な恋愛体験をもとにすべての恋愛を「情熱恋愛」「趣味恋愛」「肉体的恋愛」「虚栄恋愛」に分類し、各国各時代の恋愛について語る。

大久保康雄訳
スタインベック短編集

自然との接触を見うしなった現代にあって、人間と自然とが端的に結びついた著者の世界は、その単純さゆえいっそう神秘的である。

スタインベック
伏見威蕃訳
怒りの葡萄（上・下）

天災と大資本によって先祖の土地を奪われた農民ジョード一家。苦境を切り抜けようとする、情愛深い家族の姿を描いた不朽の名作。

スタインベック
大浦暁生訳
ハツカネズミと人間

カリフォルニアの農場を転々とする二人の渡り労働者の、たくましい生命力、友情、ささやかな夢を温かな眼差しで描く著者の出世作。

ゲーテ
高橋義孝訳
若きウェルテルの悩み

ゲーテ自身の絶望的な恋の体験を作品化した書簡体小説。許婚者のいる女性ロッテを恋したウェルテルの苦悩と煩悶を描く古典的名作。

ゲーテ
高橋義孝訳
ファウスト（一・二）

悪魔メフィストーフェレスと魂を賭けた契約をして、充たされた人生を体験しつくそうとするファウスト――文豪が生涯をかけた大作。

高橋健二訳
ゲーテ詩集

人間性への深い信頼に支えられ、世界文学史上に不滅の名をとどめるゲーテの、抒情詩を中心に代表的な作品を年代順に選んだ詩集。

高橋健二編訳
ゲーテ格言集

偉大な文豪であり、人間的な魅力にもあふれるゲーテ。深い知性と愛情に裏付けられた言葉の宝庫から親しみやすい警句、格言を収集。

ボーモン夫人
村松　潔訳
美女と野獣

愛しい野獣さん、わたしはあなただけのものになります――。時代と国を超えて愛されてきたフランス児童文学の古典13篇を収録。

L・ホワイト
矢口　誠訳
気狂いピエロ

運命の女にとり憑かれ転落していく一人の男の妄執を描いた傑作犯罪ノワール。あまりに有名なゴダール監督映画の原作、本邦初訳。

ルソー
青柳瑞穂訳
孤独な散歩者の夢想
十八世紀以降の文学と哲学に多大な影響を与えたルソーが、自由な想念の世界で、自らの生涯を省みながら綴った10の哲学的な夢想。

ルナール
岸田国士訳
博物誌
澄みきった大気のなかで味わう大自然との交感――真実を探究しようとする鋭い眼差と、動植物への深い愛情から生み出された65編。

ジュール・ルナール
高野　優訳
にんじん
赤毛でそばかすだらけの少年「にんじん」を、母親は折りにふれていじめる。だが、彼は負けず生き抜いていく――。少年の成長の物語。

レマルク
秦　豊吉訳
西部戦線異状なし
著者の実際の体験をもとに、第一次大戦における兵士たちの愛と友情と死を描いて、反戦小説として世界的な反響を巻き起した名作。

ワイルド
福田恆存訳
ドリアン・グレイの肖像
快楽主義者ヘンリー卿の感化で背徳の生活にふける美青年ドリアン。彼の重ねる罪悪はすべて肖像に現われ次第に醜く変っていく……。

ワイルド
西村孝次訳
幸福な王子
死の悲しみにまさる愛の美しさを高らかに謳いあげた名作「幸福な王子」。大きな人間愛にあふれ、著者独特の諷刺をきかせた作品集。

M・ミッチェル
鴻巣友季子訳

風と共に去りぬ（1・2）

永遠のベストセラーが待望の新訳！ 明るく、私らしく、わがままに生きると決めたスカーレット・オハラの「フルコース」な物語。

サガン
朝吹登水子訳

ブラームスはお好き

美貌の夫と安楽な生活を捨て、人生に何かを求めようとした三十九歳のポール。孤独から逃れようとする男女の複雑な心模様を描く。

サガン
河野万里子訳

悲しみよ こんにちは

父とその愛人とのヴァカンス。新たな恋の予感。だが、17歳のセシルは悲劇への扉を開いてしまう――。少女小説の聖典、新訳成る。

ゾラ
古賀照一訳

居酒屋

若く清純な洗濯女ジェルヴェーズは、職人と結婚し、慎ましく幸せに暮していたが……。十九世紀パリの下層階級の悲惨な生態を描く。

ゾラ
川口篤・古賀照一訳

ナナ

美貌と肉体美を武器に、名士たちから巨額の金を巻きあげ破滅させる高級娼婦ナナ。第二帝政下の腐敗したフランス社会を描く傑作。

T・ウィリアムズ
小田島雄志訳

欲望という名の電車

ニューオーリアンズの妹夫婦に身を寄せたブランチ。美を求めて現実の前に敗北する女を、粗野で逞しい妹夫婦と対比させて描く名作。

新潮文庫最新刊

D・キーン
角地幸男訳
石川啄木

貧しさにあえぎながら、激動の時代を疾走し、烈しい精神を歌に、日記に刻み続けた劇的な生涯を描く傑作評伝。現代日本人必読の書。

D・キーン
角地幸男訳
正岡子規

俳句と短歌に革命をもたらし、国民的文芸の域にまで高らしめた子規。その生涯と業績を綿密に追った全日本人必読の決定的評伝。

今野敏著
清明
―隠蔽捜査8―

神奈川県警に刑事部長として着任した竜崎伸也。指揮を執る中国人殺人事件の捜査が公安の壁に阻まれて――。シリーズ第二章開幕。

木皿泉著
カゲロボ

何者でもない自分の人生を、誰かが見守ってくれているのだとしたら――。心に刺さって抜けない感動がそっと寄り添う、連作短編集。

中山祐次郎著
俺たちは神じゃない
―麻布中央病院外科―

生真面目な剣崎と陽気な関西人の松島。確かな腕と絶妙な呼吸で知られる中堅外科医コンビがロボット手術中に直面した危機とは。

百田尚樹著
成功は時間が10割

成功する人は「今やるべきことを今やる」。社会は「時間の売買」で成り立っている。人生を豊かにする、目からウロコの思考法。

Title : Собачье сердце:
Роковые яйца
Author : Михаил Булгаков

犬《いぬ》の心臓《しんぞう》・運命《うんめい》の卵《たまご》

新潮文庫　フ－61－1

Published 2015 in Japan
by Shinchosha Company

平成二十七年十二月　一　日　発　行
令和　四　年　七　月二十五日　二　刷

訳　者　増《ます》本《もと》浩《ひろ》子《こ》
ヴァレリー・グレチュコ

発行者　佐藤隆信

発行所　株式会社　新潮社

郵便番号　一六二―八七一一
東京都新宿区矢来町七一
電話　編集部(〇三)三二六六―五四四〇
読者係(〇三)三二六六―五一一一
http://www.shinchosha.co.jp

価格はカバーに表示してあります。

乱丁・落丁本は、ご面倒ですが小社読者係宛ご送付ください。送料小社負担にてお取替えいたします。

印刷・錦明印刷株式会社　製本・株式会社大進堂

ISBN978-4-10-220006-3 C0197